赤腳狂奔

唐寅九——著

名稱：夜色狂奔
規格：120×150cm
材質：布面丙烯
年代：2020
繪者：唐寅九

天慢慢地黑了下去，天黑下去的一剎那，天邊彷彿有金黃色的烈火在燃燒。如此輝煌的太陽也在燃燒中褪盡了光線，而消失到越來越廣闊的夜色中去了。世間萬物，凡輝煌都需要燃燒，凡燃燒就必定短促。好在夜是廣大的，星空是浩瀚和深邃的，並給了人清涼的心境和無垠的夢想。此時做了夢的人會看見，太陽將在另一個早晨升起，生機勃勃，滾滾而來……

目次

1 一篇閒話

但凡一個人生下來，人們便總會有些臆想。即便是普通孩子，也要從生辰八字中尋找未來前程的某些徵兆。倘若是大人物，其出生則往往附會著某種傳說。考證這些傳說是一些人學識淵博的標誌。但這些考證往往只是以訛傳訛、蠱惑人心而已。風水和命相算得上是兩類最古老的學問了，時至今日，你若去某個飯館，或走在某條街上，仍會碰到這類主動搭訕的術士，無外乎稱你生有異相，哄你高興了施捨些錢財。朋友圈中，有人遇行運不暢時，便去請風水先生，結果也只是討些心理慰藉，於局面的扭轉是從未見有實效的。

我們公司關閉前，行政總監就從臺灣請了風水先生去勘查我在上海的辦公室。那位大師看了半天，結論是我的辦公室必須搬到另一間去。做大事而迷信術士為我當時所不齒。結果辦公室未搬，五萬美金打了水漂，公司到了年底依然不能收場。

我從未相信風水及命相與一個人的命運有什麼必然聯繫。但幾年前，父親病故，我依然聽了家人的建議，找懂風水的人去尋了一塊好墓地。我知道心理的慰藉，有時會重於我們所知的有限的事實。人既然如此脆弱，就需要些莫名的安慰以減輕活著的痛苦或添些渺茫的希望。以我現在的平淡心性，當然知道人不過出生了又死去了，再偉大的人物也要遵循這個樸素的法則。但是早年間，自以為是的我還是相信自己是有些異相的。我常對鏡凝視，相信自己異於常人，於是可笑的事情便在我四十多年的生命中反覆出現，以至於我要寫這些文字，告訴大家一些庸常的道理，其中首要的一條，就是要明白自己不過是一個普通人。

二〇〇一年九月十一日，對我來說本是個吉日。下午四點，我代表董事會與詹姆斯先生簽約，聘請他為新東方衛視的副總裁，負責新東方衛視在納斯達克（NASDAQ）上市前的公共關係。詹姆斯先生曾經擔任過老布希的新聞官，是紐約傳媒界的紅人，也是傑出的中國問題專家，在政商兩界長袖善舞，具有很大的影響力。因為詹姆斯的加盟，新東方衛視的上市必將提前，上市後的股票也將會有一個好價格。

簽完約，我們在公司附近的一家飯店為詹姆斯餞行，他第二天就要回美國去了，回到他的家鄉去幫一個中國人賣股票。九月的北京是迷人的，天空清澈而爽朗，這個小型宴會與其說是為詹姆斯餞行，不如說是為我自己慶賀。新東方將成為我們的第五家上市公司，它承載了我太多的人文情結與英雄夢想。我們邊喝酒邊閒聊，氣氛輕鬆，心情愉快。突然詹姆斯的臉上出現了一種異常驚懼的表情，順著他的目光，我看見電視裡一幢摩天大樓攔腰被撞，滾滾濃煙正肆意蔓延。

「詹姆斯，不必緊張，不過是好萊塢的一部新片而已。」

「不，戰爭，一定會發生災難性的戰爭！」

詹姆斯話音未落，主持人便清晰地說道：美國時間上午10:28，紐約世貿大廈北樓倒塌。緊接著我便接二連三地接到電話，不到一分鐘我便知道了，就在我們把盞閒談之時，世貿大廈的南樓被撞，十八分鐘後，世貿大廈的北樓被撞，緊接著便是五角大樓被撞。空氣在剎那間凝固了，所有的人都屏住了呼吸，聞名世界的雙子星就這樣從地球上消失了。

「911」已經成為一個令人疼痛的日子，但它絕不僅僅是幾幢大樓的倒塌，它更是一個標誌，從此人類文明便出現了另一種常態：恐怖與反恐怖。但誰會想到呢？這個發生在曼哈頓的從天而降的災難，會與我這個從南方偏遠山區走出來的中國商人發生如此密切的關係，最後竟導致了我的毀滅。一個月之後，英國蓮花基金便發來了一份文件，稱此前與新東方簽署的投資合同將不得不終止。接著所羅門美邦也發來了類似的信函，新東方的上市計畫將令人遺憾地予以取消。四個月之後，意氣風發的新東方便像一棵光禿的樹，在凜冽的寒風中發出了致命的脆響……。又過了一年，我們的幾家信託公司發生了接二連三的擠兌，公司的股票也開始持續暴跌，一年後公司便開始清盤了，我也因非法吸儲罪身陷囹圄。

毋庸諱言，有近兩年的時間，我都是在一個接一個的噩夢中掙扎著過來的。「911」僅僅是一連串倒塌事件的最初咒語，但它的確讓我覺得我們的事業，甚至於整個生命都只是一個玩笑。我年逾八旬的母親曾經開導我：「兒呀，想一想那些和你一起長大的人，他們恐怕到現在連長沙都沒有去過呢，你走得太遠了，也該歇歇了。」

是的，太遠了，可我為什麼要走這麼遠，且一走就是幾十年？我曾聽過和田一夫先生的一次演講，主題大約就是失敗。那個時候我們的公司正如日中天，和田一夫先生的八佰伴卻倒閉了。他在演講中引用了松下幸之助的一句話：「做生意就是遵守常識——天晴時出門，下雨時待在家裡。」事隔多年，再想起這句話，才知其意味深長，非歷經苦難不能體會……

好了，令人唏噓的開場白結束了，我也該介紹一下自己了。

我叫王家瑜，一九六四年生於湖南一個叫梅崗的山村。梅崗，這名字頗有些詩意，但我自出生以後就再也沒有回去過。我曾多次問過母親梅崗的風情與景物，似乎並沒有任何特色可以讓我在這裡講述的。在一首名叫〈乾枝梅〉的短詩中，我曾幻想過梅崗的梅樹——

乾枝梅，從天堂的棚架上生長的乾枝梅
潔白到死的梅子
你微露著夢想，直到死亡……

但母親告訴我，梅崗並沒有梅樹。我索然於我出生的村子並沒有任何的浪漫與風情，也問過母親我出生那天是否出現過諸如一片紅雲的異象，母親淡淡地回答：「沒有。」那麼出生在一個平凡的山村，生辰八字中又沒有任何異象的我，為什麼會在一段相當長的時間裡相信自己異於常人呢？我的英雄主義情結緣何而來？這樣的情結原本只屬於一個盛開著桃花、美女、詩歌卻局勢動盪的年代——風吹動著簫聲和書頁，雲大片大片地流動，仁人志士在烏篷船上討論共同綱領……

生於一九六〇年代，成為後來學人所謂的「第三代人」，從小就被賦予了「要解放全人類」的使命：「世界是我們的，也是你們的，但是歸根結底是你們的……」令人遺憾地成了我們這一代人的英雄情結得以形成的根本原因。這原因導致了我們的浪漫主義與英雄主義的不純粹、不徹底、不完美，也使我在夢想與現實、城市與鄉村、文化人與生意人、愛情與肉欲、真實與偽善的灰色地帶成了一種雜碎。我是一個不成功的文人，更是一個不成功的商人；我生於山村，卻流淌著不可救藥的讀書人的血；我是一個南方士子，柔弱、敏感，在月光下流淚，卻要到西北的荒漠中去討生活；我喜歡素樸、忠誠的品德，簡單的人事，卻一生都與私念、惡欲、欺詐為伴；我崇尚愛情的光芒，卻迷戀肉體那近乎於糜爛的享受；我渴望成為烈士，卻一直活到今天……。小時候，我經常幻想自己率兵突圍，衝下山去，包圍寧遠縣城；我打開牢門，救出同志——其中一位一定是我歃血為盟的兄弟，另一位則一定是我婀娜多姿、臉色蒼白而又一往情深的女子。我長期喜歡柔弱、病態的女人，可以反觀自己的強悍。我需要崇拜、順從甚於需要平等的愛情，這使我的婚姻從根本上就不可能幸福。我的確有過一位盟兄，我們曾經歃血為盟。他雖然沒有機會在敵人的嚴刑拷打下背叛我，卻在一次捶胸頓足之後帶走了我的一百萬，從此就再也沒有了蹤影。很長一段時間，我成了宿命論者——家族及時代的宿命。我長期被黃繼光、董存瑞……，或者更遠些，被譚嗣同、蔡鍔、黃興，也被我的先人王笑浪、我的右派父親和叔叔們的夢囈所左右。那些夢囈讓我做著英雄的白日夢，行走於紛亂的俗世間。

從某種意義上來講，一個中國人並沒有自己獨立的命運，其出生與終結皆不由自己做主。我十四歲的女兒曾批評我「總愛做自己不能控制的事情」。她認為順其自然的生活才是好的生活。比如我一九八一年參加高考，成績下來了，要填志願，父親要我填中山大學，我就填了。

雖然我從小就與父親對立，這件事卻聽了他的。因為除了清華、北大，我不知道還有一些什麼大學。填完志願，一家人去飯館慶賀，沒想到會因一件小事與父親爭執起來；他抄起一隻碗向我砸過來，我怒火中燒，衝出了飯館。我的第一個決定就是不報中山大學了，因為這位狂暴的父親就是中山大學畢業的。可不報中山大學又報什麼學校呢？正巧飯館外面貼了一張地質學院的招生簡章，我就報了地質學院，結果就被錄取了。我此前從不知道有這麼一所學校，對於地質專業更是一無所知。我就因為這麼一個偶然原因上了這所幾乎讓我精神分裂的大學，還差一點不能畢業。我毅然決然地成了一個壞學生，神經兮兮地認識了後來的妻子，有了現在的女兒，寫了近十年的詩。如果填志願那天不去那家飯館，如果吃飯的時候不與父親起那場衝突，我就會進另一所學校，學另一個專業，認識另一個女人，生另外一個孩子，過著另外一種完全不同的生活。重大事情被偶然事件決定的例子還很多。我後來常跟人講，凡大事都不由自己做主。比如一個人是男人還是女人，是生在農村還是城市，是高還是矮，美還是醜，聰明還是蠢……，這些重要的事情都不由自己做主。包括此時走出門會不會被車撞死，是被一輛賓士車還是被一輛三輪車撞死，也由不得自己。但人們卻經常揚言——「我要扼住命運的咽喉」，豈不可笑？雖然人們明白這些道理，卻還是忍不住去探究某些規律，像那些有學問的人一樣自欺。因為不自欺，活著就更沒有意義。我寫這些文字也是為了自欺，或者堂而皇之，為了讓自己活得更有意義。

我女兒批評我愛做不能控制的事情，是指我天性喜歡冒險。我願意做超越自己及挑戰極限的事。愛因斯坦說：「對著天上的星星瞄準總比對著樹上的鳥瞄準要打得高。」這句話影響了我很多年。但我女兒卻說：「對著天上的星星瞄準，最後一定連一隻鳥都打不著。」有一次一位記者問我的人生目標是什麼，我回答說：「對人及社會有所影響。」這個觀點一直不被我女兒所接受。我知道自己的觀點是功利主義的，也是凌駕於普通人之上的，英雄末路會是這種觀點的必然結果。所以我女兒常說：「你這一生都會很孤獨。」她信奉快樂原則，還說快樂不僅是一種心情，更是一種能力；如果快樂的能力提高了，人類就會更美好。所以在這裡，或者說在苦難的人生過了一半時，我也想探究一下快樂原則。我嘗夠了辛酸苦辣，也想嘗一嘗甜的滋味。說到底，我雖然相信宿命，卻還想有滋有味兒地活下去……

2 家族

十九世紀末江西銅鼓縣黃陂王家，生了一個俊美的男孩，行由字輩，取名由文，字雪療。由文兩歲時，父母雙亡，由同宗一位留過洋的叔叔撫養。這叔叔喜歡他的容貌，也喜歡他的乖巧和伶俐，曾出錢供他念了幾年書。至十六歲，外出當兵，從此那位留過洋的叔叔便再也管不住他了。二十歲從軍隊退役回到銅鼓，由文便成了賭館和妓院的常客。他的俊美遠近聞名，雖然窮，無父無母，又有些壞名聲，但為人豪俠，聰明靈秀，竟也娶了鄰縣修水袁氏之女為妻。袁氏為修水的耕讀世家，嫁給由文的這位長女，從小讀四書五經，以待人謙和、循規蹈矩為鄉鄰所稱道，其醜陋的容貌也聞名遐邇。這位樸素的女子與浪子由文成了絕配——一個是篤信道德的孔門信女，另一個則是為所欲為的江湖浪子；一個醜陋，另一個俊美；一個富，另一個窮；一個喜歡書籍，另一個卻喜歡骰子；一個崇尚節儉、安靜的生活，另一個則渴望天天呼朋喚友，千金散盡……。有趣的是，這位幽閉在閨房之中自慚形穢的女子，卻誠惶誠恐地傾慕江湖風雲中的浪子。她小心翼翼地伺候著一匹野馬，逐漸喚醒了蟄伏在由文心底的讀書人的夢想，讓由文記起了黃陂王家作為書香門第的光榮歷史，並不失時機地讓他背上了其中所包含的家族責任。浪子由文在即將毀掉純良天性時，從賭館與妓院中回了頭。他去了南昌，隨那位留過洋的叔叔學醫，後來又隨軍做了醫官，授上校銜。文化大革命爆發後，這位上校的脖子上經常掛著「打倒反動醫官王雪療」的牌子遊街。革命小將像拖一條老狗一樣拖著他，從一條街遊到另一條街，還一邊遊一邊敲鑼。每敲一下鑼，上校就喊一聲：「我是反動醫官王雪療。」群眾接著就喊：「打倒王雪療，讓他永世不得翻身。」我在這樣的喊聲中長大，從六歲一直喊到十一歲。我的喊聲比任何人的喊聲都細、都尖，也更讓人側目而視或者回頭。群眾看見這樣尖細的聲音是由一個小孩青筋暴露地喊出來的，就哄堂大笑。帶頭喊口號的人就厲聲喝道：「嚴肅點！」群眾就嚴肅點。小孩依然尖聲細喊，人們依然忍不住大笑，帶頭喊口號的人又厲聲喝道：「嚴肅點！」群眾就又嚴肅點。一上午的遊街就這樣結束了。若干年後，這樣的口號及這樣遊街的景象常常會不約而至地出現在我的夢裡；同時在夢裡出現的還有迎風招展的獵獵紅旗、響徹雲霄的鑼鼓聲以及我爺爺流著口水的狼狽樣。「東風吹，戰鼓擂，現在世界上究竟誰怕誰……。」在寧遠北郊的一塊空地上，每年都會舉行一次萬人批鬥大會。每次批鬥大會都會有人被雪亮刺眼的大刀砍頭。人頭一落地，群眾就喊聲動地：「毛主席萬歲！」「文化大革命勝利萬歲！」後來，一部叫《左禍》的書列舉了湖南在文化大革命中殺人的八種方法，用雪亮的大刀砍頭算得上是最暢快也是最人性的一種。但是我的爺爺、反動醫官王雪療，雖然每年遊街，卻總能在批鬥大會上倖免於難。這其中有兩個原因，一是我大舅出身好，做了革委會主任；二是他懂醫，救過不少人的命。但爺爺從來都否認我大舅對他有過活命之恩，他對外婆一家向來嗤之以鼻。事實上每次開萬人批鬥會前都要先開一個小會，決定誰被砍頭。每次開小會最關鍵的那句話：「把王雪療砍了，誰來救造反派的命？」都是由我那幾乎就像閏土[1]一樣木訥的大舅說出來的。他一年說一句這樣的話，就救了我爺爺一次命。

多年以後，我回到寧遠，雖然北郊早已高樓林立，我依然不敢獨自經過那片空地。我總是感覺到有人從背後蒙住我的眼睛，還不斷地打我，奇怪的是我從未感覺到疼。我喊道：「誰呀？不要開這種玩笑。」睜開眼，卻見不到人。我想我的恐懼與幻覺一定來自於榮格所說的「集體無意識」，它使整整一代人都沉陷在或輕或重的癔病之中。我用了大約三十年來治這種病。這病的病症包括：陰暗的防備心理、莫名的警覺、孤獨、狂躁與恐懼、不自信也不相信人……，我曾經寫過一首詩來描述這種病症：

1 魯迅小說〈故鄉〉中的人物。

冬天

這日子太短了
金色的光線已退入黑夜
大地上堆滿了骯髒的冰塊
我還能不能安慰春天的人們呢

我鍾愛的季節這樣短命
可愛的臉轉瞬消失
樓道變樣——一條長長的地獄的走廊

好冷啊，身著棉襖的魚躺在烤箱上
手指也喪失了音樂
少女們落入了冬天的歷程

冬天，冬天停止了罪惡的寂靜
冬天，你能面對什麼
你沒有門，你的窗子怕冷
園子裡的花害怕新鮮空氣
園丁和花朵一一凋零

我沒有辦法
我在雪峰之下生活多年
我和覓食的麻雀為伴
我越走越遠越遠越警覺

此刻，你在火爐旁思念的那個人
住在一座秋天的古堡裡
片片落葉吹滿了他的房間

他在戀愛著怎樣的一支蠟燭
又在哭泣怎樣的一位歌手呢

二十八歲做了上校醫官的由文，一生都在戰亂中闖蕩，直至一九七九年去世。寧遠縣城舉行了盛大的葬禮，人們悼念他的苦難、豪俠、精於世故、俊美、風流和醫術。他能活到八十五歲的祕訣是在一個僻遠的小縣城擁有精湛的醫術。我奶奶常常以此為豪，她引導爺爺做了醫生，這算得上她一生中最得意的事情。按照她的邏輯，如果不做醫生，就不會救那麼多人的命，不救那麼多人的命，就沒有理由讓自己活著；是別人要活命，才有了自己活命的可能。對此浪子由文有不同的看法，他對奶奶的邏輯淡然一笑。他知道除了醫術，更多的是他的江湖經驗一次又一次地救了王家，這些江湖經驗使他處處都能左右逢源。他深諳趨利避害的各種技藝，對這些技藝的使用比對手術刀的使用還熟悉。與奶奶的循規蹈矩和不諳世故相反，他老於世故，駕輕就熟地往來於權勢之間，無論誰當權都不會低看了他。一個從賭場和妓院中混出來的人，一個擅長交際的「兵油子」，一個在戰火中傾家蕩產又憑一技之長從廣西的土匪窩闖蕩到湖南的土匪窩的「老江湖」，能夠在歷次運動中倖免於難，原本也沒有什麼好奇怪的。他謀生的本領、應對局勢變化的能力本就不是那些本地的、幾乎沒有出過遠門的造反派頭頭們能望其項背的。

二十世紀二三〇年代，湖南和江西內亂不斷，爺爺在生下二叔後，知道不能再在軍隊混下去，遂退役至長沙，辦了雪療西醫診療所。他長於外科，內亂不斷的年代，傷患總是不斷，診所的生意十分興隆。但好日子沒過多久，日本人就打過來了，從北邊的武漢一直打到長沙。雪療診療所毀於一場大火，一家人只好倉皇南逃。至廣西，被全州的土匪抓住，留在匪營做了醫生。不久湖南的土匪和廣西的土匪火併，又被湖南的土匪抓住，留在湖南的匪營裡做了醫生。直至解放，一家人才在湖南與廣西交界的寧遠安了家；爺爺還做了縣城唯一一家醫院的院長，這也得益於他救了縣長一命。那位縣長在剿匪中挨了一槍，子彈碰巧穿過他的褲襠，爺爺的手術刀不僅救了他的命，還救了他的雄風，這大恩值得他用一個院長的職務來報答。

多年以來，我時常都會想起我的爺爺。我那狡黠、江湖、英俊、好技術、壞運氣的爺爺，與我樸素、幽獨、醜相貌、好德行的奶奶同床共枕，在偉大的抗日戰爭中一連生了七個孩子。除小女兒夭折外，四個男孩和兩個女孩全都健康地、滿懷著愛國主義熱情地上了大學。這在窮苦而僻遠的寧遠可真是影響深遠。爺爺在做了多年的浪子之後，通過自己的人生經驗明白了讀書的好處。他信念堅定，相信讀書更有益於活命。因此無論日本人多麼兇殘，無論仗怎樣打、難怎麼逃，他都毫不動搖地供孩子們讀書。不僅供男孩子讀也供女孩子讀。學校開課他讓孩子們讀；學校停課了，他讓孩子們等，一開課又讓孩子們讀。我父親就是在戰亂中讀一年停一年，堅持不懈，最終從中山大學畢業的。在爺爺看來，讀書有三大好處：活命、賺錢、出名。但我父親縱容自己的個性，讀了全無用處的英文糸。他迷莎士比亞，也迷拜倫和濟慈。他不關心拜倫們能不能讓他活下去，當不當得了飯吃；他的弟弟妹妹效仿他，也都念了無實用的專業。爺爺自以為是的人生經驗在孩子們身上全落了空，大學畢業後他們一個接一個全成了右派。他苦心經營，想光大門庭，可孩子們的命運全都如此不堪，賺錢和出名不能再想，活命也十分艱難。到了我這一代，上大學的便只有我一個；我的堂弟堂妹們信仰知識無用論，或者他們的心智完全不宜於讀書。

一九七九年，爺爺在彌留之際，讓母親從床底下取出一部發黃的英漢詞典。他說不出話，手一沉就閉了眼。母親明白他的心思，她的手也很重，將這部詞典交給我時眼含著淚水。我明白在爺爺心裡我是王家唯一的希望。我帶著這部詞典上了大學，從一座城市到另一座城市，從一種境遇到另一種境遇。許多年過後，我才明白爺爺留下這部詞典的寓意。他從小在那位留過洋的叔叔家長大，受他的恩惠也受他的歧視。叔叔家仿西式的生活方式，包括餐具、服裝、禮節、說話時夾雜著英語等，讓他感到壓抑。他融入不了這個家庭，他的江湖習性時常遭到叔叔的訓斥。他暗中發誓要出人頭地，一心要送孩子們出國留洋，但生逢亂世，他所能達到的最大目標也不過如此。雖然孩子們都上了大學，卻沒有一個如他所願出國去。二十多年過去了，我的詞典還在，英文卻一塌糊塗。我沒有出國留學，雖然後來常出國去，卻不過是出去做點小生意。我完全辜負了爺爺的期望，他對讀書的信念在我身上已經蕩然無存。我不會英文，不懂電腦，像我父親一樣，沒有掌握任何一門有用處的學問，沒有用處的學問又讓我做了許多荒唐事。黃陂王家在寧遠興旺了幾年，很快又衰落下去了。我一直不敢到爺爺的墳前去，我的堂弟堂妹們則根本不知道爺爺的墳在哪裡，王家的血脈如此纖弱，他們都不是「黃陂王家主義者」，甚至連黃陂在哪裡都不知道……

改革開放後黃陂王家的族親們卻都與我聯繫上了。他們從報上讀到了有關我的報導，便來函索要重修族譜的經費。我注意到僻遠地方所謂書香門第對外面世界的可愛幻想，他們相信一個人的名字能夠登在報紙上就一定很有本事。由文浪子回頭的故事在黃陂再次被人談起，我作為由文的長孫，一不小心就成了他們振興家族的希望。但他們全憑想像，完全不知道我已心力交瘁，我和這個世界打交道的能力一點也不比他們強。我早已被這個複雜、善變的世界肢解，至今也未能安身立命。那些唬人的報導給了他們錯誤的幻想，他們寄來一份份專案，所涉包括養鰻魚、種草藥、養鴕鳥、辦茶場、開石英砂礦、辦養豬場……不久又一個接一個推薦族人來我公司上班。一位老族叔稱我為「賢契」，給我講了不少「打虎親弟兄，上陣父子兵」的道理，但我與那些從未見過面的族親並無兄弟情誼。我坦言自己雄心不再，對這個世界的熱情所剩無幾，不能承擔任何家族的義務與希望。但這些話沒有用處，他們依然熱情地向我推薦專案與人才，直至我深陷囹圄才與我斷了聯繫。實際上我對黃陂一直有強烈的探究心。我是湖南寧遠梅崗人，而從未將自己看做是江西銅鼓黃陂人。但我的血脈源自黃陂，我一直想弄清楚黃陂與王家在命運上的聯繫。我爺爺講滿口的銅鼓話，父親講湖南普通話，大姑、二叔和四叔講新疆普通話，二姑講東北普通話，三叔則講上海普通話……，他們少小離家，與黃陂早已沒有聯繫。他們在千里之外經歷著自己的生活，但無論在什麼地方，做什麼工作，當了幾年右派，離過幾次婚，如下特性都是他們共有的：一、渴望浪漫的愛情卻只有不幸的婚姻；二、雖壯志未酬卻都勤勤懇懇；三、為人忠厚，卻任性、叛逆、不識常理、不諳世故，是天真的理想主義者；四、是瘋癲的自我主義者，但並不是黃陂的王家主義者；五、都曾壯懷激烈，最終又無奈地向俗世屈服；六、與多數群眾一樣，正一步一步地了此殘生。我的命運也將如此，我已放棄任何與命運抗爭的想法。王家的這些特性並不離奇，但多夢卻是他們的基因密碼。我自己就常常將夢與現實混淆，這混淆讓我既混亂又勞累。我分不清已經發生的事與將要發生的事有什麼區別。我保存著對黃陂的探究之心，想弄明白是怎樣的繩索拉著我，無論走多遠，命運卻總是在重複。

二十世紀八〇年代，文化界掀起了一陣焦灼的尋根熱；一本叫《百年孤寂》的書風行一時，到處都在談論馬奎斯和布恩迪亞家族。我已經沒著沒落地經歷了好幾年的喧嘩與躁動；我正在讀大四，塞滿新名詞的腦子一片混亂，我也要尋根，於是去了銅鼓。

接待我的是我爺爺的堂妹，那個留過洋的太叔爺的小女兒，卻比我爺爺小二十歲，與我父親同年。我初三便與這位叫箴的姑奶奶通信，我們在信裡無話不談：家族、書、音樂、詩歌、三年自然災害、反右及文化大革命⋯⋯，我們也談到男人和女人。箴的經歷甚至比我爺爺從浪子到軍醫、從軍醫到土匪、從廣西的土匪到湖南的土匪要更離奇，也更有玄機。這位活潑、乖巧、倔強、驕傲的官宦人家的千金小姐（她父親曾官至省衛生廳廳長），十六歲得了鋼琴比賽的銀獎，十八歲念了音樂系，二十一歲披著一身素雅的婚紗嫁人。她丈夫曾做過國民黨省財政廳的處長，解放後這位丈夫辭了職，靠拉板車謀生。他大約是太怪僻了，或者他是一個有原則的信義之士，總之他拒絕為新政府服務，不聽任何人的勸告，竟去山裡做了護林員，從此就再也沒有下過山。

箴二十一歲出嫁，二十二歲生女兒，二十三歲生兒子，二十五歲又生女兒，二十六歲丈夫離家出走⋯⋯，我沒法想像她是怎樣一邊守著活寡一邊撫養四個幼小的孩子的。偏偏三十歲那年，她還將自己弄成了右派。天下的右派大都只是沒了公職，去農村鍛鍊而已，她卻變本加厲，將自己直接弄進了監獄。她服了十二年刑，親戚朋友都與她劃清了界線，四個孩子也都送了人。她在監獄裡白了頭髮，出獄一年卻又滿頭青絲。這位小巧玲瓏的老人精力充沛，擁有一種不可思議的、勇往直前的樂觀天性；五十歲還有著孩子般的笑容，保持著女學生靈性飛揚的儀態。誰也看不出她經歷過那麼大的磨難，她把牢房當做學堂，很虔誠地學習和改造。她喜歡談論愛情，每次給我寫信都要用一頁紙的篇幅來談論她對愛情的見解。我十五歲與她通信，相當一段時間不懂裝懂，她也不揭穿我，而把我當做一個懂的人，徹底忽略了我的年紀，繼續談論她的愛情。「那個時候，我總是穿著白襯衣、紅裙子……。」她不斷回憶自己的青春年華，我們通了五年信，她就滿懷深情地回憶了五年。我對她熟得不能再熟，稱她為親愛的箴，時而用英文格式時而又用古文格式給她寫信。她收到我的信，知道我要回銅鼓，高興得一大早就到門口去等。我下了火車，走了一小時夜路，於凌晨四點看見她站在凜冽的寒風中，整條街只有她家門前的燈昏暗地亮著。一個披著披肩的小個子女人，像大三的女學生一樣向我飛奔而來。

箴接待我的方式也異於常人，她沒有讓我坐下，而是將我直接拉進被窩。南昌的冬天又潮又冷，被窩是事先暖好的，所以我一鑽進去就幸福無比。她坐在床沿上，出神地打量我。

「你可真醜，王家怎麼會有你這麼醜的孫子呢？」她拿出一本發黃的相冊給我看，告訴我誰是她父親，誰是我爺爺。我看見相片上站著兩個三四歲的孩子。

「這個是你父親，這個是我。」

「你父親比我小兩個月，可我是他姑；你父親叫我姑，你卻叫我親愛的箴。」

我分辯解：「是你要我這麼叫的。」但沒有說出口。

她忙不迭地說話，又拿出事先擬好的訪親計畫。「我們先回老屋去，黃陂王家的老屋叫柏樹下，因為四周種滿了柏樹。」

我知道柏樹下，對這個名字有一種既俊雅、飄逸又懷古思幽的感受。我幾乎是因為這個名字才喜歡上黃陂王家的，那個能取這麼一個好名字的先人一定學識淵博，品味清雅。

「你以後寫文章，就用『柏樹下』做筆名吧。」箴說，既像是建議又像是命令。我一下子就興奮起來，柏樹下引發了我對黃陂王家的幻想，這幻想遙遠而脫俗。

「老屋的後面是一座山，山上種滿了楠竹。王家的先人都葬在後山上，每年開春我們都去山上拔筍子，就像在先人身邊做遊戲。」

「瞧這張匾，刻了『忠厚傳家』四個字，這可是王家的傳家寶了。」她挑了一張舊得不成樣子的照片給我看，又意味深長地告訴我——「忠厚是一門哲學，很難懂，但你得弄明白。」

她盡情發揮熱情與思想，但我坐了兩天火車，又走了近一小時的夜路，我在她的絮叨中睡著了。醒來，吃了午飯，我們便去車站趕開往銅鼓的班車。我注意到箴一直沒有介紹她女兒，我看見一個三十開外的婦女，頭髮焦黃，低著頭，不情願地忙來忙去。直到我們出門，箴才彷彿想起來——「這是我女兒，你叫她表姑。」我們急著出門，我叫了一聲「表姑」，她也只是勉強地點了點頭。

過了一個月，我收到一封來自南昌的信，提醒我「不要跟那個老妖婆學壞了」。我驚訝這信竟是箴的女兒、那位叫「超」的表姑寄來的。一個自己也做了母親的女人，竟這樣攻擊自己的母親，我與父親談及此事，為箴抱不平。但父親告訴我箴做過的一些事情，卻使我對超產生了很深的同情。

原來在獄中時箴已將四個年幼的孩子送了人，出獄後又歇斯底里地向人家要。超極不情願地回到母親身邊，因為母親的右派身份，初中沒念完就上山下鄉去了。終於回了城，又找不到工作，熬到三十歲才找了一個有小兒麻痹症的對象。箴認為男方家世低微，又沒有文化，便極力反對這門親事，但她反對的方式令人瞠目。她不斷給男方的單位寫信，不回信就上門去，稱男方如何誘騙了自己的女兒。剛平反的右派當時格外受人同情，箴在銅鼓是有名的右派，因此而得逞，生生地拆散了一對活鴛鴦。超卻與母親因此反目，她恨母親，認為母親既然沒有能力，就不該把她從養父母身邊要回來。否則也不至於不讀高中就去了農村，更不至於那麼多年都回不了城。如果還是那個南下幹部的養女，她在銅鼓便是高幹子女，又怎麼會落到三十歲才非嫁給一個殘疾人的地步呢？母女倆的隔閡從此不能消除，便彼此搜羅證據相互攻訐。超甚至懷疑父親當年離家出走是因為母親行為不軌，她指責母親輕佻、老不正經；箴則說女兒想男人想瘋了，連個跛子都要嫁……

父親還說了箴另一些不那麼光彩的事情。最不堪的是，她在歷次運動中揭露過幾乎所有的親戚與朋友。她利用一切機會，搜羅親戚朋友的觀點與思想，然後寫成材料，交給專政機關。但這些努力並沒有得到回報，她仍然坐了十二年牢，還差點被當做「四人幫」的黑手再次被捕。

「她並不是一個很壞的人，只是太喜歡在浪尖上生活了。」父親說，我贊同父親的觀點，我與箴通了五年信，隨時都能感覺到她內心的火焰。她總是衝在最前沿，為了真理不怕把牢底坐穿。遺憾的是，她所追隨的真理總是無情地拋棄她。

我曾見過不少熱愛藝術的人，都曾像箴一樣熱心於政治鬥爭。他們將自己的天真發揮到極致，也將自己的想像力和表現力發揮到極致。藝術的想像與表現一旦掉進政治的火藥庫，就會像科學家發明了原子彈，將無限擴大人類的悲哀。

長途汽車從南昌開往銅鼓，一路泥濘，卻滿目蒼翠。南方的冬天濕冷透骨，我欣賞著車窗外的景色——紅色的土壤和鬱鬱蔥蔥的灌木……，但箴並不給我獨處的機會。

「如果不是我父親，你爺爺根本不可能做醫生，更不可能供六個孩子上大學。」

「不過他可真是個美男子。當年與你那位醜奶奶結婚時，銅鼓縣不知道有多少待字閨中的女孩子在暗地裡哭。」

「他英俊、聰明、放浪形骸，成天不是在賭館就是在妓院裡混。要不是我父親，他不是一個地痞就是一個流氓。」

她像考證文物一樣，列舉了若干證據，模擬了當時的環境，僅僅為了證明她父親對我爺爺的再造之恩。她每一句話都直露出對爺爺的不屑。一個幾乎家破人亡的老人，仍然是一副救世主的腔調。我領略到她的驕傲與計較，這與那個給我寫信的親愛的箴判若兩人。我鬱鬱寡歡地聽她一路絮叨，只想快點到柏樹下。

「小時候，柏樹下有四個八角亭，東南西北各一個。我和你父親每天早晨都在八角亭裡背書。我們臨同一種字帖，比賽誰臨得又快又好。你父親像受氣包一樣寄養在我家裡，和我一起背詩習字。他的智商和相貌可比你爺爺差遠了，他居然也上了中山大學！」

箴憤憤不平，話題又轉到了我父親身上，她一邊絮叨，一邊時不時咯咯大笑。

我的心思逃脫出去，飛到了八角亭上。

這亭子讓我充滿了浪漫的想像——彷彿是我出生在柏樹下，每天與一位小姑娘在亭子間背詩習字。那位專司研墨的侍女只有十四歲，永遠低著頭，害羞地、面若桃花地，既小心迎接又十分緊張地迴避我的眼神。我蠢蠢欲動，想擦拭她鼻樑上的汗；我看見她手腕上纖細的血管，就想拉她的手。我充滿了與這位侍女的熱戀之心，幻想著與她發生離奇的故事。這故事在任何一本張恨水的書中都可以讀到，但我願意重複，願意回到任何一本庸俗的言情小說中去，成為一位命運淒婉的男主角。

在顛簸的長途汽車上，箴熱烈地講她的話，我熱烈地做我的夢，我們開始離心離德。下了車，走了一個來小時土路，就到了黃陂王家的門樓前。我一下子便呆住了，這就是柏樹下嗎？這家怎麼會凋零得如此不堪？門樓完全不成樣子了，樑柱上滿是蟲眼，石礅汙穢不堪，一條老狗在汙泥中昏睡，柏樹更是一株不剩了，雖然從殘留的樹樁仍可想見它們曾經的繁茂。沒有任何人來迎接我們，一位倒豬食的農婦打量了我們一眼，連招呼都不打就進屋去了。我想問那是王家那什麼人，箴完全不理睬我，她獨自佇立在門樓前，嘴唇上下哆嗦。

「柏樹下一解放就充公了，現在雜居著十幾戶人家，王家就只剩星叔公了，我們去看看他吧！」

箴帶我進了門樓。我一路上對八角亭的想像煙消雲散，這想像與眼前的景象反差太大了，我實在難以接受。

我隨箴進了最裡面的一間堂屋，又進了東側的一間廂房。堂屋連帶了一眼天井，漚著畜糞，散發出刺鼻的惡臭。

「星叔公！」箴推廂房的木板門，門「吱」的一聲開了。藉著天井漏下的光，我看見屋裡坐著一位老人，七十多歲的樣子，背卻全駝了。

「箴妹子來啦！」老人顫顫巍巍地站起來，昏暗的眼神剎那間便亮了起來。

看來箴是他天天都在等的一個人。他給我們讓座，屋裡的光線十分昏暗，過了數秒鐘我的眼睛才適應過來。我看見一張掛著青布蚊帳的雕花木床；蚊帳太舊了，到處都是補丁；一張八仙桌，似乎從未有人用過；一張斜靠在牆角的櫃子，彷彿隨時都會倒下來……

「這是和濟的兒子，正在讀大學，回來尋祖來了。」箴介紹我。我弄不清星叔公的輩分，只跟著叫了一聲「星叔公」。

星叔公端詳著我，連聲說：「好啊，好啊。」便和箴坐下來聊家常。他們說的銅鼓話我一句也聽不懂。我茫然地坐在一旁，看這屋裡簡陋得一文不值，心裡陣陣發酸。我生平第一次不是想像而是切實地看到了衰敗。原來衰敗的含義就是讓人發毛，就是令人厭惡地徹底地毀掉你心中的希望。難道王家就只剩下這麼一個老人了嗎？我想問而未敢問。箴看出我的疑惑，起身說道：「王家的人還多著呢，只是房子被外姓人占了。」她推開窗戶，指了指對面。我看見鱗次櫛比的一大片房屋，生機盎然的炊煙正嫋嫋升起，心裡陡然升起了一簇希望。我知道王家並未滅絕，但這陡然而起的希望瞬即便黯淡下去了。祖屋是一個家族的象徵，那些搬離了祖屋的人還是王家人嗎？突然我看見了放在牆角的一幅匾，赭紅色的油漆已經斑駁不堪，我蹲下去，認出了「忠厚傳家」四個字，這可就是箴說到過的傳家寶呀！

「我們來看星叔公，他這裡有王家的族譜。」箴居然完全沒有留意到我的驚訝，她正在向我解釋什麼。「在黃陂，王家永遠是最大的姓，可惜柏樹下都被外姓人占了，這可真是造孽！」

星叔公弓著腰吃力地從床底下拖一口樟木箱子，箱子看似很重，我幫了忙，才一點一點地拖出來。打開箱子，我看見若干本線裝書，這便是王家的族譜了。翻開其中一本，竟有一行印了我的名字——「由文娶江西修水袁氏為妻，生四男三女。長子和濟娶湖南寧遠唐氏為妻，生一男一女。男，行家字輩，名瑜。」

我不知這一冊是何時刊印的，驚訝得完全說不出話來。從星叔公和這箱族譜裡我似乎看見了這個家族執著的力量。

「我已經考證過了，王方的確是我們王家人，黃陂王家從浙江義烏遷到銅鼓時，王方那一支留在了義烏。」星叔公對箴說。

王方是同治年間的進士，曾官至翰林院編修，算得上是一個有學問的人。我突然想到《紅燈記》裡的王連舉，他的祖籍會不會也是浙江義烏的？不知與黃陂王家有沒有關係？但王連舉太過臭名昭著，我不敢造次問星叔公這樣的問題。我看出他對家族的忠誠，不敢以戲謔之心去褻瀆這份忠誠。

「看這一段，是寫笑浪的。」星叔公拿出另外一冊，指給箴看。箴接過來，滿臉的驚喜，手竟顫抖了起來。

原來笑浪是她父親的姐姐，一位二十歲就病逝了的奇女子。從族譜中我讀到了對笑浪的一段記載：「浪少有奇才，兩歲能吟，三歲能書。琴棋書畫無不精絕。幼時體弱多病，及笄，則婀娜多姿。善拳術、刀、槍、棍、棒，能飛簷走壁。」可惜美人遲暮，英雄命短。她十八歲嫁人，二十歲就因產褥熱病逝了。

有關笑浪的故事在黃陂幾乎盡人皆知。傳說一天夜半，柏樹下來了一群盜匪，全族老少都被綁至堂屋。虧得笑浪一身功夫，才將匪徒趕跑，救了一族人的性命，也保全了家族的尊嚴。但我已抑控制不住失望，我忍受不了柏樹下竟是這麼一種頹敗的景象，我開始責怪箴，她描述了記憶中的老屋而隱瞞了柏樹下早已頹敗的真相。

箴繼續讀她的家譜，邊讀邊聽星叔公講她的笑浪姑姑。我看見她噙著眼淚，全當她是個瘋子。一個不過會唸幾句詩、會幾路拳法的早逝之人，竟讓她如此動情。至於王方，我也懷疑是星叔公老眼昏花的杜撰。他需要杜撰一個人物來安慰自己，也安慰其他宗親。但這杜撰如此無力。即使王方真是王家一脈，也不過是一位二流學者，彷彿今天出版過幾本書的大學教授。一個家族不過出了一位大學教授，且這教授與這家族的關係尚待考證，又有什麼可以自得的呢？我真想逃掉，飛快地逃離。但第二天還是隨箴去了王家後山的祖墳。我頭疼欲裂，只在黃陂住了二個晚上，一個月的尋根計畫進行了兩天就結束了。臨行前，箴送給我一套銀餐具和一副瑙圍棋，是她父親曾經用過的。這些物件多少可以佐證柏樹下當年的儒雅生活。

在回去的火車上，我再次被柏樹下拉進了夢裡。我夢見一條清澈的河流，從柏樹下緩緩流過。河岸長滿了桃樹，樹林裡有人在撫琴，他雪白的綢衣落滿了花瓣。我在河邊釣魚，我的身影和粉紅色的花影在水面上一閃一閃地流動。微風吹拂，笑浪老姑婆穿著一身紅色的袍子，隨風在林子裡飄來飄去；她像是一個紙人，一會兒忽上忽下，一會兒忽左忽右。風大了起來，風吹動著撫琴人的綢衣和他身邊的書，呼啦啦的書頁聲在風中越吹越響。我的魚開始咬鉤，我抖一下魚竿就跳上了一尾紅鯉魚，再抖一下魚竿又跳上了一尾紅鯉魚。魚越跳越歡，桃花一片片落下，落英繽紛，笑浪老姑婆像紅色風箏一樣越飄越遠。撫琴人站起來，將身上的花瓣盡數抖落。他白色的身影在落英中倏然消失。我收起魚竿，風停下來，水面上一片紅色的寂靜……

我對這夢不甚瞭解，不知道為什麼會夢見那麼多紅鯉魚？至於那個身著白綢衣的撫琴人，或許便是我對我的先人的想像。這樣儒雅、飄逸、有隱者風而又從容淡定的人物顯然已經不復存在了！

多年以來我對柏樹下都有一種既哀痛又惋惜、既想逃避又想靠近的心理。其實每個中國人對自己的家族都有話可說。我們的歷史太悠久，我們有太多的故事可講。中國的讀書人對於自己的家族大都存有既叛逆又懷念的複雜情感，他們要從家族的歷史中去尋找人生的依據，一些虛榮心也要靠編撰故事來滿足。但他們無一例外都要面對家族的衰敗。我的前妻對自己的家族就有一種近乎潔癖的驕傲。她爺爺曾經是一位著名的訓詁學家和書法家，在杜甫草堂和寶光寺都留有墨蹟。她爺爺的爺爺曾官居大學士，著有一部現在還能找到的勸世箴言《老學究語》。我們認識以來，她就一直在談自己的家族。對於自己的家族，她永遠都有一種自豪感。雖然她的自豪感是蒼白的，雖然她家的宅院早已充公，她爺爺留下的古玩字畫也早就沒了蹤影，但她還是帶著這種自豪感嫁人，又用這種自豪感去影響孩子。我們的歷史就是這樣傳承的，我們明知這歷史虛幻，卻依然引以為豪。在中國幾乎從未產生過真正意義上的歷史虛無主義。無論走了多遠，無論曾經有多麼叛逆，我們最終都要回到這歷史中去。

3 父親

父親已經是第五次住院了。這一次因腦梗塞，他的腦子百分之八十在剎那間壞死了。他兩眼空洞地躺在病床上，一個多星期水米未進。我寧願相信他是睡著了，或只是靈魂暫時出了竅。他本來就是一個愛睡覺及經常靈魂出竅的人。雖然神志不清，但生命的意志卻很頑強。他拒絕治療，要回家去，要證明自己還是一個健康人。

一年前，我回湖南去看他，他的身體還很健旺。他表演了踢腿、做俯臥撐。我們開玩笑說：「您可以活到一百歲。」他很不以為然，似乎活到一百二十歲也不在話下。

父親對自己的身體向來自信。他七十歲時神志已不及八十歲的老人清楚，身體卻比六十歲的中年人健旺。我自十三歲進城，與他一起生活，便見識了他的糊塗。但二叔把這種糊塗當成一種呆氣，「不過書讀多了」，以褒揚他是有學問的。外面的人卻大都認為父親神經兮兮；我大幾歲後，也傾向於認為父親有些精神錯亂。二叔常為父親辯護，說：「書讀得多的人容易丟三落四。」我知道二叔的好意，他不過想改善我們的父子關係，並暗示我應有的孝道，包括必要的敬畏心。但父親不只是丟三落四而是太不合常理。有一年大年三十，他突然失蹤了。全家人找了好幾天都沒找著人。大家猜測著各種可能的不測，正準備去報案，他卻灰頭土臉地回來了。母親又氣又恨，問他去哪裡了，他淡淡地回答：「去了瀏陽一個學生家。」過年這件事在湖南非同小可，除非是鰥夫，絕不會在外人家過年。父親的行為讓全家人都覺得很丟臉。後來他又有過多次類似的行為，仍然是不打招呼就走，十天半個月過去了，又不打招呼回來。母親無奈，只當他是房客，他也只當這個家是不需要登記和結帳的旅店。

另一件讓人不可思議的事是，一九七八年恢復職稱評定，大家都費盡心機去爭取僅有的幾個教授名額。依父親的資歷，既是解放初名牌大學的畢業生，又是「文革」前的老講師，評教授理所當然。可父親卻拒絕評職稱，第一年拒絕，第二年、第三年又拒絕，因此直至退休也只是一個講師。他的觀點近於黑色幽默：「右派不評我當上了，教授要評我可當不上。」

雖然沒有教授職稱，大家卻還是叫他「王教授」。他十分得意，逢人便說：「不評教授就不是教授了嗎？」彷彿只有他才是民選出來的，別人即便評上，也只是小範圍認可。母親接過話說：「工資和住房標準都不一樣呢。」父親便嘲笑母親沒有見識。

父親行為不端，還表現在衣著上。他經常一兩週不洗一次澡，頭髮則永遠不梳，扣子彷彿從未扣對過，鞋更是不繫鞋帶的。他拿皮鞋當拖鞋和雨鞋穿，每兩三個月就要買新鞋。母親心疼，脫了鞋為他擦乾淨，但毫無用處，往往上午剛擦乾淨，下午就是一腳爛泥；彷彿他要成心揀不好的路來折磨母親。湖南多雨，他從不帶雨傘，瓢潑大雨也雄赳赳氣昂昂地冒雨去教室。常常一堂課下來，講臺上便是一灘泥水。鞋則像是剛在水裡泡過似的。有學生看不過去，為他買了傘，他反倒教育人家，要人家也跟著他在雨中走，以此鍛鍊身體與精神。

父親對於衣著永遠懷著文人的不屑，而且一定是大若李白一般的文人才會有的不屑。他是恨不能赤裸了身子在雨中行走的。不屑是一種氣質，我父親就有這種氣質。他不屑衣著、俗世，更不屑權貴。這氣質曾令我著迷，但不久便發現其中很有些精神迷亂的成分。母親常常對父親的不屑表現出自己的不屑。她認為一個人最重要的便是通情達理。她熱愛平凡的生活，父親卻落拓不羈。父親的不通情理頗近於今天的「扮酷」，竟也得到過部分群眾的追捧，彷彿這不通情理才是才情和品格超凡脫俗的象徵。母親一生都與父親的不通情理相衝突，這衝突卻反證了他們是一對真夫妻。我也只在這衝突中才些許感受到了家的存在，這感受讓我相信自己不是一個孤兒，並一口氣活到了今天。

父親生於一九二四年，他繼承了奶奶的樸實與爺爺的灑脫，但他在奶奶的樸實裡增了幾分呆氣，在爺爺的灑脫裡添了一些狂狷。他的不通情理造就了他一生的滑稽。父親小時候寄養在叔爺爺家裡，像受氣包一樣長大。他越呆就越不通情理，越不通情理就越受氣，越受氣就越任性狂妄。他的一生與其說是悲劇不如說是喜劇或鬧劇。但無論什麼劇，他都只演了一小段。他的一生是如此地不連貫、不完整——往往悲劇剛上演，喜劇就登場了；喜劇還沒完，鬧劇便開始了。他從未有過自己的主題，讓他將一場戲演完。

父親大學畢業後，分到長沙做翻譯，後來又在一所不入流的大學教書。他酷愛莎士比亞，組織過一個小劇團，經常排演莎士比亞劇目中的某些片段——「活著還是死去，這是一個問題。」他扮演哈姆雷特，贏得了醫學院一位女學生的愛情。他們結了婚，生了女兒，但女兒尚未足月，那位女學生就跟人跑了。從此父親的一生便牢騷滿腹。這些牢騷很快被人利用，單位要完成右派指標，見他又呆、又老實、又牢騷滿腹、又喜歡莎士比亞，便毫不客氣地將他納入了右派的名冊。從此便開始了他的流放之旅——從一個林場到另一個林場，從二十六歲到五十歲。後來認識了我的母親，靠老實、呆裡呆氣和那句別人都聽不懂的「活著還是死去」的臺詞，與我母親結了婚，犯了他一生最大的錯。

我母親不好看，父親卻英俊；母親不識字，父親卻不僅識中文還識英文；母親頭腦清醒，父親卻呆氣、糊塗；母親精於常識，作風務實，父親卻耽於幻想……，天底下再也沒有這樣不般配的夫妻了。二叔告訴我，父親和母親結婚是迫於父命（他一生落拓不羈，這回卻認了父命）。在爺爺看來，母親的好出身可以讓父親少受些罪；母親的精明與務實可以管理父親的糊塗。但爺爺錯了，他用兩種不同的材料組裝了這樁婚姻，這婚姻一開始就是散的。他們一結婚就分居，直到退休才勉強生活在一起。父親用各種不切實際的怪念頭折磨母親，母親卻偏偏崇敬有學問的人。二十世紀五六〇年代的寧遠，大學畢業生屈指可數，她兩次嫁人，都嫁給了大學畢業生。她的前夫是一名中學校長，十分藐視她；嫁給我父親，雖然是右派卻會用英文演戲，也十分藐視她。母親到了垂暮之年，曾長嘆過一口氣，她說：「我是一個農民，怎麼就不嫁給農民而非要嫁給大學畢業生呢？」造化弄人，她做了超出自己身份的事，她的命運既蹊蹺又悲涼。

我不到一歲便寄養在外婆家，十歲前對父親沒有絲毫印象。十三歲到父親身邊生活，完全是一個老光棍和小光棍的淒涼景象。有一個例子可以說明我的狼狽及父親的不負責任。十四歲那年，我剛上高中，進了所謂的「尖子班」。一天我暈倒在教室裡，醫生診斷為A型肝炎。老師通知父親，要他趕快去醫院辦住院手續。父親卻給我買了一張車票，讓我獨自一人坐了近七個小時的長途車，翻山越嶺，到了母親工作的衛生院。我見到母親後，又一次暈了過去。旁人不明白父親怎麼會如此鐵石心腸，猜測我並非父親親生。這猜測對母親的品行頗具攻擊性。但很長一段時間我也不相信自己是父親生的。據姐姐講，她與父親的關係也是如此，她們在一起生活了五年，父親從來沒有為她買過一件衣服，甚至從未給家裡添過一把雨傘。一到下雨，姐姐便淋得全身透濕，這讓一個正在發育的女孩子狼狽不堪。我與父親則在街上遇見也不會打招呼；若碰巧在同一輛公共車上，則一定各買各的票；他從前門下車，我必從後門下。我靠悶聲讀書去反抗他。父親對我的愛讀書，一半是自豪，另一半則是譏諷。他既驕傲又虛榮地將我的作文拿給同事看，卻又總是譏諷我用錯了成語、標點符號以及在文理上的狗屁不通。我極不情願成為他誇獎和諷刺的素材，但也拿他沒有辦法。他永遠知道我在讀什麼書，很早就發現我在偷讀禁書，但他隻字不提。他甚至慫恿我去讀不該讀的書，讓我過早成了一個「問題青年」。我們一直在文章與書籍上較勁。有段時間他熱衷於寫話劇，我對人說：「我父親寫的東西又囉嗦又淺薄。」別人將這話傳給他，他居然沒有生氣。他不生氣或許是因為他對我完全不屑，我呢也從骨子裡看不起他的文章。我們的較量從未公開進行，但彼此都對對方的心思瞭若指掌。

我記憶最深的是，十五歲那年，我與我的一位遠房表姐好上了，那表姐長我十歲。母親知道後氣得半死，父親則以燕妮比馬克思大六歲為例，說明愛情應該超凡脫俗。他支持我和表姐好下去，甚至可以不念書、不考大學、不要工作地好下去。我和表姐好了不到一年就分手了，父親很失望。他的愛情觀可以用「要愛就愛得死去活來」一句話來概括。他主張拋開所有約束，包括年齡、道德、地位、金錢……去瘋狂地愛一回。他還主張柏拉圖式的愛情，認為愛情只會發生在遙遠的地方。他認為愛情是非俗世的，因此大多數夫妻都只能湊合過——愛情必須超凡脫俗，遠離日常屑小。

父親另一個讓人哭笑不得的例子是，我結婚時他曾寄來一筆錢作為賀禮。這是我平生第一次感受到來自父親的溫暖。任何一個兒子都希望在婚禮上得到父親的祝福。我沒有富麗堂皇的婚禮，我只是用從工地上偷來的兩塊木板拼成了一張婚床。但我需要錢來招待參加婚禮的朋友，父親寄來的錢是我唯一的指望。但不到兩天父親便來信說錢寄錯了，讓我馬上寄回去。我只好用一袋葡萄乾和四瓶二鍋頭招待朋友們。好在那是一個重視精神的時代，好在沒有父親仍然可以快快樂樂地舉辦婚禮，好在妻子竟認為父親多麼率真。但父親是怎樣一個荒謬的父親，則可略見一斑。他的感情如此熱烈，以至於我一直懷疑他在母親之外另有所屬。我偵查了他所有的信、筆記、教案、字條……，卻沒有找到任何蛛絲馬跡。或許他只是構想了一種形象，便與這形象熱戀。父親的一生是熱烈與冷漠的混合體，熱情與冷漠又總是寫在臉上。他喜歡一個人，便視之若仙子；討厭一個人，便視之若糞土。他永遠憑情緒去做事情，他的情緒多變，觀點也多變。他壓根兒就不是一個有獨立觀點的人。他厭惡我母親，便厭惡我；憎厭姐姐的母親，便憎厭姐姐。我和姐姐都成了他反覆無常的性格的犧牲品，雖然這犧牲是日常的。

我非常遺憾在父親臨終前寫下這篇關於他的文字，我在父子情方面不能超越。剛到父親身邊時，因為受不了他的冷漠，我經常偷偷逃回到母親身邊去。但我知道在父親身邊的好處。父親在大學工作，相比母親在鄉下工作於我的前程更為有益。我不斷地對自己說：「忍他，忍他。」不久我就喜歡上了他的一位同事，我偷偷地給這位叔叔寫信，歷數父親的惡行，請求他接受我做他的兒子，我要換一個父親。信寫好了，卻一直不敢交出去。我知道這是一種孽行，偷偷將信藏在了床板下，沒承想卻被父親看見了。我等待著他的拳頭，心想：來吧。但父親沒有打我，他只是冷冷地說：「人這一生有許多事都不由自己選擇，比如父親就不由自己選擇。」這句話冒著寒氣，讓我渾身發冷。我多年都在造父親的反，現在想來我到底要反他什麼呢，我的父親是一個惡人嗎？或者說他用惡行壓迫過我嗎？沒有，真的沒有。我如此痛苦，如此吃力，反的其實只是他太不像父親。如果天地輪回，我們重新來過，父親又像摸牌一樣摸到了我，這一回卻是他喜歡的一張牌，我的命運又會是怎樣的呢？

一九七五年，我上小學四年級。我的學校以前是一座破廟，我們在這座破廟裡朗讀毛主席語錄。一個秋霜緊鎖的早晨，老師把我帶到了學校的禮堂，風颼颼地從門縫吹進來，門和窗哐噹直響，又大又空的禮堂讓人毛骨悚然。我看見一縷寒冷的晨曦，斜照在一個中年男人身上。這男人高大、禿頂，穿著皺巴巴的黑呢子大衣，低著頭，面色十分陰鬱。男人見到我便問：

「你姓王？」我縮在老師身後，不敢抬頭看他。老師說：「別怕，他是找你的。」老師走了，我的恐懼無處可藏。

「你姓王？」他又問。

「是。」我聲如蚊音。

他大約沒有聽清，再一次問道：「你姓王？叫王家瑜？」

我連連點頭道：「是！我是！」男人往我懷裡塞了一包東西——「給你的！」轉身就走了。

上課鈴響了，我回過神，做賊似地將那包東西塞進書包，跑回教室。老師在講課，課文大約是白卷英雄張鐵生的故事，但我一句也沒聽進去。我邊裝模作樣地聽課，邊想著那包東西。一放學，就逃也似地跑出教室，往外婆家狂奔而去。到了村頭，卻不敢回家，便一頭鑽進路邊的甘蔗林，迫不及待地打開包，我立刻就聞到了一股香味。我小心翼翼地看了看四周，狼吞虎嚥地吃了起來。多年之後我才知道那包讓我如此緊張又忍不住狼吞虎嚥的東西，叫做桃酥。我一生都愛吃桃酥，世上沒有任何一樣東西給我帶來過如此強烈的衝擊，並長期攝取了我的記憶。

天黑下來，我走出甘蔗林，如獲重生地、幸福地回到家裡。「見到你爸爸了？他到學校找你去了。」外婆見到我便說。我呆呆地站在堂屋裡，腦子裡閃過早晨的情景——那個憂鬱的、給我桃酥的人就是我的父親？

父親如此神祕地來，又倏然消失了。大約過了一年，快過年了，他又換了容貌似地出現在外婆家。這一次他讓我騎在他的脖子上，我們一起到爺爺家去過年。我見到了姐姐和從外地回來的叔叔。我們過年啦！那麼多年過去了，我和姐姐依然經常回憶那個幸福的年三十，姐姐說，我們王家從來沒有像那一年那樣團聚過。

父親給我的深刻印象，除我們的第一次見面，除我們在一起過過的一個年三十，更多的則來自母親。在我的記憶裡，母親永遠都在抱怨父親。她常常以淚洗面，給我講父親有多自私、多冷漠和多無情。我每次都捏緊拳頭，發誓要替母親討個公道。父親對母親有一種源自骨髓的漠視，他是名牌大學的畢業生，喜歡濟慈和拜倫，英俊而有才情；母親卻幾乎是文盲，靠解放後上識字班才學會了讀報。她喜歡平凡的物事，沒見過多少世面，卻極有原則和主見。正如爺爺和奶奶有著巨大的反差，我父母也是完全不同的兩種人。但爺爺和奶奶有著共同的價值觀，長年廝守在一起，共同撫養了六個孩子，送他們一個一個上了大學。我的父母卻長期兩地分居，各自面對自己的命運，有著完全不同的想法。除了在爺爺家過過一個熱鬧的春節，我不記得我們是否還在一起過過年？從根本上講我的父母從未成過家。我是一個野孩子，按自己的意志長到了十六歲，之後就逃也似地離開了他們——我要去外地讀大學去啦。

父親，讓我無話可說卻又不得不面對的父親，彷彿一生都在與我作對。我甚至懷疑他生我時便早有預謀，他太需要一個對手了。把我當成對手於他是最方便和最安全的。我成績好他說我小人得志，成績差他說我不思進取。他贊成我早戀，又指責我「早晚會成為一個壞人」。我按他的規定讀書，他說我沒個性；按自己的興趣讀書，他又說我膚淺。我在單位上班，他說我沒出息；下海經商，他又認為我賺的每一分錢都有銅臭氣。他用毛筆給我寫信，抄給我他讀書時寫下的眉批。他批評所有的名人，抨擊各種時政，他「不屑」、「憤世」，誰有權、有名、有地位他就和誰過下去。他在文化大革命的濃雲密布下偷聽《美國之音》，從不間斷地練習長跑；他是籃球隊英俊的中鋒，有才情的「老右派」，也是跨世紀的「老憤青」……

現在他再也不能默唸他熱愛了一生的濟慈的詩了，他癱在床上，兩眼空空地等死。我知道，他奄奄一息只是為了見我一面。但我下不了決心是否回去看他，我想把這篇文字寫完，並通過這篇文字徹底清算我們的父子關係，以確保見到他時能夠心若止水。但我知道這關係我永遠也清算不了。十年前一位算命先生曾盯著我，小心地、殺人似地說：「你的命運須得你父親過世後才能好轉。」我盼著自己有好運氣，無數次想像過父親的死亡。這想像帶給我快慰也帶給我恐懼。我或許的確是唯一能當他對手的人。我想說：「父親，你歇著吧。」但這句話無異於要他的命。沙特說：「世上沒有好的父子關係。」我幸災樂禍——我與父親怪異的關係並不是例外。我渴望父親對我有一種真正的舐犢之情，彷彿《獅子王》中的獅子。愛、榮譽和尊嚴就足夠了，甚至除了愛，我別無他求。但我與父親的疏離是如此之深，我曾寫過若干篇短文來表達這種疏離。這些十幾年前寫的短文現在讀來完全像是祭文。我彷彿一直都在祭奠我的父親；我提前為他選了墓地，做了壽衣，我冥想他的死亡。他一定會很灑脫、很剛強，也很迷亂地離開我們。他可以在天國繼續讀他喜歡的濟慈與拜倫，可以不厭其煩地繼續排演莎士比亞的戲劇。如果他想我，我也可以去天上和他探討人世間應有的父子關係。如果真有天國，我願意在天國中說：「爸爸，我愛你。」

臨回湖南前，女兒把我叫進她的房間。「爸爸，你這次回去，一定要多陪爺爺。哪怕他認不出你來了，哪怕他說不出話，你也要陪在他身邊。你坐在他身邊，凝視他，他一定會明白你的心思。只要你凝視他，吻他的額頭，你們四十年的心結就會解開，你就會幸福起來。爸爸，為了你自己，也為了我，你一定要這樣做……。」

我的乖女，我的先知，一切都在你的預言之中並且應驗了。我久久地吻著你爺爺的額頭，我看見兩行眼淚，從他的眼中流了出來……

4 外婆家的親人們

寧遠縣城北，有一個名叫唐家山的村子，三面都是稻田，一面是通往縣城的石子路，外婆家就在唐家山。外婆曾嫁過一次人，丈夫早逝了，才改嫁到唐家山的。我對外公沒有任何印象，母親也從未談起過他。外婆生了四個孩子後，又守了寡。那時大舅才十歲，小姨才三個月。外婆靠自己犁田、種菜、養豬、罵娘，含辛茹苦，拉扯大了四個孩子。二舅和小姨甚至還讀完了小學。我剛滿一歲就到了唐家山，和三個表哥、四個表姐、一個表妹一起長到了十二歲，之後便隨母親去了一個僻遠的小鎮，再之後又去了城裡。我從農村人變成了城裡人，大家都認為我很不一般。

寧遠，古稱蒼梧，出產美麗的風景、精緻恢弘的文廟及意蘊深遠的神話。寧遠縣城東二十里的九嶷山是舜帝駕崩的地方。最早的舜帝廟建於夏代，此後，歷朝歷代的皇帝都會派使臣來九嶷山修廟祭奠。舜帝是中華民族的道德始祖，南巡時死在了九嶷山。傳說舜帝死後化做了一座山，他的隨從一個個自刎，也化做了一座座山。舜帝的兩個妃子，娥皇和女英聽到丈夫的死訊，便萬里尋夫。她們到了九嶷山，見一座座山都山形彷彿，分不出究竟哪一座才是丈夫化成的，心裡十分悲慟。娥皇和女英邊走邊哭，淚水灑在路邊的竹子上，竹子便成了斑竹。九嶷山的「嶷」原本是疑問的「疑」，九疑即很多疑問。斑竹、娥皇、女英和舜帝，以及有很多疑問的山，構成了中國最美麗、最悲壯，也最令人神往的愛情與神話。但中國人對這愛情與神話知之甚少。一些人從毛主席的詩「九嶷山上白雲飛」知道有個九嶷山，卻很少有人能體會「帝子乘風下翠微」的意境。我也是上了大學才對九嶷山有了些許瞭解。我一直想知道舜帝為什麼要到那麼僻遠的地方去？他帶了多少人去？用什麼方法去的？後來我知道了，舜帝是為了教化民眾才南巡的。我對舜帝充滿崇敬之情，他死了好幾千年了，我就出生在他駕崩的九嶷山下。但我對寧遠的回憶與舜帝及道德無關。我對唐家山與九嶷山的敘述，只涉及到三個主題：飢餓、械鬥、觀念殺人。這三個主題貫穿了很多中國人的童年。我給下面的故事取名叫外婆家的親人們，無外乎是想說，我那野蠻而血腥的童年同樣也是溫馨的。

飢餓或饞

一九六〇、六一、六二年被中國人稱做苦日子，官方則稱之為三年自然災害。這是二十世紀六〇年代出生的中國人命運的起點。據資料記載，這三年中國餓死了三千萬人，超過了八年抗戰的死亡人數。我的一位朋友的小孩有一次曾放出狂言，說即便他當國家主席，中國也不會餓死那麼多人。我沒法設想一個十四歲的孩子當國家主席中國會怎樣，我更沒法理解那三年竟會餓死三千萬人（那是怎樣的死亡的加速度？）。我慶幸自己生於一九六四年，苦日子剛過，我就來到了世上。我靠吃奶、紅薯藤、南瓜和不多的米飯長大，這與我姐姐吃觀音土和樹葉長大不同。我的一位女友，是一九六八年生人，曾給我描述過她優越的童年生活：「我是喝牛奶長大的！」她驕傲地說。我則到了十六歲才第一次見到火車，大學一年級才知道世界上有啤酒和冰淇淋。但我對飢餓的感受不是親身的，我的與飢餓相關的知識和感受大都來自外婆和母親的口述。比如，我的姨奶奶和舅媽就是餓死的，我母親的身上經常一按就是一個小坑。小時候聽得最多的故事是餓死人的故事。唐家山有一個專埋死人的地方，叫九獅嶺。以埋打死的和餓死的人為最多。重慶沙坪壩有一塊墓地，埋的都是武鬥中死去的紅衛兵，其中一個墓最大，埋了十六個人；南京有紀念抗日戰爭死難同胞的紀念碑；唐山有紀念一九七六年地震時死難同胞的紀念碑。還有各地的烈士陵園，是用來紀念、憑弔先烈的，也常用來進行愛國主義教育。我常想，如果研究一下死亡，就會發現戰死的人可以當英雄，地震死的可以叫遇難，武鬥死的可以叫活該，病死的可以讓人哭，叫不幸病逝。餓死呢，可真不好說了，總不能叫遇難或不幸餓死吧。如果一個人餓死了，我們說他懶，活該，三千萬人餓死呢？瑞典的內莉．薩克斯以寫死亡及猶太人在集中營中的苦難而出名，還得了諾貝爾文學獎。如果她活著，我很想請教她：三千萬人餓死該怎樣寫？在我看來，餓死是所有死亡中最無力的。餓死可以叫做冤死，或者叫無法說清楚的死。但餓死的人會說一句心裡話，叫：我不想死呀！如果三千萬餓死的人都說我不想死呀！我們又該怎麼辦？我們能繼續安心地活著嗎？所以我常想，得趕緊給餓死的人找個說法，也修個紀念碑什麼的。但這想法我一直不敢正式提出來。我如果提了，別人一定認為我是吃飽了撐的。一個吃飽了飯的人去操心餓死的人，還真有點不合時宜。好在歷史有一種強大的能力，就是能把它認為不宜於記住的事刪除掉。但我心裡依然想，如果真有人為餓死的三千萬人立碑，我一定會對這人給予莫大的尊重。因為沒有親身體驗過飢餓，所以我要說的與其說是飢餓不如說是饞。但饞也可以稱做是比飢餓稍高級一點的形式。我舉一個例子來說饞。有一次小朋友們在一起討論毛主席每天都吃什麼，大家舉了很多例子，最後我說毛主席肯定每天都吃炒豆子！我這樣說是因為我自己饞，想吃炒豆子。

饞是飢餓的延伸，是吃了卻沒有吃飽時胃、心理和精神的一種反應。如果飢餓是有罪的，饞則近於羞愧與無恥。關於饞（或者飢餓的稍高級一點的形式），我的另外兩個例子是這樣的。小時候我最想吃的東西是雞，但吃雞是太不容易了。雞要用來下蛋，蛋要賣了買鹽、買課本、買衣服，雞是一家人最重要的生產資料，非到過年才會殺。所以怎麼辦呢？我想出了好辦法。我偷偷地將雞抓起來，藏在衣服裡，手扶拖拉機過來的時候便將雞飛快地扔過去。雞死了，只好吃掉。我靠製造車禍來吃雞，沒有一次不成功的。但這方法太陰毒，也太冒險，一年也只能幹一兩次。為了吃雞冒這麼大的險，心地又如此陰毒，可見饞與飢餓一樣難以抗拒。除了饞雞，還饞雞蛋。小時候外婆寵我，每年過生日都會把我一早叫醒，塞給我一個紅雞蛋，蛋是用紅紙染的色。我拿了雞蛋，又蹦又跳地去上學。這一天我的地位完全與眾不同。上學的路上，我每見一個同學便讓他看一眼紅雞蛋，看饞了則允許他剝一點皮，用舌頭小心地舔一舔。上學的路上，一隻雞蛋被十幾個同學看過並舔過了，依然沒捨得吃一小口。直到晚上睡覺時，才在半醒半夢中將雞蛋一口吞下去。我大約是唐家山唯一能在過生日時吃雞蛋的人，我一年吃一次雞蛋，一眨眼竟長到了十二歲。

吃所帶來的複雜心理要比食物本身難忘多了。比如貪吃、偷吃，看別人吃自己卻不能吃，或者別人在一旁邊流口水邊盯著你吃，以及由此而來的羞愧、膽怯、自責、得意洋洋，非一本書所能窮盡。中國自古便知民以食為天，我們地大物博，物產豐富，但見面打招呼總說：「吃了嗎？」吃對我的刺激之深，絲毫不亞於死人與殺人。我再舉幾個例子來說明我們在吃這件事上所犯下的錯。我有一個表妹，小我一歲，是一個對吃很敏感的人。小時候我和外婆是單起灶的，母親每月給外婆生活費，也給油票和肉票。我和外婆的小灶大約是唐家山唯一做菜放油的，因此每天做飯時，表妹總是聞香而來。飯做好了，表妹便盯著飯碗不走，外婆便給她盛一碗。但表妹的飯量總是很大，吃完一碗又盯著飯碗不走，外婆只好再給她添一碗。我看見表妹如此貪吃，心裡十分惱火，母親給我的伙食費有限，油票和肉票則更有限，表妹每天吃飯都來，就等於吃了我的口糧，所以我一見到表妹，就罵她「討吃婆」。這罵名很難聽，帶有侮辱性，但表妹無所謂，依然一吃飯就來。我心裡想，得來點狠的。就設計好了事先躲在門後，一旦她來，便出其不意地給她一個掃堂腿。我的掃堂腿得到過當偵察兵的表哥的指點，在學校很出名。同學間每次產生糾紛，相持不下時，便會有人說：「去叫王家瑜來，讓他那偵察兵的掃堂腿說話。」對於表妹，我也只好用我偵察兵的掃堂腿來說話了。這樣表妹每蹭一頓飯，我就給她一次掃堂腿。但沒有用，表妹寧願每次都挨掃堂腿。有一次，我真氣瘋了，接連給了她十幾個掃堂腿，因為她居然偷吃了我放了兩天都捨不得吃的雞翅膀。但最後一次掃堂腿惹了大禍，表妹倒下去，頭撞在了石磨上，血「嘩」地一下流了出來。我那偵察兵的掃堂腿軟了，我趴在地上，大聲喊：「舅舅救命！」表妹被送到醫院，我著名的爺爺親自出馬。她的前額縫了七針，她帶著長長的傷疤長大，後來竟嫁給了一個養雞場的老闆。這些年她每年都會來電話，邀請我去她的養雞場：「表哥，你來吧，我請你吃百雞宴。」我從未去吃過她的百雞宴，我在心裡說：「表妹，對不起，表哥錯了。」

另外一個有關吃的故事則有點慘無人道。我的小學校長姓董，是一位溫文爾雅的下放幹部，她丈夫是與我爺爺一樣知名的外科大夫。董老師生活講究，喜歡做醃肉。她總是將肉票攢起來，每次買了肉，一多半都要用來做醃肉。醃肉放在罎子裡，是留做招待貴客的。董老師是體面人，來了客又買不到肉，豈不太沒面子？所以她做醃肉，靠醃肉來維持面子，可以保證過比較體面的生活。有一次縣上來檢查工作，分管教育的革委會副主任開玩笑說：「董老師，你的醃肉最有名，今天是不是也讓我們開開眼呀。」董老師就將整罎醃肉都抱了出來。但打開罎子，一桌人聞到的卻是惡臭味。董老師奇了怪了，用筷子往罎子裡一攪，滿罎子竟都是大便。董老師大驚失色，當場就暈倒在地。這件事捅了天大的窟窿，縣上來了人，要一查到底。查來查去，就查到了我的一個表哥身上，他招供說自己太想吃醃肉了，便經常躲在董老師房間裡，每次都偷吃一小塊。沒承想，沒偷吃幾次醃肉就沒了。他想醃肉沒了，罎子總不能空著呀，罎子空了，豈不很容易被發現有人偷肉嗎？他急中生智，就往罈子裡拉了一坨乾屎。他的邏輯簡單而天真，他認為大便在罈子裡會長蛆，醃肉壞了也會長蛆。過不了多久，大便和醃肉就變成同一樣的東西——蛆了。既然都成了蛆，董老師就只會認為是自己不小心做壞了醃肉，而不會懷疑醃肉被人偷吃了。他的如意算盤委實愚蠢，現在被揪出來，成了一件很嚴重的事件。我二舅當時也在學校教書，不過是位民辦教師，他知道如果不嚴懲兒子，這件事便交代不了。所以他將兒子捆在籃球架下，往兒子嘴裡一瓢一瓢地灌大便。沒承想，灌了沒幾瓢，竟將表哥給熏死了。這事正趕上大批師道尊嚴，有人寫了材料，省上便派了工作組來。結果董老師和那位想吃醃肉的副主任都被開除了公職，我二舅則得了精神病，回到村裡去了。

我再也沒有見到過董老師，我至今仍在懷念她的體面與溫文爾雅，我也經常懷念她的女兒三妹。那是我十二歲時的小情人，我們有過多次不成功的肌膚之親，我們的戀愛偷偷摸摸，但沒有任何結果。

械鬥

我的朋友徐波曾做過幾年記者，對寧遠文化大革命的武鬥進行過詳盡的調查。很多年前他曾對我說全國的文化大革命是一九七六年結束的，湖南的文化大革命則到了一九八〇年才結束。我未曾考證過他的觀點，我知道他是一個言過其實的人。我在文革中只是一個紅小兵，沒有經歷過武鬥，但我見過並經歷過若干械鬥。我認為即便沒有文化大革命，湖南的械鬥也少不了。尤其寧遠那樣三省交界的地方，更是少有王法。湘人好鬥天下聞名，在湖南，用得最多的一個字就是「搞」——搞隻雞來吃、搞篇文章、搞所學校、搞死他、搞女人、搞倒、搞臭……。前幾年我回湖南，看見牆上刷了一條標語，是宣傳計畫生育的——「超生超育者，你上吊不解繩，你喝農藥不搶瓶，你要投河不救人。」你看，湖南人還在搞！說實話，湖南人愛搞，與文革並沒有必然關係，就像山東出強盜，湖南出土匪，不過民風強悍，老百姓不容易做順民而已。

唐家山因地處城郊，文明程度已相對較高，百姓也已相對和順。但不起爭端則罷，一起爭端仍免不了刀棍相向。麻元里與唐家山比鄰而居，活著共飲一江水，死了共葬一座山。但唐家山與麻元里刀棍相向的歷史大約總有一二百年了。寧遠缺水，幾乎每年都要乾旱，若連續二十天乾旱，村裡就要挨家挨戶出人到河邊守水。輪到守水時，人人都要配備刀棍與火器。若連續四十天乾旱，則很少有不幹一場的。唐家山與麻元里幾乎每年都會因為守水幹一場，幹完之後又總要在一起喝一頓酒。有時喝著喝著，又會因為一兩句話幹起來。械鬥彷彿是他們兩相來往不可或缺的儀式。我們這些孩子在這儀式中成長，不僅學會了械鬥，也學會了和仇家喝酒交朋友。我從小不僅不怕流血，一見流血還會興奮。我崇拜流盡最後一滴血的英雄，在鮮血的映照下滋生了延綿不絕的豪情。我深信男人之間的友誼若無鮮血澆灌，則絕不可能壯烈如火，超凡脫俗。但是我在寧遠見過的械鬥並不是每次都壯烈如火的。比如我的遠房表哥成，就在械鬥中抱頭鼠竄，好幾年都不敢抬頭做人。他就像變了味的豬下水，讓唐家山好幾年都飛滿了蒼蠅。

成是唐家山為數不多的高中畢業生，長相英俊，性格活泛，加之能言善辯，小小年紀便成了活學活用毛澤東思想的先進分子。高中未畢業，他就戴著大紅花，去了很多地方做報告。他的母親，我叫做鄧舅母的，則頗有些阿慶嫂[1]的味道。成是鄧舅母的獨子，他還有兩個姐姐和一個十分漂亮的妹妹——蓮。除了兒女出眾，鄧舅母家還有村裡唯一的一架葡萄和三株桃樹。所以上面一來工作組，便總是住在鄧舅母家。寧遠的葡萄都酸得掉牙，鄧舅母的葡萄卻又大又甜；寧遠的桃都是毛桃，鄧舅母的桃卻是白裡透紅的水蜜桃。鄧舅母的房子還是村裡唯一有壩子的房子。因此一到夏天，吃完晚飯納涼時，鄧舅母家的壩子便總是很熱鬧。笑聲和桃子的香味一陣陣襲來，我靠吮吸葡萄和桃子的香味，也靠想像蓮的樣子，做了無數個美夢。鄧舅母家

1 京劇樣板戲《沙家浜》中的女主角。

的風水如此之好，住過的幹部如此之多，水果如此香甜，兒女又如此出眾，村裡人自然不敢輕易高攀。我因為是吃商品糧的，所以當母親回來時，便有膽量跟母親去玩。鄧舅母每年照例要送一串葡萄和兩個大桃子給我。蓮大我五歲，是我同一小學高年級的班長，「忠字舞」跳得人見人愛，又會唱「北京的金山上光芒照四方」，所以像她哥哥一樣很小就出了名。我喜歡她的辮子和脖子，她的辮子永遠用一條紅頭繩繫著；脖子則更神聖，是我們學校第一個戴上紅領巾的。我像崇拜黃帥[1]一樣崇拜她。我一直想摸她的辮子和脖子，但從來沒有下手的機會。倒是董校長的女兒三妹，經常讓我拉拉手，我也摸過她好幾次脖子。蓮是我們學校的明星，也是我的偶像，我沒有任何和她親熱的機會。我一直想與明星和偶像建立親密關係，後來終於如了願。但當我權勢不再時，這種親密關係便會立即消失。蓮在我十二歲時就教給了我一個道理，即明星只與權勢共枕，偶像只和盲從尋歡，我卻一直到四十歲才明白。

成高中畢業後，做了一年半光榮的「回鄉青年」，在大隊負責出壁報、寫標語、編快板、搞材料……就光榮參軍了。那個時候可真是「一人當兵，全家光榮」，鄧舅母就更加成了「革命的老媽媽」了。她越來越像阿慶嫂，家裡的桃子與葡萄也越來越香甜。很快成又在部隊入了

[1] 黃帥，北京中關村小學的學生，是江青樹立的「紅小兵」典型。

黨。但人一得意，老天就發笑。正當成平步青雲、鄧舅母的桃子和葡萄也越來越甜的時候，災難卻在暗處整裝待發了。

成在高中成為活學活用毛澤東思想先進人物時，便有不少人說媒提親了。他當了兵，入了黨，提親的人更是絡繹不絕。姑娘們當然都是遠近聞名的「金鳳凰」，甚至還有一位股長的女兒和一位縣革委會副主任的略帶殘疾的外甥女。但鄧舅母昏了頭，真以為兒子的前途不可限量；因此無論什麼樣的條件，總以「孩子還小，目前主要是進步和學習」為由婉言謝絕。其實她目光長遠——「入了黨，提了幹，還回來做什麼？」「外面的好姑娘多得是，說不定師長的女兒也看得上我們家成呢。」她和我母親講私房話，母親受到她的激勵，也贊同她的觀點（何況鄧舅母每年還都照顧我兩個桃子和一串葡萄呢）。成的婚事因鄧舅母的遠見卓識一拖再拖，慢慢地便不再被人提起了。沒想到成在部隊入黨倒快，提幹卻不盡人意。當了五年兵也不過是一名代理排長。等成退伍回來，卻還是跟走的時候一樣，是兩個兜的軍裝，只是沒有了領章和帽徽罷了。

成回到家鄉已經二十五歲了。退了伍若不能安排工作便仍是一個農民。因為鄧舅母的目標長遠，幾年來傷了不少人的面子；加上長期以來，人們對她的葡萄、桃子及壩子上的朗朗笑聲也頗有些議論。她呢，甚至連股長和縣革委會副主任也敢得罪。所以無論家裡住過多少工作組，在給兒子安排工作這件事情上大家也都沒有幫上忙。成只好回到村裡繼續「修地球」。但同樣做農民，此時的成與彼時的成已判若兩人。彼時前面有好長一段前程在等著他；此時他不僅將前程走到了頭，還重新回到了原點。前程沒有了，原點又不再是以前的原點。葡萄架倒了，不知什麼原因，桃子也不結了，壩子上也沒有人乘涼了。更有趣的是，大家彷彿都商量好了似的，上門提親的也沒了。成心灰意冷，每天不是躺在床上發夢癲，就是蹲在壩子上曬太陽。有時，成也穿了那身皺巴巴的兩個兜的軍裝，蹲在地上看螞蟻搬家，邊看邊數他一上午掐死了多少隻螞蟻。他越待越懶，越懶越慫，越慫就越癲。鄧舅母可真急了，遠大前程不要了，可成是獨子，總不能絕了後吧。村裡與成一般歲數的，包括成的同學都已經生了二胎了，可成呢，連個女人味還沒聞著。她一個個去拜訪當年的介紹人，卻只得到比刀子還割人的奚落：「鄧舅母呀，再好的五花肉，早晨上市人人搶，太陽落了山就招蒼蠅了噻。何況你們家成，擺在案子上都快六年了，恐怕不是招蒼蠅而是要招蛆了哈。」鄧舅母只好回家，在床上一躺就是半個月。

世上畢竟還是好人多，這不，成的堂嬸豔就來了。豔是成剛出五服的堂嬸，說起來比成要大十五歲，丈夫在縣醫院工作。兩個兒子，大的二十歲，已當了村裡的民兵排長，向來都很崇敬成，也常來向成請教習武帶兵之道的。豔打成上高中起就格外喜歡他，一回娘家便叨唸成的英武出眾，沒承想竟惹了娘家一位侄女對成長達五年的相思。成走運時，豔知道鄧舅母目光遠大，娘家侄女又是鄉下沒見過世面的，也就沒敢提這門親事。這回好了，成從天上掉到了人間，豔認為時機到了，便雪中送炭地張羅起來。豔的張羅馬到成功，成和那位單相思的鄉下姑娘，一個是「在肉案上擺了五年多的五花肉」，一個是「在窗戶上晾了五年多的小白菜」；「五花肉」與「小白菜」見了面，雖然心裡不甘心，但鄧舅母深知人世險惡，靠目光遠大真可能要絕後了，便當機立斷地採取了實用主義哲學，婚事很快就定了下來。「小白菜」炒「五花肉」雖不那麼著調，卻也不算離譜。但鄧舅母做夢也沒想到，她的實用主義哲學竟埋下了如此大的一場災禍。

按照寧遠的習俗，新人圓房前要由男方的嬸嬸或嫂嫂鋪新床，並傳授必要的新婚知識。豔既是介紹人，又是長輩，就負責為成鋪新床，也負責給成傳授知識。成自十七歲當活學活用毛澤東思想的先進分子，很快又去部隊鍛鍊，一心只想著學習與進步，既律己甚嚴也沒機會與女性獨處，生命的本能與青春的激情便一直壓抑到二十五歲。此時在火紅的新房裡看豔鋪新床，聽豔講知識，不由得面紅耳赤，心跳狂野。豔為了講授的效果，便越講越細，其間還穿插著做了一些動作。她未曾想到，成漸入佳境，汗竟一顆一顆地掉在地上，眼裡似要噴出火來。豔忍不住動了憐愛之心，她是真心疼這個二十五歲的男人，便輕輕地「唉」了一聲，拿了塊毛巾去擦成臉上的汗。成像死了一樣，剛一腳踏進「鬼屋」的門檻，便聽見豔「唉」的一聲；接著又看見豔的手，伸過來彷彿要將他拽出「鬼屋」。他生命的真氣一下子就提了上來，猛地邁出「鬼屋」，看見一道強光如閃電般閃過，便將豔一把攬進了懷裡。成的力量彷彿集中了五年軍旅生涯的全部精華，豔又何曾感受過如此迅猛的力量？她已經四十歲了，她那個在縣醫院工作的丈夫早已經成了糟老頭子了。她生過兩個兒子，身體早已鬆弛；她在既無心理準備又無身體準備的情況下被成迅猛地剝了個精光，突然就感覺到全身脹了起來，下體像憋住了氣一樣拚命呼吸，一股強大的熱流在體內濕乎乎地竄動。成像雪亮的鋼刀一樣插進了她的身體，他們大叫了一聲，就一同掉進了無底的「鬼屋」，像是死過去了一樣。但他們還是醒了過來，看見光，看見成的新房；火紅的被子像是焚燒過了似的，他們聞到燒焦的糊味，竟沒有絲毫的害怕。豔睜開眼，無比憐愛地看著成一身的汗水，重新拿起毛巾給他擦汗。成的身體仍在起伏，他享受著豔的撫摸，將豔再次拉到了自己的身上，這回不是猛烈地而是輕柔地，像蓋被子一樣地讓豔蓋在了自己的身上。豔回報了更大的溫柔，他們這回是舒緩地、細膩地愛著，像一對相愛多年的情侶，完全意識不到災難已粉墨登場。就在一秒鐘，致命的一秒鐘，民兵排長推開了門：「哥——」他的聲音發出了一半，空氣就凝固了。他看見母親和剛出五服的哥哥赤身裸體地抱在一起，母親從未像這樣容光煥發過。他愣了一下，就跑了出去。不出十分鐘，成和豔彷彿還在夢裡，民兵排長再次破門而入，同時衝進來的還有他的弟弟、父親和幾個精壯漢子，成還沒有反應過來就被打得血肉模糊了。

「畜生啊！」鄧舅母和蓮衝了進來，兩個罪人像被打裂了的肉球蜷縮在地上。半小時之後，堂屋裡便擠滿了人。

「畜生啊！她可是你剛出五服的嬸嬸呀，連嬸嬸都要搞，你還是人嗎？」

兩人便又挨了一頓打，眾人邊打邊罵，將多年的妒忌與不平都傾瀉在拳頭和口水裡。成皮開肉綻了，僅民兵排長的兩板磚就差點要了他的命。

「不要打了，再打人就沒了。」一位老者說。

「老子打死他也不解恨！」豔的小兒子又衝了上去。

「打死他有屁用，你媽還不是給搞了？要緊的是怎麼了結。」老者拉住豔的小兒子。怎麼了結？按寧遠的規矩，搞人家的老婆被現場抓住，自己拿刀剁掉兩個手指頭，以後讓人看見你「三指手」，知道你幹過壞事，讓你抬不起頭來，也就算了事了。但民兵排長和他兄弟不幹，大家也覺得成搞自己的嬸嬸與搞一般的女人性質不同。

「我要閹了他！」民兵排長說著就要上前動手。鄧舅母猛地從地上躥起來，一把抱住民兵排長的腿，「成可是獨子呀，他已經傷天害理了，你不能再傷天害理呀！」

大家也覺得閹了未免太過，便攔住了民兵排長。剁手指這邊不接受，閹了那邊又不幹；成和豔昏迷著，在黑壓壓的「鬼屋」中等待判決。

「他搞了我媽，我也不要他剁手指，我就搞他妹，一報還一報，大家扯平。」豔的小兒子突然喊道。

這小子剛滿十八歲，說話竟如此荒謬，大家不禁愕然。空氣像裹屍布一樣突然繃緊，大家都不說話，雖然心裡覺得好笑，卻也拿不出更有分量的話來反駁。蓮轉身想跑，但已經被民兵排長拿住，動彈不得。成和豔繼續昏迷，沒有人想到要送他們去醫院。判決未果，他們得等待判決。

「對，一報還一報，大家扯平。」民兵排長呼應著弟弟，也荒謬地叫道。

大家繼續沉默。

「你們兩個老的怎麼說？」老者輕聲徵求鄧舅母和那位在縣醫院工作的丈夫的意見。

「全都是孽畜！」豔的丈夫罵道，也覺得兩個兒子荒唐。

「不行！」鄧舅母斷然否決，「蓮妹子剛定了親，你要她怎麼嫁人？大不了報官。成又不是強姦！」

「報官？公安局都沒了，到哪裡報去？再說現在這麼亂，就算報了官，是不是強姦由得了你定？一旦定成強姦，不槍斃也得判十年八年。」老者勸道。「保兒子吧，兒子總歸是兒子啊。」

「老天爺哪，做的什麼孽啊！」鄧舅母撲在成身上，再一次呼天搶地地哭道。

民兵排長用抹布塞住了蓮的嘴，兩兄弟將蓮架進裡屋。蓮的兩條腿在空中無助地蹬著，沒有任何一個人幫蓮說話，兩兄弟的提議顯然已成判決。這判決荒謬絕倫，但符合寧遠人的邏輯，他們精於算計，喜歡用簡潔的方法解決棘手的問題，他們天生具有控制事情、不讓事情搞複雜的本領。我十一歲，似懂非懂，擠在人群中看熱鬧。我看見蓮像死魚一樣在一潭渾水裡翻了白；她將再也不是我的明星和偶像，她馬上就要成為一個爛貨了。

關鍵的時候，老天爺還真顯了靈——我大舅得到消息，趕了過來，他以革委會主任的身份制止了民兵排長。蓮的處女之身還沒有破，眾人在革委會主任的威儀下散了，鄧舅母扶起昏迷的蓮，給大舅磕了頭——感謝黨，感謝組織……

關於成、豔、蓮以及鄧舅母的故事，我不想再講下去了。他們的結局是這樣的——蓮的未婚夫第二天就帶人包圍了唐家山，民兵排長聞風而逃，他的弟弟卻被打斷了腿；豔當天晚上失了蹤，此後就再也沒有人知道她的消息了。蓮不久便和她未婚夫結了婚，那位未婚夫很長一段時間都被人們傳誦。成繼續苟活，鄧舅母不久便去世了。

人們很快就又各忙各的了，他們有的是有趣的事情，也不再提成和豔那攤子爛事。前些年我回唐家山去，成竟成了村裡的首富，他靠種桃子和葡萄發了財；民兵排長呢，竟成了他罐頭廠的副廠長。我也見到了蓮，她已經生了三個孩子了，大女兒像她年輕時一樣出眾，已經是藝術系的一名學生。物是人非，當年的事情彷彿從未發生過，他們療傷的本領就像當年被鐮刀割破了手，往傷口上撒點土，沒過兩天就好了。可惜我沒見到大舅，他去了表妹的養雞場。我想念大舅，他是一個寡言的人，但心中自有乾坤。他保護過我爺爺，也保護過蓮、文表嫂和其他群眾。他的想法很簡單——不管怎樣，人都得活著。我撥通表妹的電話，請她叫大舅講話。大舅問了母親的近況，然後說：「你小時候最愛吃雞，什麼時候來養雞場，舅舅殺雞給你吃……。」

多年以後，我的一位女友發現了我天性好鬥的一面；我給她講成和蓮的故事，也給她講其他的械鬥。我的女友嗤之以鼻，她認為這些事情都是文革的惡果。我分辯說這些故事與文革並無必然關係，它們在任何一個朝代都發生過。這些力量廣泛存在，所以才有白蓮教、義和團、陳勝、吳廣、洪秀全。民間的或者江湖的力量是中國文化最重要的因素之一，也是最鮮活、最具有創造性和破壞性的因素之一。我的女友在美國長大，通過書本認識中國，我們沒法深談下去。

觀念殺人

我在這裡敘述的三個主題，以觀念殺人最為嚴重。飢餓與械鬥側重於肉體，觀念殺人則直指心靈。其形式多樣，諸如捧殺、打殺、組織談話、報章宣傳、謠言、習俗、背後議論等等。我最早接觸的觀念殺人是各種鬼故事。唐家山那個時候既沒有書報雜誌，也沒有廣播電視，我的早期教育幾乎全都來自外婆的鬼故事。

鬼是七分人三分神，是人未實現的願望、沒說出的冤屈與苦難，借了神力出現在我們的夢裡，又託了我們的夢去嚇唬人。鬼故事產生觀念殺人的作用，是因為它讓我們畏懼陰暗的東西，對幸福與快樂持有懷疑心和戒備心。

更多的觀念殺人遍布在我們的日常生活。比如我的老師說：「全世界還有四分之三的人口沒有解放」、「臺灣人民正處於水深火熱之中」，就讓我們誤以為世界一片黑暗，只有我們才是「祖國山河一片紅」；還讓我們產生了虛幻的豪情，在虛幻中確定了不真實的人生。我們的英雄主義也源於此，這主義讓我們可憐的人生更為荒謬。又比如高考時，老師說：「上大學是穿皮鞋和穿草鞋的分水嶺。」就曾讓許多沒考上大學的同學，在相當一段時間裡喪失了自信心。我是類似觀念的受害者。初中畢業時，徐遲發表了一篇叫〈哥德巴赫猜想〉的報告文學，讓全社會都崇拜起科學家來。接著，社會上就流行「學好數理化，走遍天下都不怕」這樣一種觀念。於是所有的中學都分了文理班，文科班既是差生班，理科班便格外有優越感。我算得上是文科方面有優勢的學生，為了不做差生，也上了理科班，結果就到了地質學院去受罪。我為此付出的代價是多年都不得不看我不喜歡的書，做我不喜歡的工作。

觀念殺人有時到了令人哭笑不得的地步。我母親在衛生院工作時，接待過一位自殺未遂的女青年。她之所以自殺是因為她認為自己懷孕了。為什麼會認為自己懷孕了呢？因為她坐了一張有熱氣的椅子，而這張椅子是一個男人剛坐過的。她哭著將這件恐怖的事告訴了她嫂子，她嫂子又告訴了她娘。她娘就認為她已經是一個爛貨，比真正的爛貨還晦氣，這姑娘便喝了農藥……

觀念殺人的基本過程是這樣的：你自覺或不自覺地接受了某種觀念，這觀念強大到讓你無法選擇時，就會產生一種讓你不得不就範的力量。比如周圍的人都認為你是小偷，無論你怎樣做都認為你是小偷，「你是小偷」就成了一種有殺傷力的觀念。如果你證明不了你不是小偷，推翻不了已經形成的觀念，你就只好就範。於是「你是小偷」就會形成一種殺氣騰騰的觀念，讓你卑微地活在一種既壓抑又恐懼的氣氛中，甚至於讓你生無可戀。有時候觀念殺人也類似於自殺，即自己被某種觀念壓迫住了，掙脫不掉，從而導致可怕的後果。我認識一老一少兩個女人，老的在成都，小的在北京，她們都愛葛雷哥萊・畢克，一心要嫁畢克式的男人——正直、英俊、健康、勇敢、有愛心、有幽默感、忠誠、溫柔、體貼、浪漫……，結果老的到了七十歲、小的到了三十八都沒有嫁人。沒嫁人也就罷了，這一老一少慢慢地竟變得怪僻和悲觀厭世。她們恐怕再也不能享受婚姻生活的樂趣了，「畢克式的男人」對她們的一生就構成了觀念殺人。另外一個例子是這樣的，我母親工作的衛生院，有一名姓奉的老中醫，因為出身不好，總想著有人要鬥他。有一天開完批鬥會，院裡還殺了豬，慶祝文化大革命又取得了輝煌成就。喝了酒就不免有人說酒話，其中一位就說：「老奉，趁早交代吧，小心下次鬥你。」奉大夫便低下了頭。那位又說：「交代吧，不然就鬥你！」另外幾個喝多了的人也過來起哄：「對，快交代，不然就鬥你！」奉大夫嚇癱了。院長過來勸：「奉大夫，他們喝多了，沒事的。」沒想到奉大夫夜裡就真上了吊。人們在身上發現了一張字條，上面寫道：「不要鬥我，我擁護毛主席，我沒有罪。」

二十世紀六七〇年代的中國，觀念殺人的事例實在太多了。從上到下，從左到右，包括我們的親戚朋友、左鄰右舍，都有不少觀念殺人的老手。他們立場堅定，訓練有素，常常在不經意間就把事情給辦了，而且辦得都很漂亮，既不著痕跡，不受制裁，也不會受道德和良心的譴責。下面這件事情很有些悲涼，我講出來，以表達我的紀念與哀思。按理說這樣的事情不該發生，但它不僅發生了，還發生在了我生平所見到的最美麗的姑娘身上。

我母親在衛生院工作時，有一個好朋友叫做纖，患有嚴重的哮喘病，每說一句話都要停下來喘幾次。因為這個毛病，三十多歲了也沒有嫁人，農活又幹不了，便在鎮上開了一個裁縫店，靠給人裁衣服、做鞋墊，維持簡單的生計。纖有兩個姐姐，兩個妹妹，個個都貌美如花。漂亮而且貌美如花，在寧遠可真是一件禍事。纖的大姐五〇年代就嫁到青海去了，姐夫已經是高級幹部。二姐和大妹也嫁了人：一個在武漢，嫁給了石油工人；一個在青島，嫁給了海軍軍官。纖家不僅出美女還出女幹部，所以格外招人議論。為什麼纖家能出那麼多幹部？而且只出女幹部不出男幹部？大家反覆議論，就有了多個版本。最有代表性的版本是這樣的——從土改開始，纖家就住工作組，工作組住得多了，當幹部的熟人和朋友也就多了，機會當然也就多了。問題是工作組為什麼總住在纖家？大家的結論也很簡單，纖家寬敞、整潔，纖的母親是大美人。不僅母親，連大姐、二姐、纖（雖然有病）、大妹、小妹也都是大美人。纖家成了美人窩，縣裡也無人不知，所以來工作組，便總是點名住在纖家。這也算是人之常情，無論搞什麼運動，能住在美人家裡，心情總歸要好些。但大家的想法要更深刻，每住一次工作組，纖家就出一個幹部，先是大姐，接著是二姐和大妹，難道就沒有一點名堂？巧的是纖的大妹有一次和男朋友約會被人堵在了被窩裡，這就有了證據，有了這個證據，人們的猜想就更大膽、更光明磊落，結論當然也就更明確：從纖的母親到纖的大姐、二姐、大妹，都一定和工作組的張組長、李組長、林組長睡過覺。我母親是搞接生的，後來又搞結紮，相當於衛生院的婦產科主任，被認作是纖家亂搞的權威證人。說到關鍵處，便總有人說：「你不信？不信去問唐醫生，唐醫生給做的人流。」母親對自己被無端地當做這樣的證人很惱火，但又沒有辦法罵人，因為找不到具體的人可罵。有時候人們也問她：「唐醫生，你說怎麼就她一家出幹部？而且全都出女幹部？」母親竟也答不上來。她受黨的教育多年，知道群眾的眼睛是雪亮的，既然群眾的眼睛已經雪亮，又有什麼可說的呢？所以對於好朋友一家的流言裘語，對於自己被群眾拿去當證人，母親只好不作聲。她既不能為纖家辯護，也不能為自己辯護。流言無影，她壓根兒就沒有辯護的機會。

既然群眾已經認為纖家是靠「搞破鞋」當的幹部，觀念殺人也就伺機而動。這次的目標落在了纖的小妹——秀身上。秀十四歲演李鐵梅[1]出了名，便經常被上面抽去參加文藝匯演。十六歲進了縣祁劇團，十八歲進師範學校，成了鎮上第一位工農兵大學生。秀的美麗多年來都

---

[1] 京劇樣板戲《紅燈記》中女主角。

是群眾議論的話題，不僅村裡的群眾議論，縣上和地區的領導也議論。甚至還有人編了一支民謠：「秀的臉蛋漂漂的，兩隻酒窩笑笑的，走起路來翹翹的，兩隻奶子跳跳的。」大家於是都猜，像秀這樣的美人，又到了長沙去讀大學，以後至少也要嫁給一個縣團級幹部了。沒承想，秀大學畢業後竟回到了鎮上的中學來教書，而且還成了我的班主任老師。

秀回來的消息從縣上一直傳到鎮上，各種議論都有。比較一致的議論是這樣的——秀畢業時做體檢，被查出有了身孕，還是一位領導講了話，才沒有被開除；雖然畢了業，工作卻不好安排。按理她該回縣祁劇團呀，可祁劇團堅決不要，就只好回鎮上的中學教書。我對於秀的回來充滿了莫名的期盼。我十四歲，秀二十一歲。我看過秀的照片，頸子長長的秀，頭髮長及腳踝。我還見過一本畫報，登了秀的照片，秀的長髮像瀑布一樣從頭上流下來，流過雪白的頸子和肩膀，也流過了碧綠的草地。總之，長期以來，秀的長髮攪亂了許多人的夢，雪白的頸子也攪亂了許多人的心。秀就這樣披著長長的頭髮，也拖著長長的尾巴回來了，尾巴上寫了一行字：在校期間，生活作風有問題。

鎮上中學奇怪極了，孤立無援地坐落在一座荒山上，距最近的村子也有五六里路，不僅寸草不長，連墳都沒有一座，喝水則要到五六里地以外的村子裡去挑。自從建了學校，又正趕上時興「半工半讀」、「走與工農相結合的道路」，學校便開始在荒山上修梯田。那樣一種改天換地的決心當然是徒勞的，樹是年年種，年年死。秀到了鎮上中學，很反對「半工半讀」，所以勞動課總是不積極，挑起水來像是跳舞，扭屁股扭腰的，與如火如荼的革命形勢很不相符。秀在不知不覺中，不僅讓自己犯了生活錯誤，也讓自己成了有資產階級思想的人。秀的一家本來名聲就不好，她帶了「作風不好」的尾巴回來的，現在又抵制勞動，抵制無產階級文化大革命的教育路線，性質應該說就已經變了。學校將秀的情況反映到公社，公社又反映到縣裡。校領導還專門開了會，決定讓秀剪掉她的長髮。但長髮是秀的命，她就是因為長髮才演李鐵梅的，又因為長髮上了省裡的畫報，還被許多領導接見過，她當然不願剪掉。於是學校就先開小會，接著開大會，再接著開批鬥會來對付秀。秀很快就崩潰了，但崩潰了她還是不剪頭髮。學校就有了更損的招。這招說來也很簡單，那就是在各種場合畫長頭髮的秀的畫像，黑板上畫，牆壁上畫，連廁所裡也畫。大家對畫漂亮的、有作風問題的秀的畫像感興趣極了，不僅老師畫，學生也畫。秀的宿舍經常有人扔進一團紙來，打開一看便是長頭髮的秀的畫像，不僅畫了長髮還畫了乳房和陰毛。廁所裡的畫像則畫了又塗，塗了又畫，還畫了各種男性器官在旁邊……，有些畫則還配了詩，將男人們夜裡對秀的想像表達得淋漓盡致。秀被弄成了一個婊子，任何人都可以通過一幅畫去嫖她，而且還嫖得揚眉吐氣、酣暢淋漓。秀回到鎮上，心情本來就不好，之前有多少人將她視若天仙啊，但她一回到鎮上，那些追求者就沒了蹤影；現在無論走在哪裡又總有人指指點點。她的名譽正在一點一點地喪失，名聲則一天比一天壞了。剛回來的時候，還有同學來信，甚至還有兩個小夥子從長沙來看過她。她心裡還在比較，準備選定一個做自己的未婚夫。但是最近一段時間，連最愛她的那個小夥子也不來信了。過去的追求者沒有了，新的追求者又不能產生，介紹人也不敢登門，秀已經徹底成了沒人敢要的賤貨。大家的邏輯既簡單又鮮明——秀的一家亂搞是有傳統的，在這樣的家庭長大的她當然不會是什麼好貨，否則又怎麼可能從省城回到鎮上來呢？學校又怎麼會到處都是她的畫像而且全是光屁股、有陰毛和乳房的畫像呢？既然不是好貨，是爛貨，那誰又會要她呢？所以鎮上的男人都說——不要，白給我也不要！這話雖然有些吃不著葡萄就說葡萄酸的味道，但有前面的邏輯做支撐，倒也底氣十足。可憐一生下來就受到寵愛的秀，見過大世面的秀，上過畫報還被省市領導接見過和鼓勵過的秀，回到鎮上不到一年的時間，就從鳳凰變成了雞。她的長髮開始一綹一綹地往下掉，她離開學校，住進了衛生院。後來經她大姐介紹，嫁給了青海一個有矽肺病的媒礦工人。她婚前的體檢是我母親做的，結果表明：秀二十一歲，婚前未發生性行為。人們對這份體檢抱有十分複雜的心理，秀的畫像被偷偷擦去了，但有幾幅卻還保留著。人們似乎要留下些什麼做紀念——頸子長長的秀，頭髮長及腳踝的形象是美麗的。

5 最早的情欲

我最早的情欲來自於文表嫂肥碩的乳房。後來讀書，看到許多學者發表有關乳房的觀點，甚至還有若干乳房學的專著，洋洋灑灑，晦澀艱深，心裡便想：這些呆子，寫幾十萬字的書，又哪有我對文表嫂的乳房那樣鮮活的感受？文表嫂，讓我第一次衝動、顫抖、想犯罪、想哭、想跳到河裡去的文表嫂，讓我翻開了情欲那令人炫目的扉頁。那扉頁上只寫著一個詞：女人；我自此便開始讀一本最神祕美妙也最無解的書了。

寧遠人對於情欲有著十分鮮明、有趣而又相互矛盾的觀點。對於偷姦，他們有各種懲處的手段。前面說到的剁手指，只是其中的一種，專用於情節較輕的行為。偷姦若被現場抓住，偷姦者自行剁掉兩根手指，也不過給犯錯之人做了一個標誌。在寧遠，右手是「三指手」為小偷，左手是「三指手」則為大偷。大偷即偷人，今後做人就難了。這樣的標誌也有警示作用，即良家婦女，看見左手是「三指手」的便當警惕了。解放前，針對不守婦道的女子，「沉塘」

則是常用的懲處手段之一。但另一方面，寧遠人從來都不是禁欲主義者，即便在文革也是如此。寧遠的山歌民謠大都含有優美的情色內容，其中一些還會有露骨的性愛描寫。寧遠的女人吵架最有趣味，通常會如唱歌一般抖出對方的性細節來，且一定會邊吵邊做某些動作。

與情欲相關的最美妙動人的事是洗澡。寧遠缺水，好些地方都將洗澡當做隆重的禮儀。遇見熟人打招呼不說「吃飯了嗎？」而說「洗澡了嗎？」可見洗澡之重要。九嶷山下的瑤族，一到冬天便將洗澡當做高規格的待客之道。正如董校長用醃肉招待貴客，他們則用洗澡招待嘉賓。他們真誠留客時便說：「洗澡吧，留下洗澡。」「留下洗澡」意味著留下來吃飯、洗澡、唱歌；意味著你已經被當做最尊貴的客人了。洗澡則美妙至極。澡堂是簡樸的，通常是木板搭成的一間小屋，與灶堂和豬圈相連；但地板極有特色，由一根根小杉木拼成，方便洗澡水從杉木間滲入下水道，再流入豬圈，與豬圈中的尿、糞相漚，便成了極好的農家肥。澡堂裡皆有一隻大大的澡盆，與灶堂隔了一道木板牆，木板牆開有一個小窗口，剛好夠得著一隻手拿了木勺伸過來加水。客人脫了衣服進了澡盆，隔壁的主婦就在灶堂加火。主婦問：「水涼嗎？」客人答「涼」，她便將手從窗口伸過來加一勺熱水；又問：「水燙嗎？」客人答「燙」，她便將手伸過來加一勺涼水。再問：「水涼嗎？」客人又答「涼」，她便將手再從窗口伸過來加一勺熱水……，如此反覆，那主婦就一直加下去，直到洗完了、洗舒服了為止。有客人迷戀這享受，加了熱水嫌燙，要加涼水；加了涼水又嫌涼，要加熱水。一個澡洗來洗去要一兩個小時，主人也不厭煩。明知道客人心裡有鬼，不過想享受女主人加水的過程，以及光了身子在澡盆裡想像隔壁女主人的白淨美麗，主人也不揭穿。有客人放肆，見女主人白淨的手伸過來，便抓住不放，女主人也不過掙脫了，將手縮回去，依然會很溫順地問：「水夠不夠，還加嗎？」洗完澡，便是吃飯，圍在火塘邊，邊烤火，邊喝紅薯酒或包穀酒；興起時，主人便會一首首歌唱了來給你敬酒。這時隔壁鄰居便知家裡來了貴客，也都紛紛過來助興。很快人便多起來，大家每唱一首歌就要敬一碗酒。客人呢，也得唱了歌回敬。不勝酒力的，不過唱一二首歌便倒下；酒量好的呢，則會唱到半夜，喝到半夜。這期間，說任何過頭的話都是高興。我稍大一些，方知寧遠人對偷姦嚴懲不貸，對說笑調情卻很寬容。

自五歲起，我每年冬天都有機會跟著大人享受這樣的洗澡。大人們欲死欲仙，我也懵懂而快樂。殊不知這份懵懂與快樂已經是情欲在萌芽。洗澡培養了我對女人的想像與感受。但直到遇見文表嫂的乳房，我才知道我有了性欲了。之前，文表嫂的公爹、一位我稱之為民表舅的老鰥夫，曾教給了我男女交歡的基本原理。民表舅經常到九獅嶺去放牛，也經常捉了蛐蛐、知了、蜻蜓之類，哄我跟他一起去。將牛趕到山上，牛便自己去吃草，民表舅便和我躺在山上看天上的雲彩。民表舅很會講故事，他問我知道不知道自己是從哪裡來的，我說：「知道啊，是我媽從街上撿回來的。」他便大笑，說：「不對，你是你爸和你媽搞出來的。」至於怎麼搞？他用左手的大拇指和食指捏成一個小圓圈，用右手的食指往小圓圈裡杵——「這就是搞，男的的屌屌杵到女的的洞洞裡去。」我不大明白，卻知道了女的都有小洞洞，男的都有小屌屌。但依我的經驗，小屌都是軟綿綿的，怎麼能杵到女的的洞洞裡去呢？民表舅說：「不急，還沒到時候呢。」我就等呀等，每天早晨起床撒尿，都要看一眼我的小屌。可過了很長時間，我的小屌還是軟綿綿的。一天，我和民表舅上山放牛，不小心被野蜂螫了，臉上和嘴上都腫起了大包。民表舅說得趕快找奶。外婆便帶我去找文表嫂，文表嫂剛生了孩子，正下奶呢，看我腫得狼狽，便解開衣襟往我臉上和嘴上擠奶。我滿臉通紅，臉和嘴都碰到了文表嫂脹鼓鼓的乳房。我憋住氣，不敢抬頭，臉卻越來越紅，呼吸也越來越急促。我看見兩團強光，向我罩下來，圓圓的，鼓鼓的，彷彿有千鈞之力，壓得我喘不過氣來。從此每天起床，我的小屌便會硬起來。不久不僅早晨硬，中午太陽烈也會硬，甚至於比早晨還硬，硬邦邦的。這變化弄得我挺不好意思的，民表舅見了我便問：「小屌硬了吧？」我便愈加不好意思。到了夏天，也要求外婆給我穿長褲，以防止小屌硬邦邦，一不小心就翹起來。但是穿了長褲也並不起作用，小屌依然會硬邦邦。我沒有辦法，只好將雙手插進褲兜，在褲兜裡將小屌按住，這樣走路的樣子就很怪異。民表舅見了，便愈加取笑：「看，他小屌硬邦邦，走路要用手按。」有時候，遇見人多，尤其是女人扎堆的時候，他還會趁我不注意，猛地拉下我的褲子，「看，他小屌硬邦邦，長毛了沒有？」眾女人就哄堂大笑：「哪長毛了？沒長毛！」我恨死了民表舅，但是我毫無辦法，我的小屌的確硬邦邦，也的確還沒長毛，我有短處捏在人家手裡，見了她們只好繞道。小屌硬邦邦開始了我一生的孤獨與煩惱，我天真無邪的童年時光就這樣無辜地結束了，我開始慢慢地、一步一步地成了一個壞人。

自從見了文表嫂的乳房，我便開始躲她。但文表嫂的家與外婆的家只隔了三間房，無論怎樣躲一天也總要見幾回。文表嫂呢，彷彿從來都不知道我在躲她，每回餵孩子，依然會撩起上衣，露出大半個乳房和一小截肚皮來。有時候甚至還可以看見她的紅褲帶。我低了頭從她身邊走過，但她大半個乳房和一小截肚皮所形成的強光，仍然會照得我滿臉通紅；我的兩條腿彷彿要種在她身邊似的，半步也挪不動。偏偏這時候又總會碰見民表舅，他照例會問：「小屌硬邦邦啦？」我真是要死過去。我怕民表舅，更怕文表嫂。但是越怕我便越想見到她。到了晚上，文表嫂的乳房所形成的強光就會照著我，她的紅褲帶更是像墳地的鬼火，在我眼前飄來飄去。我無邪的黑夜變成了白夜，我開始多夢並失眠。

越怕越躲，越躲越想，越想又越怕——我的文表嫂啊！就這樣培養了我對一個女人的渴望與思念。我小心翼翼地觀察她的生活習慣——什麼時候起床、什麼時候上廁所、什麼時候餵奶、什麼時候睡午覺……，我都清楚極了。很快我便有機會聽見她撒尿的聲音，看見她大大的、圓圓的白屁股……，我無可奈何地墮落下去，我想割掉我的小屌，卻又不敢，直到文表嫂吃耗子藥死了，直至三妹到了唐家山。

三妹跟她媽——董校長到唐家山時，她才九歲，我卻已經十二歲了。那是我被馬蜂螫、被文表嫂的奶搡腫了的臉半年之後的事。換句話說。我的小屌已經有了半年硬邦邦的光榮歷史了，我已無數次偷看過文表嫂圓圓的白屁股，或者說我已經是一個「老流氓」了。不過在講我和三妹的愛情故事前，我得先講一講文表嫂的死，並以此了卻一段長期梗塞在我心裡的悲哀。

前面已經講過，民表舅是一位老鰥夫。在寧遠老鰥夫極易被人當做「老流氓」，且比一般的「流氓」要更下流、更齷齪。十一二歲的小女孩通常都要被家裡的大人警告：「見到民，要躲遠一點。」五六歲或再小一些的女孩子，如果一直哭個不停，哥哥姐姐們只要說：「民來了！」哭聲就會立即止住。民的生活因此不堪，鬍子拉碴，頭髮往往半年不理，一年四季也沒個換洗的衣服。冬天呢則永遠穿了那身不剩一粒扣子、四處都露了棉絮的棉衣，用了一根草繩繫在腰上。日子越不堪人就越猥瑣。所以在唐家山，民只能放牛。放牛當然也是比較輕鬆的農活，將牛趕到山上後，大部分時間便躺在草地上，叼了根狗尾巴花唱歌，曬太陽，看天上的雲彩。太陽落山了，便悠悠閒閒騎在牛背上回家去。民放了幾年牛，竟成了遠近聞名最會唱歌的人。他會唱的歌何其多，任隨一樣東西，只要能起頭的，他都能即興編到歌裡去。民的一首歌是這樣唱的：

想你想你我想你，
找個畫家來畫你。
把你畫在枕頭上，
日日夜夜想著你；
恨你恨你我恨你，
找個畫家來畫你，
把你畫在砧板上，
千刀萬剮剁死你；
想你想你還想你，
找個畫家來畫你，
把你畫在大腿上，
捲起褲腿看見你。

因為這樣的山歌，民得到的封號便不是「山歌大王」而是「騷歌大王」。除了會唱騷歌，民也很會講故事、說笑話，講的故事呢大都也是騷故事。民會唱山歌、講故事，便總能帶給村裡人歡樂，所以村裡的小夥子、小媳婦是歡迎他的，一到冬天農閒時民就成了中心人物。一到吃中飯，小夥子、小媳婦就都端了飯碗，聚在民屋前的小壩子上，開開心心地聽民講一兩個小時的笑話，並由這些個笑話引發若干趣聞和情事來。在我的印象裡冬天在民屋前的小壩子上吃中飯聽笑話，幾乎是唐家山唯一的新聞與娛樂時間。就像後來的成都人一到晚上，就要去茶館聽李伯清說書一樣。民就是二十世紀七〇年代唐家山的李伯清，只不過他是一個鰥夫，形象有些危險。所以他在小夥子、小媳婦那裡是「明星人物」，在老太太和小女孩眼裡卻是一個「瘟神」。但是有一回，大隊開了批鬥會，民被押到臺上低頭認罪，他屋前的小壩子便再也沒有人聚在一起說笑了。唐家山的新聞與娛樂時間停止了，一個冬天接一個冬天，人們都只能貓在家裡，過得真是沒有一點味道。

民是因為講了一個據說既很下流又很惡毒的笑話被人告到大隊革委會去的。大隊婦女主任認為民是藉講笑話惡毒攻擊黨、攻擊黨中央、攻擊新中國廣大的婦女同志，已經犯了現行反革命罪。治保主任和民兵連長同意婦女主任的觀點，認為民平時聚眾談天，人氣已遠遠超過大隊革委會組織的會議。這種反常的現象，分明已經是階級鬥爭新動向，早就應該引起警惕。我大舅最後發了言，他認為民不過是一個農民，大字不識一斗，除了寧遠，連地區都沒有去過，黨中央在哪裡更是搞不清楚。連黨中央在哪裡都搞不清楚，又怎麼去攻擊呢？所以民只能算是有嚴重的流氓思想，開個批鬥會，定個「流氓思想罪」，以後「只准老老實實，不准亂說亂動」也就算了。民就在批鬥會上認了罪，但他戴上了「流氓思想罪」的帽子，當然不敢再說笑唱歌，唐家山說笑唱歌的歷史也就停了好幾年。

老鰥夫民死了老婆後，猥瑣了好幾年；但他會唱山歌、講故事，又熱鬧了幾年；因為唱騷歌、講騷故事，犯了「流氓思想罪」，又猥瑣了好幾年，他眼看著就要老了。但他老了，兒子卻成長起來。民在兒子三歲時就死了老婆，他既當爹又當娘，一把屎一把尿地將兒子帶大。白天他帶兒子上山放牛，教兒子唱山歌，給兒子講故事；晚上則為兒子縫補丁做衣服。父子倆相依為命，舐犢情深。民的獨子，我叫做文表哥的，在父親的故事和山歌裡長大，竟成了唐家山最靈性、最秀美的小夥子。頎長、膚白、唇紅、一說話就臉紅的文，上中學時與成表哥一樣成了名人。不過，成是活學活用毛澤東思想的積極分子，文卻是毛澤東思想宣傳隊的積極分子。成有一個像阿慶嫂一樣精明幹練的媽，文卻只有一個犯了「流氓思想罪」的爹。所以成畢業沒兩年就參了軍，文卻只能回到村裡當農民。文出名，不僅靠用快板書宣傳毛澤東思想，更靠演樣板戲。他演的少劍波[1]神形兼備，劇照被很多女孩子偷偷收藏。在寧遠，他是唯一可以與秀媲美的明星。但秀十五歲進了縣祁劇團，文十八歲卻只能回村裡當農民。這顯然與民的形象及他家裡從未住過工作組有關。唐家山的人都為文惋惜。文呢，卻很平和，知道自己從小命苦，是不能與人爭高低的。他平平靜靜地回到唐家山，本本分分地下地出工。村裡人像憐惜一棵柳樹及一道風景一樣憐惜這孩子。文當了兩年農民，經人介紹，認識了文表嫂，就結了婚。家裡有了女人，日子也就過得有滋有味了；不僅文，連民也都穿戴整齊、剃了鬍子、理了頭髮了。遠近的人都說民年輕了十歲，精氣神也大不同以前。不久文表嫂又懷了孕，生了一個像文一樣清秀的兒子。遠近的人都說，搭幫有了文表嫂，民和文才過上了好日子。但唐家山一些人，尤其是老人們並不這麼看。按照老人們的邏輯，文表嫂長得太妖了，一個女人長得太妖就一定是精怪變的，最妖的便是蛇精。正好文曾在山上踩過蛇，又未被蛇咬，那蛇就極可能會變成一個美婦人嫁給他。有人因此懷疑文表嫂是菜花蛇變的，文娶了蛇精，早晚都會倒楣。

文表嫂的妖在於她長得豐乳、肥臀、小細腰，在於她走路扭捏的樣子。她的乳房就像兩個灌了水的豬尿脬一樣，不僅大而且翹，還總在你眼前上下跳動。據不小心碰過文表嫂乳房的人

---

1 京劇樣板戲《林海雪原》的主角。

說，那兩團白肉簡直就是活物，你一碰，它就暖暖地偎在你手上。一些據稱見過文表嫂後背的人則說，文表嫂的背竟是有花紋的。有了這樣的猜測，文表嫂便很有些神祕色彩。好在這類迷信僅限於年長之人，年輕人受過文化大革命的洗禮，早就破除了迷信了。文表嫂嫁過來之後，做人處事都很賢淑，之前的議論也就慢慢消失了。夫妻倆恩愛情深，對民又孝順，還生了一個秀美的兒子，真算得上是一個好家庭。但是好日子沒過兩年，文家果然出了事，出得家破人亡，讓人不寒而慄。

文家先是文出了事。文是修水庫時被炸死的。修水庫這件事現在想來很荒謬，但在二十世紀七〇年代廣大的中國農村，再沒有什麼比修水庫更嚴肅、更莊重、更鑼鼓喧天、更鬥志昂揚的了。修水庫首先是一場政治運動，是「欲與天公試比高」的革命浪漫主義和英雄主義在廣大農村的集中體現。寧遠也是如此，每到冬天，各村便會紅旗獵獵、凱歌嘹亮地到山上去修水庫。修水庫成了人們尤其是廣大革命青年覺悟高不高、能不能進步的重要標誌。文正是這樣一個追求進步的青年，演樣板戲沒能得到的，他希望通過修水庫得到。他畢竟是一個名人了，一個有文化的回鄉青年。他追求進步，又有基礎，便當了「青年突擊隊隊長」。沒承想，上山不到兩個月，他就在一次險情中被炸死了。縣上授予了他英雄稱號，追認他為中共黨員，文表嫂也成了烈屬。但是在群眾眼裡，烈屬也不過是寡婦。常言道：「寡婦門前是非多。」文表嫂的門前很快便不只是是非了。文犧牲三個月後，先是是非，接著是災難，便接踵而至地到了她的門前。關於她是「蛇精」的傳說再次傳開了。文的死印證了她是「蛇精」的說法，她的妖再一次成了人們議論的焦點，其中議論得最起勁的便是大隊婦女主任和治保主任。

大隊婦女主任姓郝，原本也是唐家山的媳婦。剛解放的時候，她就是婦女識字班的積極分子，又到縣上讀了一次掃盲班，成了唐家山少數幾個有文化的女人。但她成為婦女解放的典型且當了婦女主任，全因她在離婚這件事情上表現出了一個新中國農村婦女的覺悟。按照寧遠的風俗，男人休妻，女人只好回到娘家去。郝主任不同意休妻，更不同意回娘家去，還和男人打了起來。這事弄得她男人很沒面子，便叫了叔伯兄弟們一起來圍攻。結果郝主任被打了個鼻青臉腫、滾地出門。讀過掃盲班的郝主任於是到鄉裡去告狀，鄉婦女主任下來調解，問她男人為何休妻，她男人回答她一沒胸二沒屁股，摸她就像摸男人，沒有一點味道。鄉婦女主任聽了就很生氣，因為她自己恰巧也是一沒胸二沒屁股的，便將男人訓斥了一頓。男人又說不管怎樣都要休妻。郝主任便說可以離婚但不能休妻。鄉婦女主任大為震驚，郝主任成了唐家山將休妻改為離婚的第一個人。「既然是離婚，就得協商著離，夫妻財產要對半分，還要保留唐家山的戶，不能回娘家去。」鄉婦女主任嘖嘖稱歎，她沒想到《婚姻法》剛剛頒布，農村尚未宣傳普及，竟出了這麼一個奇女子。結果郝主任沒有被休掉而是離了婚，還如願保留了唐家山的戶，分得了兩間房和一畝水田。鄉婦女主任在郝主任身上發現了革命火種，郝主任成了婦女解放的典型，不久便當上了真正的郝主任。

當了二十多年大隊婦女主任的郝主任，一直對前夫說她「一沒胸二沒屁股，摸她就像摸男人」耿耿於懷，豐乳肥臀的文表嫂自然成了她的天敵。上次她未能將民弄成反革命心裡就憋了一口氣，這回文死了，村裡人又在傳文表嫂是「蛇精」，她當然不會再錯失良機。於是郝主任便去找治保主任商量，她知道治保主任上次也是主張將民弄成反革命的，治保主任一直想揪出幾個特務或反革命來，好再往上升一升；她更知道治保主任一直想搞文表嫂卻未曾得手。治保主任對文表嫂本來就惱羞成怒，郝主任來找他，兩人一拍即合，很快就弄出了一個方案來。治保主任說上次沒能將民弄成反革命真是很窩囊，這回要弄就弄徹底，弄出一個痛打落水狗的大好局面，弄出一個永世不得翻身的喜人戰果。

「村裡不是都在說她是蛇精嗎？你不是一看見她奶子尖尖的就來氣嗎？這回我們就讓這條蛇現了原形，讓她和那個老王八蛋睡到一張床上去，我們抓她個現行。」

「那當然好了，可怎樣才能將那個騷貨和老王八蛋弄到一張床上去呢？」

「那還不容易，只要讓老王八蛋喝點酒，弄點藥……，如此這般，就可以了。」

兩人便依計而行。先由治保主任請民出來喝酒，又暗中在酒裡下了春藥；接著便將喝得酩酊大醉的民扶回家。賢淑的文表嫂這時一定會服侍公爹上床，酒和春藥這時一定會起作用，民在顛三倒四中一定會有不堪的行為。潛伏在一邊的民兵們這時就破門而入，將一對姦夫淫婦一把拿下……

文表嫂就是在這個精心設計中開始她的災難的。文死了之後的這兩個月，她一直沉浸在哀痛中；她披麻戴孝，閉門不出；甚至於不知道村裡已到處都是有關她是「蛇精」的傳說，更不知道婦女主任和治保主任已經將她設計好了。

那天晚上的月亮真好，她喝了一碗稀飯，就躺在了床上。已經是夏末秋初了，天還那麼熱。她穿了件小衣，斜倚在床頭，為不到一歲的兒子搧著扇子。月光從窗外瀉進來，引起了她對文無望的相思；她的眼淚滴在兒子的小臉上，不知不覺便在淚水迷濛中睡著了。

她在睡夢中聽見了緊促的敲門聲。那聲音簡直不是敲而是在捶、在砸。她迷迷糊糊地下了床，打開門，一個男人便歪斜著身子重重地倒在了她的懷裡。她「呀」了一聲，藉了月光，才看清是公爹，已經酩酊大醉，像一團爛泥似的。她費了好大的勁才將公爹扶到床上，又打了熱水來為公爹擦臉。殊不知公爹竟一把將她抱住，一隻手伸進了她的小衣，抓住了她高聳的奶子，另一隻手則同時伸進了她的內褲。一陣麻酥酥的感覺像電流一樣擊中了她，她還沒有反應過來，小衣便被撕掉了，褲子也被剝到了腳踝上。她拚了命抓緊褲子，急切地叫道：「別，別這樣……」可公爹已完全像一頭野獸，將她壓在了床上，一張嘴喘著粗氣咬住了她的乳頭；一隻手竟同時杵進了她的下體……，她未及掙扎，婦女主任和治保主任便衝了進來，四個民兵以迅雷不及掩耳之勢將她和民抓住，一下子就將他們扒了個精光；緊接著又用捆豬的繩子將兩個赤條條的身子捆在了一起。她喘過氣，這才看清滿屋子的人，「啊，啊……」她發瘋似地尖叫了起來。尖叫聲嚇醒了孩子，孩子大哭起來；孩子的哭聲緊隨她的尖叫聲，衝向了光影朦朧的夜空。鄉村的月色依然是美麗的，它並不理會已經降臨在文表嫂身上的災難。

外婆和我都被一陣急促的鑼聲吵醒了。我們爬起來，打開門，看見滿村的人都往打穀坪跑。鑼聲一陣緊一陣地敲著，我們趕到打穀坪時，民和文表嫂已經被吊在村裡的籃球架下了。他們裸體相向，民被吊在一邊的籃球架下，文表嫂被吊在另一邊的籃球架下。月光照在文表嫂低垂的長髮上，她渾圓的肩膀和乳房隱約可見。滿場的群眾議論紛紛，但誰也說不清是怎麼回事。過了好一會兒，郝主任才公布事情的經過，她控告了民與文表嫂的醜惡行徑，以滿腔的正義與怒火，揭露了文表嫂是一條毒蛇的真相。

「她是一條毒蛇，美人蛇，蛇精！」

「如果不是蛇精一個人會有這樣的奶子、這樣的腰和這樣的屁股嗎？會和自己的公爹睡到一張床上去嗎？」

她拽住文表嫂的頭髮，掐她的腰，拍打她的屁股和奶子。

「她害死了文，現在又來害民。如果不是治保主任火眼金睛，真不知她還要害多少人！」

「對於這樣的妖精，我們怎麼辦？」

「燒死她！對，但就算是燒死她，我們也不解恨，也不利於教育群眾，幫助群眾提高認識和覺悟。因此從明天起，我們要讓他們光著身子，吊在籃球架下示眾，以幫助群眾看清楚美女蛇究竟是什麼樣的。」

郝主任的話激起了群眾對文表嫂的義憤。一部分群眾開始往文表嫂赤裸的身子上吐口水，一部分群眾則脫了鞋向文表嫂扔去，還有一些群眾甚至於藉吐口水去摸文表嫂的奶子……，如果不是大舅趕來，真不知會弄出什麼亂子。大隊黨支部開了緊急會議，大舅取消了婦女主任對民和文表嫂示眾三天的決定，叫人先將民和文表嫂放回家，讓民兵看起來。

「他們畢竟只是生活問題，不是反革命，也不是階級敵人。更何況文還是烈士，我們怎麼能這樣對待烈屬呢？」

但婦女主任和治保主任不同意大舅的意見，堅持要將民和文表嫂示眾。

「至少也要連夜審問，要弄清楚他們是怎樣搞到一起去的？是在文犧牲前還是犧牲後？是民主動的還是那個妖精主動的？」

婦女主任和治保主任堅持自己的原則，認為不連夜審問就放回家，兩人就會毀了證據；如果沒了證據這案子就會很難定性。

雙方相持不下，便決定第二天報公社，由公社決定如何處理。

「人還是先放回家，吊在籃球架下又是赤身裸體，影響太壞了，弄不好還會出事的。」大舅堅持自己的意見，兩位主任只好服從，便派了四個民兵將民和文表嫂看押在家裡。

第二天一早，看守的民兵便來報告，說民和文表嫂已經死在床上了。文表嫂吃了好幾包老鼠藥，分明是畏罪自殺；民則像是窒息而死的。民和文表嫂就這樣結束了自己的生命。文表嫂死了，但並未現出蛇的原形，反而是穿戴整齊、面帶著很困惑的微笑走的。她還在頭上戴了一朵白花，分明是在紀念文。沒有人能講清文表嫂死亡的過程，據四名看守的民兵講，民和文表嫂被押回家後一直很安靜；文表嫂還洗了個澡，之後便躺在了床上，誰也沒有想到她會吃老鼠藥。民被押回家後，就像一條烤過的老狗一樣四肢彎曲著栽在了地上，第二天還保留著這樣的姿勢。有群眾猜民是被捆死或在籃球架下吊死的，但沒有人回應這種猜測。

關於民和文表嫂的死，很快就沒有人再議論了。通姦是令人髮指的，但人都死了，再深究下去也就沒什麼意義了。這樣的死也不可能有結論。若有人問起，便只能說死了，再問是怎樣死的，也只能說是吃老鼠藥死的，再問為什麼要吃老鼠藥，便只能說做了不要臉的事，沒臉活了……。世上有許多事不能細問，民和文表嫂的死也是如此。文表嫂本人一定不明白自己究竟做錯了什麼，竟會被人赤條條抓了，還捆起來，吊在籃球架下示眾。她唯一清楚的是自己不想活了，她要穿得整整齊齊，戴著文出殯時的那朵白花去找他。她對於去找文這件事是開心的，她的微笑雖然困惑卻發自內心……

我對於文表嫂的死也說不出所以然。我既恐懼又難受，彷彿體內植入了一小塊鋼片，多年以來仍會發疼作疼。奇怪的是，文表嫂死了之後，我的小屌便不再硬了。直到我看見蓮，繫著紅頭繩，仰著長頸子，在舞臺上唱「北京的金山上光芒照四方」，直到三妹到了唐家山，直到後來遇見了秀長及腳踝的頭髮……，但是我知道，我成人後，對女人翹翹的乳房既渴望又畏懼皆因為文表嫂，她是我的情欲之源，也是我的罪惡之始。

文表嫂死了之後，我的小屌好幾個月都沒有硬過。後來看了蓮在臺上演出，小屌又硬過一兩次，但時間都很短，只有三兩分鐘，都只是半軟半硬，沒多大名堂。後來三妹和她媽董校長就來了。

我和三妹之所以有一種天然的親近關係，大約是因為我們都是有戶口的城裡人，是知識分子「臭老九」的後代。自從三妹來了之後，我和唐家山表姐妹的往來便少了。我成天和三妹在一起，帶她捉蜻蜓、知了和蝴蝶，教她唱從民表舅那裡學來的山歌。我爬樹、撈蝦、捉泥鰍、做彈子槍、滾鐵環，也教她養蠶，向她盡情表現我已經是一個很能幹的男人了。她在夏天穿裙子，冬天抹雪花膏，身上總有一股好聞的香皂的味道；她的頭髮永遠梳得整整齊齊，還別了一隻粉綠色的髮夾；她甚至還有一雙亮鋥鋥的小皮鞋，是她媽回上海探親時帶回來的。她媽是上海人，她爸——歐陽醫生是長沙人，她帶給了我對大城市女孩子的欲望與想像。三妹是我生命中的第一位貴族，是我的冬妮婭[1]。我們天天一起上學，一起做作業，一起玩。我開始討厭唐家山表姐妹們身上的汗味和桐油味（她們用桐油梳頭）。三妹愛讀書，我也愛讀書，我們有和唐家山的表姐妹們不一樣的趣味與氣質。但我已經受了好幾年鄉野文化的薰陶，我比三妹要更大膽，也更狂野。我一直想摸蓮長長的頸子和用紅頭繩繫著的辮子，卻只在三妹身上如了願。我聞三妹身上好聞的氣味，摸且親她的頸子，她都從未推拒過。她溫順極了，我們形影不離，母親有一次竟對董校長說：「我們做兒女親家吧。」群眾也開玩笑說三妹是七仙女下凡，我就是那愛讀書的董永，我們是唐家山的「天仙配」。但樸素的群眾這回真是錯了，我已經受過民表舅和文表嫂的啟蒙教育，比董永可要壞多了。我用了民表舅的方法，問三妹知不知道自己是

---

[1] 蘇聯作家尼古拉・奧斯特洛夫斯基（1904-1936）長篇小說《鋼鐵是怎樣煉成的》中的女主角。

從哪裡來的。她說：「是我媽從街上撿回來的。」我便大笑，說：「不對，是你爸和你媽搞出來的。」至於怎麼搞，我也用左手的大拇指和食指捏成一個小圓圈，用右手的食指往小圓圈裡杵。

「這就是搞，男的小屌杵到女的的洞洞裡去。」

我又現身說法，讓三妹看了自己的小屌，威武雄壯。三妹滿臉通紅，頭勾得低低的，小聲地說我沒有道理。我要她脫了褲子，看自己是不是只有小洞洞。

「女的生了小洞洞就是給男的的小屌搞的。搞，就是生孩子，你爸搞你媽，就生下了你。」我爭辯道。

我見多識廣，比三妹大三歲，我的話是對的，但三妹不同意，她滿臉通紅，不再理我。我那溫順、優雅、愛讀書、好教養的三妹，每天照舊和我一起去學校，一起做作業，一起玩，也依然讓我拉她的手，親她的頸子。我們不再討論生孩子的事，我想看一看她的小洞洞也一直沒有機會。我偷看過文表嫂的屁股，也聽見過文表嫂撒尿的聲音，但我從未見過女人的洞洞。我對蓮充滿幻想，但她大我好幾歲，又是學校和村裡的明星，從不和我一起玩，更不會給我親近的機會。自從文表嫂死了之後，我的小屌就再也沒有硬過。我私下懷念小屌硬邦邦的感覺，很想讓小屌再硬一次，這機會只在三妹身上。我伺機等待，機會果然就來了。

好幾年的冬天，大人們都要去修水庫，那時村裡便只剩下老人和孩子，孩子們因此便撒開了玩。玩的花樣可多了，包括擲煙盒、打野仗、賽鐵環、鬥水槍、踢毽子、跳皮筋、捉迷藏……，那可真是我們無憂無慮的快樂時光！其中擲煙盒、打野仗、賽鐵環、鬥水槍是男孩子的遊戲；踢毽子、捉迷藏則是男女共同玩的。凡男女共同玩的，我便和三妹一起參加。我就是在一次捉迷藏的遊戲中與三妹開始肌膚相親的。我們所謂的捉迷藏，與現在幼稚園的捉迷藏可完全不同。唐家山有廣闊的田野，家家戶戶都有藏紅薯的地窖，有牛欄和草垛，往任何一個草垛或地窖中一藏，都不會輕易被找著。所以一場遊戲有時要玩好幾個小時。一次我和三妹正好都藏在大舅的牛欄裡，我們共同發現了一間小閣樓，堆著雜物和乾草。鑽進草堆，屏住呼吸，過一兩個小時也沒人找著我們。我摟住三妹，貪婪地吮吸她身上的氣味。她好聞的體味和稻草金黃色的氣味混在一起，讓我如癡如醉。我握住她的小手，親她的臉和頸子。我小心地解開了她的棉襖，她很溫順，沒有推拒。我伸進了她的小衣，她的身子反而更緊地靠近了我，頭也埋進了我的懷裡。我再進一步，解開了她的褲子，她顫抖起來。

「小孩子真的是搞出來的嗎？」她聲如蚊音地問。

「是的，是搞出來的。」我答道，也顫抖起來。

我慌亂地脫掉她的褲子，掏出我的小屌，但小屌軟綿綿的，怎麼也硬不起來。我沮喪極了，又怕人發現，只好重新穿上褲子。後來又有幾次，我和三妹又躲在了大舅家的牛欄裡，我們再次嘗試，可我不爭氣的小屌還是軟綿綿的。我弄不明白，自從第一次看見文表嫂的乳房，我的小屌已經硬了有半年了。文表嫂死了，小屌雖然很久不硬，但看見蓮在舞臺上表演，也硬過一兩次。為什麼放在三妹的洞洞邊小屌卻不硬了？我懷疑民對我講的「搞」——將男的的小屌杵到女的的洞洞裡去是錯了。小屌不應該杵到洞洞裡去，而是另有去處。但正確的去處在哪裡呢？我在三妹身上找來找去也沒找著。我對於搞還是懵懂無知，直到後來認識了秀。

我和秀的關係既美麗又邪惡，既出乎意料又意亂情迷。我多年沉湎其中皆未解個中奧祕。秀對我的影響就像雷鳴閃電對原始初民的影響，讓我很長時間都充滿了敬畏。這是神祕力量的偉大之處，這力量足可致人於死地。

認識秀以前，我已聽過有關她的美麗傳說。沒想到到她後來竟成了我的班主任老師，而我母親與她三姐竟有著良好的關係。她家的名聲素來不好，但母親從未聽信過那些流言。她相信自己的朋友，與織該怎麼往來便怎麼往來。秀從師範學校回到鎮上，也是有很多議論的，但我只想早一點認識她。

秀是在一個陽光燦爛的秋天的下午到我家來的。我被她精緻的面容，也被她長及腳踝的辮子給震住了。我從未見過那麼長、那麼黑、那麼亮的辮子，也從未見過那麼窈窕的身材，以及那麼白皙、生動和精緻的臉。這張臉彷彿永遠在對你說話，眼神更是清澈如蕩漾的湖水。我離開唐家山時曾黯然神傷，見到秀便如沐春風。母親請秀到家裡來，是要將我託付給她，因為每年秋天之後母親都要下鄉去做計畫生育工作。我一個人在家，顯然是個問題，母親便讓我住校，白天上課，早晚請秀照顧我的學習與生活。我明裡叫秀老師，私下叫她秀姨，實際上，我十三歲，秀二十一歲，我們更彷彿姐弟。我和秀在一起度過了一段短暫的幸福時光，這樣的時光恰如九嶷山的白雲，潔白，純淨，在微風中輕輕飄動，不可復現。我每天凌晨即起，先背秀頭天布置的唐詩，之後便去秀的宿舍吃早飯。我總是一早就去，又總是坐在一張小板凳上，仰起頭，看她梳長長的頭髮。她的頭髮那麼多，散開了幾乎可以將我全部遮掩。她梳頭的姿勢優雅而美麗，先是站著，將頭髮散開，滿鋪在梳妝檯前，一縷一縷很細緻地梳。秀髮如絲，在她手裡流動如水，在晨曦中彷彿滿屋都是絲的光影。我仰視這光影的流瀉與波動，全身心都淹沒在其中。梳好頭，秀便開始耐心地編辮子，此時她便會要我幫她收拾掉落的頭髮。我小心地將頭髮撿起，裝進她給我的一個小木盒。大約一小時後，辮子編好了，她站起來，轉了轉身，又用鏡子上下左右地照著，完了便抿嘴一笑：

「好看嗎？」

我享受著她的神祕與美麗，小心央求：「我不想叫你姨了。」

「那叫什麼呢？叫姐嗎？你媽該罵我了。」我悶聲不響，對她的回答並不滿意。

「詩背好了嗎？小鼻涕孩。」秀摸了摸我的頭，她叫我小鼻涕孩，全然沒有在意我心裡的變化。

但是不久秀的厄運便開始了。她的男朋友從長沙來了又走了，之後她便再也沒收到過從長沙寄來的信。她日漸消瘦，心情也一天比一天抑鬱。我像一個忠誠的單戀者，從早到晚守在她身邊。

一天，恰逢週末，學校裡只剩下我們兩個人。吃過晚飯，我照例在她宿舍做作業，她照例在一旁彈風琴。這回的曲子與往常的完全不同，憂傷、綿長，彷彿一個孤寂的傷心人在泣訴。彈著彈著，她竟趴在琴上大哭起來。我扔掉書，撲上前去，緊緊地抱住她。幾乎是在同一時刻，夜空中響起了轟鳴的雷聲，尖利的閃電劃過窗外，瓢潑的大雨一下子就淹沒了她的哭聲。我們幾乎同時叫了起來，嚇得緊緊地抱在了一起。雨，傾盆而下，彷彿在沒遮攔地發洩它的積怨。我們害怕地抱在一起，不敢說一句話。我甚至沒敢問秀為什麼哭。我們相互抱著，藉彼此的身體傳達著安慰。時間在一分一秒地過去，秀摸了摸我的頭，讓我趴在她的腿上。我感受著她的撫摸和悠遠的心事，不知道說什麼才能讓她開心起來。轉眼間便到十二點鐘了，我趴在她的腿上，堅持著不讓自己睡著。

「看來這雨是停不了了，你就住在這裡吧。」

秀從憂傷與恐懼中恢復過來，將被子打開。我躺在床上，睡在床的一頭，秀睡在了另一頭。我們很快就在雨聲中睡著了。疲倦帶走了恐懼與憂鬱，也將我們帶入了夢中。

那是一個怎樣的夜晚！我夢見自己被沖入了洪水，洪水猛獸般沖過來，將我一會兒掀向半空一會兒捲入浪裡。我掙扎著，終於抱住了一條紅色的大魚，被她馱著，才在浪裡忽高忽低地未被淹死。但浪越來越大，一陣巨浪打過來，將我從大魚身上掀了下來，我快速墜落，墜向無底深淵……

「啊——」秀聽見我的叫聲，猛然驚醒。「怎麼了？你怎麼了？做噩夢啦？」她試圖坐起來，但我渾身發抖，緊緊地抱著她的腿，滿頭是汗。

「醒醒，你抱著我的腿幹什麼呀！」我依然緊緊地抱著她的腿。「醒醒，你醒醒。」她使勁蹬腿，我終於鬆開手。

「怎麼了？你怎麼了？」她掀開被子，爬到我身邊。她看見我赤裸的身體，渾身顫抖著蜷縮成一團，又看了看自己，竟發現自己的腿上黏糊糊流了許多髒物。她一下子便知道了所發生的事情。

「你是大人了。」過了好一會兒，她才自言自語地說道。我無地自容，緊緊地咬住被角，小聲地哭了起來……

那個恐懼的、意亂情迷的夜晚終於過去了。天亮之後，我跑回宿舍，趴在床上大哭。我在剎那間成了一個壞人，昨晚發生的事一定就是民所說的「搞」！我受過民的啟蒙教育，經歷過文表嫂的衝擊，幻想過蓮的脖子，還與三妹有過肌膚之親，但我從未搞過。我的小屌已將近一年沒有硬過了，昨晚竟又硬了起來，還與我的老師、我私下裡叫她「姨」的秀搞了。我成了一個怎樣的壞人！我仰望過秀的美麗，想與她建立更親近的關係，我並不是她眼中「聰明可愛的小男孩」，我才十三歲，靈魂早已被資產階級思想所腐蝕，這回卻在她的長髮中成了一個真正的壞人！

此後的三天，我連續高燒。母親接到信，立即趕了回來。我什麼也沒說，只是要求轉學。秀的處境很快也惡劣起來，學校開了她的批鬥會，有關她的流言也越來越多，那情形正如我上一節所描述的一樣，學校開始貼她的漫畫，且一張比一張不堪入目。

之後若干年我再也沒有見過秀，我一直都被那個雷雨之夜所折磨。「搞」並沒有像我想像的那樣帶給我快樂，也沒有讓我成為一個真正的男人。相反，我陷在罪孽之中，很長一段時間都不能自拔……

6 我成了城裡人了

唐家山地處城郊，唐家山的人對城裡人的生活尤為敏感；他們距縣城僅五里地，卻不是城裡人，因為沒有城鎮戶口。他們對鄉下人趾高氣揚，卻常常對城裡人卑躬屈膝。他們沒有鄉下人的淳樸厚重，也沒有城裡人的見識與眼界。他們慣於趨炎附勢，也習慣了為虎作倀，因此容易產生地痞與刁民。唐家山事多，部分原因便緣於此。地痞與刁民最大的特點是不守規矩，城裡的規矩不守，農村的規矩也不守，因此也產生「無賴」與「好漢」。邊緣化令執政者頭疼，郊區人口的管理讓人棘手，我幾乎就成了一位讓人棘手的刁民。

我是城裡人，卻在鄉下出生，在郊區長大，因此既不同於城裡人也不同於農村人。我曾和唐家山的人一樣，夢想著可以天天用肉票買肉吃、用布票買「的確良」[1]穿，結果當然只是妄

[1] 即達克綸（dacron），聚脂纖維布料。

想。我是右派之子、反動醫官的後代；我的罪孽是先天的，不以我的意志為轉移，我的血液卻散發出淡淡的書香的氣息。我沒有和群眾打成一片，成為千萬個閏土中的小閏土，也沒有成為若干潑皮牛二中的小牛二，就是因為這淡淡的書香氣。所以我一直相信血統。但真正改變我命運的卻是毛澤東逝世、鄧小平上臺這兩件大事，廣播裡說，新時代來了。

你瞧，我十三歲，我的小屌受過鄉下民俗的薰陶，現在居然探頭探腦地進城去了。我的右派父親和叔叔平了反，我的爺爺又成了寧遠縣城的名醫，我的一位姑父從牛棚裡放了出來，成了一個軍區的副司令員。王家又開始門庭若市，王家六兄妹都是大學畢業生的故事又被人熱烈地談論。我成了小鎮最受寵的人，我就要進城去了，伴隨我進城去的還有改革開放的春風。

母親買了小半頭豬請人吃飯，一位小夥伴滿嘴流油地說道：「嘿嘿，你就要和我們不一樣了。」之前我最大的理想是去縣農機廠當工人，這回我去的地方可比縣城大多了。

零陵，唐代也叫永州，以出產異蛇、苛政、懷素的書法和柳宗元的散文而知名。父親平了反，就在零陵的一所大學教書，我也在附近的中學上了學。直至外出念大學，我在零陵度過了煩躁的中學時代。我憋足了勁要出人頭地，我的城市生活就此開始，我的青春也如野草般瘋長起來了。

煩

成為城裡人之前我在鄉下就已不同凡響，我是名醫王雪療的孫子，有城市戶口，能夠在過生日的時候吃上紅雞蛋。我八歲就會畫毛主席像，雖然出身不好，學校也一直沒有批准我加入紅小兵，但我寫了一篇文章——〈大糞究竟是臭的還是香的〉，竟被縣廣播站拿去廣播了。全縣的小學生，包括部分中學生熱烈地討論我的觀點，最後竟然還掀起了一陣風——為了證明自己沒有資產階級思想，同學們每天早晨都要撿一泡牛屎到學校去。沒有牛屎，狗屎也行，沒有狗屎就拿了自家豬圈裡的豬屎去。每個學校都專門闢出了一塊地方來堆屎，堆成一座小山時，便由學校組織，運到生產隊的稻田裡去肥田。有表現好的同學，不是用鐵鍬，而是用手捧了牛屎撒到稻田裡去。我是這場牛屎運動的始作俑者，我的那篇文章後來竟被省報轉載了。所以我在成為城裡人之前，就已經比大多數城裡人都出名。這場牛屎運動證明我從小就是一個喜歡興風作浪的人。

實際上我既不同於城裡人，也不同於鄉下人。我插過秧，割過稻子；守過水，參與過唐家山與麻元里的械鬥；我不到十三歲，小屌就硬過了……，但我一直不認為自己是鄉下人。我身上流著城裡人的血，這回又帶著鄉下人的口音、髮型、做派與習慣去與城裡人鬥爭。我自以為是城市人，卻處處受到城裡人的蔑視，我一出生就處在城市與鄉村的衝突之中，下面這件事，算得上是一個例子。

十二歲那年我和母親住在衛生院，衛生院旁邊是一個知青點，住著幾十個長沙的知青。知青點建在一個山坡上，那些知青紅紅綠綠，總是歡聲笑語，但最耀眼的是他們建了一個籃球場。籃球場也沒什麼稀奇的，唐家山就有一個。但唐家山有籃球場卻沒有籃球，平時只用於曬穀子和開批鬥會。知青點的籃球場卻不僅有籃球還有比賽。到了夏天，太陽一落山，紅紅綠綠的知青就歡呼雀躍，他們幾乎每週都有比賽，哨子一吹，氣氛就格外熱烈，遇到進球時，更是滿場歡叫。

我每次都擠在人群中，對紅男綠女們心生羡慕。我夢想著成為他們中的一員，也能運球、傳球和投球；也有女孩子為我尖叫，甚至被大家舉起來，在半空中拋來拋去。但這不可能，我能擠在這群紅男綠女中看比賽，已經因為我是唐醫生的兒子。籃球真彷彿是天堂的果子，只能夢想，不可觸摸。

有一次，機會來了，籃球正好滾到我的腳邊，彷彿果子從天上掉了下來。我撲在地上，死死地抱住籃球。比賽正在緊張階段，隊員們喊「小孩，把球扔過來」，我充耳不聞。「幹什麼呢？快把球扔過來！」我還是充耳不聞。知青們急了，他們衝過來。一個壯漢死勁地掰我的手，但我死命抱住籃球，絕不撒手；最後撐不住了，便狠狠地咬了他一口。壯漢「啊」的一聲慘叫，手一鬆，我便將球扔了出去。籃球扔出去，順著山坡往下滾，最後掉進了一個狹小的山洞。我的行為引起了公憤，兩個壯漢衝過來給了我兩記響亮的耳光，我摔倒在地上。知青們跑下山，但山洞狹小，無論如何也不能將籃球掏上來。天黑了，知青們垂頭喪氣，只能將怒火發洩在我身上。兩個壯漢將我從地上拖起，我拚力反抗，還是被拖走了數百米。壯漢將我扔進一個豬圈，我和幾頭豬關在一起，任憑我哭天搶地，也沒人搭理。直至第二天傍晚，母親從鄉下回來，才砸開豬圈，將我放了出去。我渾身都是豬屎和豬尿，沖了五大桶水，也未能沖乾淨。

我曾給一個漢學家講過這段往事。那位漢學家要翻譯我的幾首詩，對其中一些意象不甚理解，我為了讓他理解得更準確一些就講了這個故事。當時在場的還有一位文藝女青年。聽完故事，漢學家和文藝女青年異常激動。漢學家說：「你應該寫一部中國式的《湯姆叔叔的小屋》。」他揮動雙手，憤憤然；文藝女青年則恨不能趴在我的肩上哭一場。

「瞧，你們都把它當做一個悲慘的故事了，可我講的僅僅農村與城市的差異，以及這種差異帶來的影響。」

「最大的影響還是心理上的不平衡，以及由此而來的蔑視、自卑、報復心與仇恨感。不平衡是中國最大的問題。」

漢學家依然沒有完全理解我講的故事——籃球是城市的象徵，絕非鄉下孩子所能擁有。運球、傳球、投球代表的是城裡人的優美與瀟灑，紅男綠女、燈光球場、啦啦隊和喝彩聲、比賽規則與門票則是城市獨有的文化。

我想擁有自己的籃球，而且不止一個，我的一生自然不得消停。當時，我平緩地講我的故事，目光平和而悠遠。

但我剛進城的時候，絕沒有這樣平緩的目光與聲音。我甚至沒有聲音，而像一個啞孩子在教室和宿舍最偏僻的角落裡待了整整一年。我住校，低著頭看書走路，形單影隻地出沒在食堂、宿舍與教室之間。因為身上有味，更因為說話有口音，我沒有交一個朋友。我幾乎每次在課堂上回答問題都會引起哄堂大笑。我將「鉛筆」說成「qiangbi」；我已經上初中二年級了，還沒有學過物理和化學。我此前讀的是一所半工半讀的所謂「五七」學校。我的英語是鄉下的老師用注音的方式啟蒙的，而這位老師一生也沒有掌握中文拼音，永遠都將「二」唸成「ne」，將「王」唸成「huang」，將「湖」唸成「fu」……，我渴望成為城裡人，但所遇皆是嘲諷。我喪失了在鄉下的優越感，在鄉下我是名人之後，有城市戶口，能夠在過生日的時候吃紅雞蛋，是會畫毛主席畫像，又寫了〈大糞究竟是臭的還是香的〉這樣的美文的才子。進了城我卻將「鉛筆」說成了「qiangbi」，將「二」唸成了「ne」。我既沒有了民表舅和文表嫂那樣的導師，又沒有了三妹那樣的玩伴；城裡的同學用哄堂大笑來打擊我，我所受到的侮辱就如同在知青點的豬圈裡所受到的侮辱。我在鄉下需要一個籃球，現在更需要。很快我就發現這個籃球就是考試卷子上的分數。我低著頭悶聲下苦功，很快就出人頭地了。我的成績名列前茅，作文一次又一次成為範文，被老師用毛筆抄出來貼在了走廊上；我在數學比賽中得獎，被當做模範生在全校做經驗介紹。我再一次雄赳赳氣昂昂，我的小屌甦醒過來，又想去惹是生非了。與在鄉下不同的是，我發現在城裡一個籃球根本解決不了問題，我需要一個又一個籃球。但另外的籃球是什麼？在哪裡？我又不清楚。我一天比一天迷惘，一天比一天煩躁，傑與晶便在我最煩躁的時候及時出現，將我的欲望與煩躁點燃了。

傑

傑是地委副書記的繼子，他因他媽改嫁而有了一位當地委副書記的爹。傑他媽有名，一是因為漂亮，二是因為改嫁。傑對我說他已經是第三次管陌生男人叫爸了，他看不得他媽不斷地被陌生男人搞來搞去，且每一次都被搞大肚子。傑有兩個貌美如花的妹妹，是由兩個男人先後搞出來的。奇怪的是傑他媽嫁人，身材竟越嫁越好；嫁的人地位也一個比一個高。我第一次見到傑他媽，發了足有半分鐘的呆——這個嫁過四次人、生過三個孩子的女人，居然還有如此美豔的腰身。她穿最時髦的衣服，講最糯人的蘇州話，眼含流波，面映飛霞。

我能到地委副書記家做客是因為我以模範生的名義在學校做了一場報告。這場報告被副書記知道了，就講給傑他媽聽，傑他媽就跑到學校去，要求校長讓傑和我結成學習上的對子。校長心裡並不情願，但又不能駁了副書記的面子。他擔心我被傑帶壞了，他沒想到我竟很樂意與傑結為對子。

於是傑從家裡搬出來，成了我同寢室的室友。

我願意成為傑的對子，有兩個不為人知的原因。一是傑他媽貌美。自從上次與傑他媽見了面，我已經夢見她好幾次了，我沒有拒絕美人的能力；二是傑他爸是地委副書記。我受了一年多城裡人的氣，這回副書記的兒子竟落在我手裡，讓我有一種揚眉吐氣的快感。但我與傑很快便成了好朋友，個中原因在於他擁有我想要的一切——包括一個美豔的媽、一個有權勢的爹、一顆時髦而狂野的心。他是第一個讓我知道世界上有啤酒和巧克力的人，也是第一個讓我知道世界上有手淫這碼子事的人。他騎「永久牌」自行車，穿喇叭褲，私下裡抽「大重九牌」香煙，看一本名叫《少女之心》[1]的禁書。他的叛逆寫在臉上，手裡永遠都轉動一個好看的籃球，也永遠有一群小跟班模仿他說話的腔調與運球的姿勢。他是學校不少潛規則的制定者，擁有領袖群倫的迷人氣質。與他相比，我的成績單是蒼白的，我只是一個土頭土腦的傻小子，我的作文雖然得到過老師的表揚，卻從未引起過女生的驚叫。傑總有辦法讓自己成為話題，也有辦法讓女生用最水靈的眼睛迎送他。除了籃球，他還是優美的單槓選手。他十五歲，已經有了漂亮的喉結。他還是權勢的神祕化身，學校一些難辦的事得經他回家求父親解決。但是，明星一般的傑藏著一個不可告人的祕密——他經常偷了他媽的內褲和乳罩，在夜深人靜時拿出來貪婪地聞。他的魂被他母親所攝取，他對他的每個繼父都既巴結又憎恨。

我發現傑的祕密純屬巧合。那是一個星期天的下午。學生宿舍通常週末都沒人，只有我因為與父親關係緊張，每個星期天都是吃了中飯就回學校去。那天，我像往常一樣，準備將東西放回宿舍就去教室看書。但我推開門便聽見一陣窸窣的摩擦聲，只見傑光著屁股，在床上蹭來蹭去，床上還扔了好些女人的衣服。傑沒有注意到我，他的動作越來越急，喘息聲越來越粗，最後他大叫一聲「媽呀！」就面色慘白，癱在了床上。我嚇壞了，趕緊跑過去，卻看見傑的床

[1] 文革時期流行的一本手抄本禁書。

上放了一張白紙，紙上是一灘像鼻涕一樣的東西。過了好幾分鐘，傑才長長地嘆了一口氣說：「舒服死了！」「這叫做精，你懂嗎？有了精，你就是一個真正的男人了。」

我突然想起自己流在秀腿上的東西，與傑流在紙上的一模一樣。我一下子就明白了，這世上不只我一個人是壞人，傑也是，而且比我還壞，還噁心。

傑的祕密被我發現後，很擔心我會去告發，這樣他精心構築的夢幻世界就會坍塌。但我不僅沒有這樣做還流露出同道中人的驚羨神情。這使得我們很快就成了同盟者，從此我們便常在一起傾訴自己的心事，又相互鼓勵，讓自己擁有一種已經是男人了的優越感。傑無私地給了我很多東西，包括那本聳人聽聞的禁書，我們共同研究女生們的「少女之心」。很快我也學會了手淫，但我的方式與傑的方式不同，傑總是在快來的時候大叫「媽呀，媽呀」，接著就發出像哭一樣的叫聲；我則總是在快來的時候大叫「衝，衝，衝」，接著就發出像狼一樣的嚎叫。兩位好朋友分享著各自的憂傷、煩惱與舒服。傑喜歡班上的潔，文雅的、梳著小羊角辮的潔，有一種真正的小處女的氣質。我還沒有自己的目標，我比傑迷失得要更遠一些，我喜歡遙不可及的形象，包括文表嫂、蓮、三妹、秀以及紅極一時的影星陳沖。我的夢中人不是在已逝的歲月中，便是在遙遠的天邊外。我在潛意識中頭枕著文表嫂，手摸著三妹，心裡卻喊著蓮、秀及陳沖的名字，我在強烈的呻吟聲中大聲叫——「衝，衝，衝……！」與傑現實的、大步流星的、侵略性的作風不同，我靠溫軟的回憶和迷濛的幻想獨享著自己的幸福。沒想到，傑後來竟強姦了自己的繼妹——那位副書記帶過來的漂亮的小女兒，並因此判了十二年徒刑……

晶

晶是我進城後遇到的第一個正面形象，她是初三三班的班長，後來又成了學校的團支部書記。當我的口音引起哄堂大笑時，她總是站出來教育大家要尊重新同學、愛護新同學、幫助新同學。她也是最早發現我的潛力的人，總是信任我，鼓勵我。她還差點成了我的入團介紹人，如果不是我拒絕讓一個女人成為引路人，她的願望一定已經實現了。她對我如此友好，部分原因是因為她父親也是鄉下孩子，後來靠自己的努力做了大學教授，還與我父親成了同事。她出於對父親的崇敬，給了我很多關懷。有時她代表組織，有時則出於對鄉下孩子的同情心。但不知何故我對她總是敬而遠之，若在路上碰上，則唯恐避之不及。

晶經常跟我講她父親的故事，暗示我要刻苦學習，以後好像她父親一樣有出息。我天生犯賤，對於這樣一個有上進心的人所給予的無私幫助總是不領情。我討厭晶臉上的雀斑、高大的體型及永遠正確的幹部作風，也討厭她父親的故事。我認為一個鄉下孩子靠刻苦學習而成為大學教授這樣的事既不靠譜，也不值得一提，我討厭這樣的榜樣。我的父親已經平反，我已經成了城裡人了，我對晶積極主動地將我設計成一個小城市的教授十分惱火，我有著更遠大的理想。

我討厭晶還有一個原因，那就是不知何故她總讓我想起唐家山的婦女主任。晶和唐家山的郝主任一樣都是女幹部，這世上再沒有什麼比女幹部更讓我視作瘟神的了。不同的是郝主任沒屁股沒胸，晶十六歲，卻已經豐乳肥臀了。她高我近一個頭，是初三班的大姐大，也是初三班女生中唯一一個上體育課時乳房可以使勁地上下跳動的人。她還是鉛球選手，在全省的中學生運動會上拿過鉛球冠軍。我在唐家山時喜歡文表嫂豐腴的乳房，認識晶之後便認為豐乳肥臀是一副蠢相。我怎麼也沒有想到，半年以後，女幹部晶，擲鉛球的晶，豐乳肥臀的晶竟成了我第一個真正搞過的女人。

我和晶是在一個煩躁而迷亂的週末搞到一起去的。父親的學校一到週末總要放露天電影，這也算是零陵這樣的城市大學生們的幸福生活。如果晚上能吃上一份紅燒肉，吃完又去河邊散了步，散完步又在操場上看了露天電影，那這個人的週末就算是過得很幸福了。若看露天電影時，身邊正好坐著某個女同學，那個女同學正好用香皂洗了澡，用洗衣粉洗了衣服，那他可真算是幸福死了。那個時候大學校園裡的地下戀愛已經如草籽般發出嫩芽，人們有事沒事便會猜誰和誰談戀愛了，這樣的猜想給了學生們不少心理暗示，也壯了他們的膽。但猜也好，春潮暗湧也好，終歸還是沒有人敢公開戀愛的。地下戀愛每年則總會惹出一些亂子來，一是總有人懷孕，二是總有人精神分裂。父親的學校就發生過一件聳人聽聞的事情。話說一對地下戀人某晚溜出宿舍，到學校的後山上去約會。苟合之後，或許太過疲勞，又或許是太過沉迷，兩人竟在山上的草地上睡著了。次日凌晨，一個老漢到後山撿狗屎，發現了這對衣衫不堪的情侶，便威脅要將他們扭送到學校去。兩人深知後果嚴重，求老漢放過他們，可憐的女生甚至還下跪求饒。最後老漢答應了，卻提出一個條件，也讓他搞一次。情侶萬般無奈之下竟答應了。此後那老漢便成了兩人心中的魔影，男生總認為女生失了身了，且失身的對象竟是一個撿狗屎的老漢。女生則經常半夜驚醒，跑到廁所裡去使勁洗身子，邊洗邊號啕大哭。不久女生便因精神分裂被送進了精神病院。

舉此一例不過想說明那個時候的春心萌動包藏著多大的禍害！但我無知者無畏，黃口小兒不知世事凶險。我快十六歲了，在唐家山時就春心萌動過，我進了城，對城市有多麼強烈的幻想啊，我做夢都想搞一搞城裡人。機會終於來了，一個盛夏的週末，在放露天電影的操場上，晶悄悄地坐在了我的身旁……

春心萌動的少年，週末的夜晚常常空虛而迷亂，這次則更甚。因為這是一個看露天電影的週末，一個光影迷濛的週末，一個有地下戀人的週末。在這樣的週末我的身邊坐著晶，她一定剛用香皂洗了澡，頭髮還濕漉漉地披在肩上，她一邊看電影一邊用梳子梳頭，她的神態那麼自然，彷彿就該她邊梳頭邊與我一起看電影似的。我受到這份神態的感染，我的不自在慢慢變得自在，平常對晶的牴觸變成了無邊的遐想。晚風輕輕地送來了晶身上的香味，我的遐想開始在香氣襲人的晚風中發酵，一隻手情不自禁地搭在了晶的凳子上；與此同時晶的手指也一釐米一釐米地移了過來；我的手碰到了晶的手，像觸電一樣，閃了一下，但馬上也一釐米一釐米地移了過去。兩隻手最後終於在一起了，一層汗又一層汗地握在一起了。接下來便是我的膽大妄為，晶也開始大口大口地喘著粗氣。她的豐乳肥臀劇烈地起伏著，一隻神奇有力的手托起了我們，讓我們在後山的草地上躺了下來……

我十三歲接觸過三妹的身體，後來又接觸過秀，也在幻想中接觸過文表嫂、蓮、傑他媽和影星陳沖的身體，但都沒有真正進入過。這一年我想得最多的就是進入，就是民表舅告訴過我的「搞」。這是我對男女之間全部的事情中唯一不熟悉的了。但我剛進去一小截，就從晶的大喘息中聞到了一股我一生都厭惡的蒜味，我身體的反應一下子就激烈起來，我猛地抽出身體，坐起來，抱著頭說：「你快走！」晶滾燙的身體被突然潑了一盆冰水，她困惑極了，靠近我，想問「你怎麼啦」，但尚未開口，我又叫道：「你快走！快走！」這回則不是說而是近於咆哮了。晶本能地、踉踉蹌蹌地跑下了山，但沒跑幾步又跑了回來。她斬釘截鐵地對我說：「不管怎樣，我已經是你的人了！」這句話，幾乎成了我一生的咒語，帶著文革時代的烙印，多次出現在我後來的豔遇中。

若干年之後，我都會想起與晶的關係。我痞性十足卻並不徹底，「真的算是進去了嗎？」我很齷齪地回憶每一個細節——月光、草地和露珠的氣息，晶粗大的乳頭和豐滿的乳房，我也很記得晶的濕潤和刺鼻的蒜味⋯⋯。我知道晶對我一直懷有好感，但我不明白自己為什麼會那麼牴觸她。滿世界走了一圈之後，我才明白是因為自己長期以來對所謂正面形象的厭惡。晶為什麼就不能壞一點呢？

上路

與晶搞了之後的數日裡我都處於噩夢之中。我有一種受到了凌辱，既噁心又惶恐的感覺，彷彿我是被強姦了。我在心裡也認為自己是被強姦了的，但我不敢說——總不能說是晶強姦了我吧，但不是晶又會是誰呢？或者是怎樣一種無形的東西呢？我心裡堵得慌。一方面我和晶發生這檔子事的確是我情所不願的，我心裡想的是別人，雖然遙不可及，雖然虛幻；另一方面我也承認自己是犯了錯誤了，這錯誤有多大，後果有多嚴重，我卻不知道。我整天都在猜：若晶去告發，我會不會被學校開除？會不會被公安局抓起來？我忐忑不安地觀察著，晶不僅沒有去告我的意思，還有了一種從未有過的人面桃花的幸福姿態。這姿態甚至令我產生了和她再搞一次的衝動。我回味著晶的乳房與下體，彷彿是又濕又熱的，這灼熱的感覺使我如癡如醉。我不斷地將晶的乳房與秀、蓮、文表嫂、傑他媽，還有陳沖混在一起想像，並在想像中多次夢遺。每次夢遺我都會驚醒，然後看著自己的骯髒與罪過，偷偷地哭起來。然而到了白天，一看見晶，我又變得冷靜和堅強了。我對自己竟然還有和晶再搞一次的想法很惱火，我知道我絕不可能與晶再發生任何關係。晶濃重的大蒜味在我心裡驅之不去，但我又忍不住想——可惜只進了一小截，如果全進去又會怎樣呢？

那個晚上後晶也一定會忐忑不安。她對我中途停下來讓她走既憤怒又不解。但她不僅有幻想還有信念；她很快便從憤怒與不解中走了出來——不管怎樣，她已經是我的人了。她每天都盼著見到我，我一定會是她的一件作品，會考上大學，也會像她父親一樣成為一個教授的。不久發生了一件離奇的事情，我的一首詩竟在雜誌上發表了，這使我一下子便成了一個名人。將手稿變成鉛字幾乎是那個時代讀書人最大膽的夢想，編輯也因此成了最有權勢的人，就如現在的導演可以與女演員做交易一樣。我只有十六歲，因為心煩投了投稿，竟變成了鉛字，印在了全國最有影響的刊物上。我在雜誌上發表詩歌的消息很快便傳遍了全城，晶每天放學後都在校門口等我，她含情脈脈，一言一行都在暗示：「不管怎樣，我已經是你的人了！」我只好去找傑，求好兄弟想想辦法。傑聽了我的事，忍不住哈哈大笑：「你個農民！說，是你搞了她還是她搞了你？」傑也認為我搞晶這樣的女幹部不可思議，他因此揶揄我。「你就別逗了，快想想辦法吧。」我說。傑當然要兩肋插刀了，他是了難高手，一面是英雄氣概，一面是潑皮無賴。他自告奮勇，出面找晶談話。但晶最看不起的就是他這樣的「好漢」，他的公子哥兒氣在晶眼裡幾同於糞土。傑碰了一鼻子灰，在我面前很沒有面子，就決定管到底。他找來幾個兄弟，討論了好幾個方案，計畫從化學實驗室弄點硫酸，將晶徹底教訓一下。但傑的計畫未及實施，晶她媽就笑咪咪地登場了。

晶她媽是街道辦事處主任，有著極其豐富的基層工作經驗，脾氣和長相都像極了《水滸傳》裡的孫二娘。她用老門板一樣厚重的身體將我樸實矮小的母親堵在家裡，她是為她的寶貝女兒來提親的。她的理論比一扇老門板還厚重，概其要者有三，其中最重要的一條便是——兩人這麼小就發生了關係，如果不趕緊定親，是要受處分的；受了處分的人，成績再好，也不可能有大學錄取。她入情入理、思路清晰、邏輯縝密、措詞得當，每一句話都擊中了我母親的要害。兩個母親就決定辦兩桌酒席，小範圍地請一請親朋至友，給我和晶定親。我父親事後方知，他大笑：「荒唐！荒唐！」

我定親的消息甚至比在雜誌上發表文章的消息還傳得快，晶十七歲，我還不到十六歲；我怎麼就那麼不消停，剛出了點名，就製造了這麼一件令人瞠目結舌的事情？同學們都在背後議論：「唉，農民就是農民。」

校長也認為此事有損學校形象，他出面找兩位母親談話。晶的母親照例用老門板一樣厚實的身體對校長說：「我們只是按老家的風俗辦了兩桌酒席，有錯嗎？」校長一句話也說不出來。好兄弟傑也無可奈何，他對我說：「兄弟，幫不了你了，這是你的命，你好自為之吧。」但他暗示我，可以用緩兵之計的，只要考上大學，便可一走了之。人一走，晶她媽的身體再像老門板，脾氣再像孫二娘也沒有辦法。

我欲哭無淚，我是這所學校有史以來第一個在國家級刊物上發表詩的人，也是第一個不滿十六歲就定了親的人。我麻煩不斷，一生都將如此，只好再一次悶聲讀書。校長同情我，他從未遇見過像我這樣既優秀又乖戾的學生，我既像一條龍，也像一條怪異的蟲。他拜訪了我的父親，提議讓我跳級考大學。父親同意了，他深知我前程凶險，這凶險只能放到遙遠的未來中去消解；而未來不可知，我的命運當然也不可測，這也是我的老父親，無論怎樣博學、乖張和怪僻都沒有辦法的。

我就這樣考上了大學，臨行前的頭天夜晚，晶又約我去了後山，並在我把她壓在身下的那塊草地上果斷地把我壓在了身下。這一回她是真正地激動起來了，但她在關鍵時刻停了下來，無比嬌羞地說：「不給你，等你寒假回來考了好成績再給你。」她裡三層外三層地打開一個紅包，將她在中學生運動會上獲得的鉛球比賽金質獎章塞給我，就羞澀地、幸福無比地跑下了山去。她這回的跑下山與上回的跑下山心情是多麼地不同啊，她在心裡不斷地對我說：「我等你，等你回來。」我走了之後，她還要再讀一年高中，她是學校唯一一個有未婚夫的高中生，她的人生比任何一個女同學都更明瞭也更堅定。我最害怕那兩桌定親酒，它彷彿隨時都會毀掉我與遠方的聯繫，可遠方已經神祕降臨，如一個微醉的哲人，將未來的奇異景象密布在了我的心裡。

我癡癡呆呆地望著夜空中的星星，心裡既空虛又惆悵。但我知道這樣一個事實——明天我就要上路了；若干年之後我還知道，只要上了路，人生的很多問題就會迎刃而解。

7 賺錢總是快樂的

我與宏能成為生意上的搭檔，是因為我們在性格與精神領域的互補。宏擁有一種超乎尋常的、冷靜而深刻的洞察力，對自己、對合作夥伴瞭若指掌，對任何一種利益都有十分清醒的判斷與認識。他從不吃虧，也絕不莽撞地占別人的便宜。他面帶微笑，語速平緩、輕柔，他喜歡穿布鞋和唐裝，總是從容、淡定地面對一切複雜局面。你很難想像他曾經是一個多麼固執、倔強和神經質的人。他的天性得以舒展，心態得以平衡，得益於他很早就成了一個有錢人。他的數學天賦讓他擁有精算師的傑出頭腦，當我的創意還僅是一個概念時，他往往已經算出最終的利潤了。我永遠在創造，恨不能每天都有新格局，宏卻只關心結果。在他心裡占統治地位的詞永遠只有兩個：利潤及分配。沒有利潤的事不做，沒有好的分配的事不能做——他的商業邏輯就這麼簡單。我喜歡宏簡潔的風格。宏是平衡利益的高手，知進退，明得失，常常在微笑間便已占住要津。我常說世上有兩種人：一種是下圍棋的，簡單的黑白兩子，可以殺得天昏地暗，你圍住我我圍住你，將簡單的事情複雜化，沒白天沒黑夜，何其愚蠢；另一種是下跳棋的，目標清晰，只想著如何跳過防線直達目的地，將複雜的事情簡單化，何其聰明。我稱自己是布局的人，連棋都不下，只布了局讓別人下去。但我一眼就能看出一個棋手的境界與水準。我布局，挑選棋手，制定規則，裁決勝負。我警告團隊成員，要下跳棋，不要下圍棋。但能下跳棋的人必定稟賦超群，像宏這樣的，少之又少。

宏與我相識，緣於他在上大學時無比崇拜在雜誌上發表文章的人。他從初中開始就往雜誌社投稿，哪怕收到退稿信，若是編輯親筆寫的，都會激動不已。一天他在閱覽室看見一篇文章，作者竟是他同一學校低一年級的同學。那可是一本國家級刊物！他心潮澎湃，懷著無比羨慕的心情徹夜難眠。第二天在食堂排隊打飯，聽見有人喊「王家瑜」，竟是排在他前面的一位扭過頭來答應了。

「你就是王家瑜，在雜誌上發表文章的王家瑜？」他握住我的手，飯盒「咣」的一聲就就掉在了地上。

我們就這樣成了朋友。後來我介紹他加入了社團組織，承擔每次聚會的記錄工作。他的記憶力如此驚人，做的紀錄連標點符號也不曾錯過。我驚訝他有如此精確的頭腦，他不好意思地說：「數學系的人都這樣。」

與我的圓臉、寬肩、黝黑、敦實相反，宏長身玉立，眉清目秀。他是浙江舟山人，是守寡的母親撿垃圾拉扯大的。他也是一九七九級全省高考的數學冠軍，因為英語和政治不及格，總分拉下來，才進了這所學校。宏說：「夠了，學校不錯了，關鍵是要練好英語和發表文章。」他將學英語和發表文章看得如此之重，是因為他母親從小就告訴他「一定要離開舟山，去遠地方」。他母親出生在一個地主家庭，土改時一家人全被鎮壓了。宏在母親深入骨髓的逃亡意識中長大，長大後才知道「去遠地方」只有兩條路，一是當兵，二是發表文章。因為出身不好，當兵沒有指望。所以宏從小就養成了在煤油燈下寫文章的習慣，並執拗地堅守著「書中自有黃金屋」的信念。所幸高中畢業時已經恢復高考，「去遠地方」便經由一張錄取通知書神奇地實現了。

關於宏練英語，曾經有了不少笑語。說宏剛進校的時候，連二十六個字母的發音都不準，便在牆上掛了一面鏡子，每天對口型練發音。他實在太認真也太愚笨了，每次對口型都要吃力地用手指捏著舌頭及腮幫子。練了三個月，發音還是不準，便去找校醫，要求將舌頭剪短一點，做一個會發爆破音的舌頭。大夫檢查完他的舌頭後，拍了拍他的臉說：「同學，不用剪了，再剪你不僅英語說不好，浙江話也說不好了。」

我聽了宏的故事，便想起自己將「鉛筆」說成「qiangbi」，將「二」唸成「ne」所引起的哄堂大笑。我們惺惺相惜，我堅定地對宏說：「相信我，統治這個世界的人說話都有口音，並且還會是湖南人和浙江人。」十幾年後公司中層以上的幹部，果然都以講湖南話和浙江話為榮，彷彿會講湖南話和浙江話，便會成為核心人物。宏與合作夥伴見面，尤其有外國人在場時，總要開宗明義，很認真地說：「不好意思，我英語講不好，普通話也講不好，我講慢點，你們慢慢聽。」後來說話平緩便成了他的風格，永遠都有一種從容淡定的威儀。

讓宏領悟到人生真諦的另一件事是他的初戀。宏的性意識覺醒得很晚，直到大學三年級，他心裡都只有練好英語和發表文章這兩件大事。三年級那年，他暑假回家，村裡的一位姑娘考上了與他同一座城市的大學。姑娘的父母便帶姑娘來拜訪，請宏帶姑娘一起上路，以後也多加關照。宏他媽對這次拜訪很重視，以為是老天作美，安排了好姻緣。宏的心在火車上還真開始亂了，兩人擠在一張座位上，姑娘的笑容在夢裡微微綻放。火車一搖一晃，姑娘的頭靠在宏的肩上也一搖一晃；姑娘的長髮和微微起伏的胸脯撩得他心猿意馬，身體的某個部位讓他火燒火燎。宏熬過了兩個既漫長又短暫的夜晚，下了火車先送姑娘去報到，才像夢人一樣回到學校。從此他便魂不守舍，晚上睡在床上，將宿舍當做火車車廂，將床當做火車座位，腦子裡全是火車咣噹咣噹的聲音。姑娘的長髮和微微起伏的胸脯再次出現，他的身體彷彿隨時都要點著，並將發出幸福的爆炸聲。

一週之後，宏去姑娘的學校，姑娘見了他也無比欣喜。兩人在校園裡散了很久的步，姑娘答應下週去學校看他。

宏回到學校，繼續將宿舍想像成火車，將床鋪想像成火車座位，搖搖晃晃地盼望著姑娘來。臨近週末，宏來找我借錢，以便姑娘來了有個招待。一週過去了姑娘沒有來，又一週過去了姑娘還是沒有來；宏神情恓惶地對我說：「我借你的五塊錢，看來是還不了了，就還你這個吧。」他面色蠟黃地掏出一盒巧克力，我問他究竟怎麼回事，宏便講了與姑娘的事情。原來他向我借了錢，買了巧克力等姑娘來。他等呀等，每天等到天黑都不見姑娘的身影，便留了字條貼在門上：「梅，我在教學乙樓102室上晚自習，你若來了，請去102室找我。」他連續等了三十六天，貼了三十六張字條。他將那塊巧克力裝在書包裡，每天都要拿出來聞一聞。三十六天過去了，巧克力眼看著就要融化了，所以他來找我，說錢還不了，買了巧克力，就還巧克力吧。

我驚訝地聽完宏的故事，我十三歲小屌就硬邦邦了，宏大三了還這麼淳樸。看著宏可憐的樣子，我陪他去校園散步，告訴他：「再去找她，直截了當地告訴她你愛上她了。」「這樣的事越簡單就越容易成功，你說你愛她，她就會對愛情有想像，你調動了她的想像，她就會同時愛上你——一個小女孩哪有那麼複雜呢？你搞複雜了，她也就跟著複雜，一複雜就完蛋。」

宏受了我的慫恿，鼓起勇氣再去找梅。當他拿出快要化掉的巧克力和三十六張疊得整整齊齊的字條時，梅感動得哭了起來；她將巧克力塞進嘴裡，與宏建立了幸福的戀愛關係，後來就成了讓人羨慕的宏夫人。

愛情如此，其他事情會不會也是「越簡單就越容易成功」、「一複雜就完蛋」呢？宏舉一反三，將愛情法則用於其他事情，果然也更容易成功。他總結出了一條規律——這世上任何一個房間都有一扇門，任何一扇門都有一把鎖，任何一把鎖都有一把鑰匙，有了鑰匙門一捅就開了，沒有鑰匙，使勁砸門也無濟於事——手砸疼了，嗓子喊壞了，門還是不會開。若不甘心，將門砸開，警察便會趕來，人便會被抓走，事情便會更複雜，結果還是進不了門。這個發現讓他一生都遵守著這樣一個信條：凡事在做之前要先弄清門在哪裡？是一把什麼樣的鎖？有一把怎樣的鑰匙？有鑰匙就開門，沒有鑰匙就去找有鑰匙的人，否則就別進那個房間。宏的這個信條我很欣賞，但我的性格受不了信條的規約，我相信人定勝天，主張大開大闔，我更喜歡做那些沒有鎖也開門的事。

宏大學畢業時曾受社團組織委派去南方某特區「下海」。他在一個汕頭人開的貿易公司工作了兩個月，其中有一個半月是去新疆收山羊皮。之後他爬上岸，在一個兵工廠謀了一份工作。社團組織派宏下海是一種嘗試，類似於幾年後滿時興的社會實踐。宏實踐了兩個月，回來說：「條件不成熟，再看看吧。」我晚他一年畢業，出乎意料地去了新疆。但我畢業時，局勢已經開始動盪，下海已漸成潮流，光在兩年前的預言——「大時代就要來了」也已經變得十分真切了。

我曾在北疆一個叫哈爾交的村子裡輾轉收到過宏的一封信：

「兵工廠在崇山峻嶺之中，一個又一個山洞便成了我們極為隱蔽的車間。我和梅結婚了，但每月只能回一次家。在這樣的工廠工作，前途是渺茫的。小時候，母親曾教育我不要有錢、不要有勢、不要做招人忌恨的少數人，要順大流，但這回我只能做少數人了。我想起我們在社團活動中的討論，光曾預言『大時代就要來了』，但我的想法很簡單，只應了窮則思變那句老話……」

不久宏便辭了職，先是倒煙、倒酒，接著又倒鋼材、開飯館、去東北的老林子裡販運木材，好幾年他都像是在流竄似的。不久我便調到北京去了。我們總有七八年沒有見過面，雖然偶有書信與電話，但他的通訊位址和電話號碼總是變來變去，聯繫也時有時無。直至H建省，他去那裡辦了一個小工，用德國人的技術生產一種防水的外牆塗料，事業慢慢穩定下來，我們又才恢復了正常的聯繫。

宏去北京找我時，應該已經很有錢了。他依然長身玉立，但眉宇間卻有了一種讓人印象深刻的精明與幹練。他面前有一個機會，抓住了這個機會，他就會從一個材料供應商變成一個開發商，從乙方變成甲方，從經理變成總經理。

此前宏向建築商銷售塗料，像孫子一樣聽建築商使喚，建築商呢，又像孫子一樣聽開發商使喚。甲方與乙方的關係似乎永遠都是爺爺和孫子的關係，他不想再當孫子了。他打探到市政府將出售一塊地，但以當時的條件，是拿不到這塊地的，或許他也清楚自己不能獨立承擔這樣一個項目。他知道開這塊地的鑰匙在光手裡，開光的鑰匙在我手裡，開我的鑰匙卻在他宏手裡。他來到北京，激發了我長久鬱積在心裡的英雄情結。他用「天下」這個詞開了我心裡的第一扇門，又用「董事長」和「百分之五十一的股權」開了我心裡的第二扇門，再用一套房子和一筆安家費開了我心裡的第三扇門，我們不久便成了搭檔。

二十世紀六〇年代，光大學畢業，分到西北極苦寒的一座城市工作，七〇年代後期出國留學，之後便被寄予厚望——他是可以成為學術尖子進而成為學科帶頭人的。但做了一年的系主任後，他竟改行做了學校的團委書記，卻是人人都不理解的。那個時候，專家學者、講師教授才吃香；政工幹部往往被認為是混日子的。光也不大看得起政工幹部，但他在國外讀了奈思比的《大趨勢》（*Megatrends*），相信中國將迎來一個偉大的時代，在這樣的時代裡，做學問是編狹的，也是不夠的。他認為中國究竟還是一個官本位的國家，不做官不足以成就大事。他組織了當時的第一個「英語角」、第一個讀書會、第一個大學生辯論賽，也是我所在社團的領導人，並最早告訴我：「大時代就要來了！」

當年社團成員經常週末去他家聚會。我是各種話題的熱情參與者，有時還是策畫人。討論問題成了社團成員的通行證。你有問題嗎？有，那好，你就是有志青年了；你帶著各種問題走進這個房間，離開時便成了我們的同志與兄弟。你的問題越犀利就越被人關注。光常常在討論完問題後煮一壺咖啡，再放一首曲子，這時所有的人便會凝神靜聽。他是從國外回來的新銳學子，有一張令人仰視的博士文憑和一臺讓人羨慕的卡式答錄機。他推薦我們聽柴可夫斯基的《天鵝湖》、蕭斯塔高維奇的《列寧格勒交響曲》、拉威爾的《水之遊戲》、孟德爾頌的《春之歌》和聖桑的《死之舞》……，我出醜得很，聽來聽去都只喜歡貝多芬第九交響樂中的《歡樂頌》。大家有了音樂的耳朵，便常笑我只有一顆裝滿問題的大腦，我的確曾在貝多芬激越的樂曲中淚流滿面。

光是在一個深秋的下午告訴我大時代就要來了的。連續多日的秋雨使天空變得陰鬱，波特萊爾的詩和天氣一樣影響了我的心情。我憂鬱極了，對人生充滿了懷疑，不知道活下去有什麼意義。我想起光，便去敲他的門。門開了，他在煙霧繚繞中給我讓了座。我看出他正處於某種亢奮狀態，我顯然打擾他了，便起身道別，他卻遞過一杯咖啡說：「王家瑜，你知道嗎？大時代就要來了！」

我聽了他最富激情的一次演講，他在堆滿書報的小屋裡踱來踱去，一口氣給我講了他的若干發現。他給大時代下了一個長長的定義，概其要者有三：第一，將發生若干大事，類似於改天換地；第二，具有廣闊的視野與胸懷，能夠看得見遙遠的未來，容納得了各種欲望、嘗試與變化；第三，有大志者當躬身入局，成為開路先鋒和中流砥柱。光進一步說大時代就好比大樂章，但是是在一百多年的廢墟上演奏的；因此在一段很長的時間裡，人們都將邊搭檯子邊唱戲。

「舞臺、燈光、音響、樂隊，甚至連演員、導演和指揮都沒有，但有的是觀眾，十億人的觀眾，就註定了是一場規模浩大、氣勢磅礴的演出。一個有觀眾的時代是多麼偉大的時代！」他真是未卜先知，不久便到處都是鑼鼓聲、到處都在演出了。光以團委書記的身份聚集了一批有理想的年輕人，可他怎麼也沒想到我竟會與他的大女兒晗談起了戀愛。

因為與晗談戀愛，我與光的關係一度滿尷尬的。他大約嫌我太野了，或許還會認為我不夠磊落，因而從未正式同意過我與晗的戀愛關係。我畢業去新疆他未說一句話，我和晗結婚他也未予以祝福。應該說他對我們私底下戀愛又私底下結婚是不滿的，但他也從未表示反對。他愛自己的女兒，也還算欣賞我。他開放而明智，讓人充滿敬意。他希望我成為一個有道義、有擔當、做事有交代的人，他欣賞我是因為我「常常能一針見血地發現問題，且思路開闊，長於思辨」。

去H前，我在電話中和光大致談過我的想法。我和晗結婚四年了，我們的孩子也已經兩歲，我和光的關係卻依然像是師生、朋友或志同道合者的關係。

到了H市，光迎面便說：「你當董事長了？當董事長好啊。你是該下海的，你天馬行空，個性鮮明，好表現，愛自由，還喜歡意氣用事，這樣的性格哪能在機關混呢？」他說話直接，我心裡便踏實下來。他當然知道我因了一段奇緣調到北京工作，在部裡也做了近一年的副處長了。

「老部長好嗎？」光問。老部長便是與我有過奇緣的人。那一年單位派我去部裡送材料，辦完事，便在機關大院閒逛。我灰頭土臉，一副剛出校門的傻小子樣，逛著逛著，竟到了部長辦公室。我心想幾時才有機會來一次北京呢，都到部長辦公室了，就進去聊聊天吧。也許那會兒部長正趕上沒事，見了這麼一個從基層來的年輕人，便饒有興趣地和我聊了起來，一聊竟聊了一個多小時。部長很認真地聽了我對基層工作改革的設想，時不時還插幾句話，問幾個問題，隨後便打電話叫進來一個人。

「張司長，給你介紹一下，這個年輕人大學畢業後去支援邊疆，在基層做科研工作。他剛才和我談了許多基層工作改革的思路，在那麼偏遠的地方，有那麼好的宏觀思路，人才難得，你想想辦法，把他給我調到部裡來。」

我就這樣進了北京，成了部長欽點的人才。我一直在想這段奇緣，還得出結論說：「人一輩子總會有一兩次機會，能夠聽得見命運的敲門聲。」

「很好啊，前不久調到中央工作去了。臨行前還提到您，要我代他向您問好呢。我這次也算是打前站來了——老爺子一直惦記著要為南方的改革開放做點實事呢。」我見光問到老部長，只輕輕帶了一句，便讓他明白我此行是有老部長支持的。

「你說的那塊地市裡是有開發計畫。可你剛下海，一沒資金，二沒經驗，憑什麼來做這麼大的一個項目？」光直奔主題，直接問道。

我講了宏的情況，說：「資金肯定不夠，但啟動資金應該說足夠了。重要的是思路和開發模式。中央在H建省，要的就是超常規發展，又豈能因條件不成熟而裹足不前呢？」「比如H建省幾年了，連個博物館都沒有，人大和政協都有意見，財政又沒有錢，怎麼辦？靠等嗎？什麼時候等來過？一切都得先幹，在幹中創造條件，在幹中創造奇蹟。」

我的話顯然觸動了光，他說：「那就聽聽你的思路，看究竟怎麼個在幹中創造條件，在幹中創造奇蹟？」

我掏出了開光那把鎖的鑰匙，這鑰匙便是我的開發模式，以及光的性格特徵、思維特點和心理需求。我知道僅有鑰匙還不行，還得知道怎麼開。

光的那把鎖得擰三圈才開得了。

第一圈叫思路與理念——以光受過的教育，開發這麼一塊土地沒有一個好思路是不行的。H是一個新省，基礎差，底子薄，但政策開放，活力十足。所以好的思路便是沒有錢的思路，是能夠不花錢或少花錢便解決問題的思路。我提出由我們免費為政府蓋一個博物館和一個老幹部活動中心，作為回報政府則給我們那塊地的開發權，地價及付款方式嘛，政府應該給予一定優惠。

第二圈叫實力。我說：「我剛下海，實力方面是勉強了一些。但有一位在中央工作的老部長賞識，也算有點背景，在部機關工作多年，也算有點關係。更重要的是，H已經成為投資熱土，全國各地的資金都已經蠢蠢欲動，這些資金是要找出口的。」

「我來之前，老部長曾說過，只要項目好，資金方面可以支援。另外現在內地很多國有建築公司開工不足，鋼材、水泥企業生產又嚴重過剩，因此也可以考慮讓建築公司及材料供應商墊資進場。重要的是Ｈ越來越熱，估計很快就會成為第二個深圳，甚至比深圳還熱。那麼多人到Ｈ來，首先就要解決住房問題，我們可以學學香港，通過賣樓花來蓋房子。所以貸款、專案合作、建築公司墊資、賣樓花，加上自有資金，資金不是不夠而是有餘。」我接著說。光聽得很認真，我看得出他的顧慮正在消除，我的思路既符合現實邏輯又有預見性，既嚴謹又縝密，他原本也是一個既開放又有前瞻性的人。

第三圈叫利益均沾。這一圈很微妙，得讓每個人都覺得自己得了便宜。對光而言，能否實實在在解決市裡的問題最為重要。他分管城市建設，便總想著以地生財，也總想著如何利用有限的土地把這幾年想辦而沒有辦的事給辦了。所以我開宗明義，一上來就提出免費為政府蓋一座現代化的博物館和老幹部活動中心，他還是很動心的。我的方案可謂有三得：其一，市裡多年想蓋而沒有蓋成的博物館和老幹部活動中心可以蓋了，人大代表和政協委員們滿意了，老幹部們開心了，大家會說光副市長就是能力強。其二，我要的地原本就在規劃出讓之列，我拿地是有禮在先，這禮又是政府一直想要的禮，他先得一棋，再還一子，將地給我較之給其他人在會上更容易通過。其三，我在部裡做了多年的宏觀經濟規劃工作，由我來搞這塊地的開發總比本地商人要有水準一些。再者老部長到中央工作去了，我又下了海，他總得給點支持。有了這三得，光便表態支持。剩下的便是我們的關係了，不能讓人往裙帶關係方面聯想。我提出先請老部長來，在視察過程中以中央支援特區建設的方式將專案提出來，我呢不過是從北京來具體落實老部長的指示罷了。光沉吟了一會兒，便說：「就這麼辦吧，你再想細點，每個細節都要考慮到，不能有半點紕漏。」

土地轉讓合同很快就簽下來了，老部長發來賀電，稱讚我們的模式有開拓精神。接下來就是資金，宏的資金是僅夠付首期款的，我便說服光，付了首期款即辦土地證，這也是我們應得的政策支持。有了土地證，就可以做規劃，有了規劃就可以邊報建並預售了，銀行方面當然也就可以貸款。至於土建費用，宏和建築商們打了多年的交道——一個當了多年孫子的人比誰都明白怎樣當爺爺。博物館和老幹部活動中心就讓建築公司墊資去蓋好了，這是個形象工程，只要推土機在響，大家就會安心。至於材料與設備，鋼材、水泥、電梯、空調，多得是生產過剩的供應商找上門來。不久電視臺就報導了博物館和老幹部活動中心破動工的消息，接著便出現了整版整版的套紅廣告：「要住房，更要住環境。」我詩情畫意地描述我們的居住理念，博物館和老幹部活動中心反過來又增添了人們的想像。人們開始搶購樓花了。我們用銀行貸款、房屋預售款、建築公司墊付的工程款和質保金來施工，最後乾脆將整個專案裝進了一家上市公司，折合成股票，再用股票做抵押向銀行再次貸款，隨後便聯合莊家炒作股票，待股價攀升時拋售這些股票……

我和宏的合作就這樣成了。宏從供應商變成了開發商，從乙方變成了甲方，從孫子變成了爺爺，這回又要成為集團公司的總裁了。他沒想到我第一次做生意就那麼有氣魄，對官場的遊戲那麼熟悉，手法又那麼凌厲，他油然而生對我的欽佩，心甘情願做了我的副手。

初夏的傍晚是愜意的，夕陽如微醉的少婦風情萬種。我和宏在山間小道上漫步閒談，我們躊躇滿志，擁有所有成功者都曾有過的快樂心情。燈火輝煌的山下，某個酒店正在舉辦公司的慶功酒會，但我和宏需要安靜地分享彼此的快樂，這快樂含了一絲淡淡的寂寞，這寂寞需要我們用一杯好酒來獨享。

散了一會兒步，便到了一幢別墅跟前。這別墅原是一位國民黨大員的，我們買下來，專用於接待各方要人。

進了別墅，坐在山景蔥鬱的露臺上，欣賞著夕陽西下的美景，真是浮想聯翩。我們不約而同地回想起了自己的童年，我想起了籃球和知青點的豬圈，也想起了荒原上的太陽，我居然做了生意，且第一次便如此成功。宏則想起了撿破爛的母親，想起他曾經多麼渴望發表文章，想起他追悔時向我借過的五塊錢，也想起了他倒煙、倒酒、倒木材、開小工廠時的艱辛……，任何一種窮困都會帶來恥辱，是恥辱便會產生動力，是動力便將生成為勇氣。我們曾經那麼羸弱，除了貧窮、孤苦的童年，我們曾經自以為是的青春與才華實際上也是脆弱的。我們沒有背景，沒有來頭，相當一段時間都只是憑藉情感與精神在生活。直到下海才開始直面人生，也開始了競爭與廝殺；我們已經開始注重實效了，並在行動中漸漸地強大起來。

「你還想發表文章嗎？」我問。

「發表文章？浙江早就有寫作村了，全村男女老少齊上陣，一把剪刀一瓶糨糊，各種文章應有盡有。」

「發表文章也只是為了出人頭地，可這手段早就過時了。前年我回母校，順便去看了幾位老師。張老師你還記得吧，從英國回來的，大冬天也穿短褲背心的那位。你猜怎麼著？沒聊幾句，他便說：『你遠道而來，我請你去洗桑拿吧。』好傢伙！」

「世事多變，村裡的農民成了寫作專業戶，大學教授卻攢下稿費，用於洗桑拿、耍小姐。」

「所以我們需要各種籃球，不斷需要。小時候我要的籃球是考卷上的分數，後來是才華、思想和觀點，再後來是職務和權力，再後來是錢。籃球意味著比賽和規則，意味著啦啦隊和喝彩聲，這是城市文明的魅力所在。我們的下一個籃球是什麼呢？」

「當然是利潤，更多的利潤。」

「除了利潤，恐怕還得有些別的。再這樣發展下去，商人將形成一個新的階層，並帶來新的衝擊和影響。」

我們輕鬆而散淡地勾勒著公司的願景，確定了用十年時間成為世界五百強的戰略目標，以及實現這個目標的主要原則、手段與方法。

8 燃燒的天空

H是一個城市，它的魅力在於沒有歷史；它延長出肆無忌憚的嘗試與欲望，是一座充滿冒險的欲望之城。

傑下了船，看著無限高遠的天空，也看著自由像飄流在天邊的白雲。對於一個剛出獄的年輕人，遠方就是他的避風港，是他的征程；他需要在遠方忘記過去，也需要在遠方重新開始。

十二年前他因強姦繼妹而坐了牢。出獄後他母親告訴他我在H，而且已經發了財了。他聽出母親的意思，是要他去一個遙遠的地方。H足夠遠，也足夠陌生；在H，沒有人瞭解他的歷史，他也可以沒有歷史。

傑到了H，先是在一家摩托車修理鋪做修理工，一直到站穩腳跟才來找我。他不願意讓我看見他狼狽的樣子，好像走投無路了，來找我施捨一碗飯吃。但見面之後，他還是表達了想和我一起幹點事情的想法。

他說：「我雖然沒有讀過什麼書，但也不想修一輩子摩托車。」

十二年了，我也只是放假時去看過他兩次。監獄生活將他打磨成了一個既滄桑又幹練的男人。我很高興見到他，從他說話的語氣中，我再一次看到了他骨子裡的驕傲；我熟悉這種驕傲，也喜歡驕傲的人，可我已經有宏做搭檔，便坦率地回絕了他。但我也講了一些從零開始取得成功的例子，以及諸如「寧為雞頭，不為鳳尾」的道理。傑很認真地聽著，他的義氣已不再飄浮；之後我借給他一筆錢，讓他辦了一個機修鋪。他的事業很快就發展起來，沒出兩年，就有了一些名聲和一個雖然不大卻很興隆的小機修廠。

有了一個小廠的傑，心裡想著要過一種更輝煌的生活。他知道他賺的那點錢都是苦出來，他不相信「吃得苦中苦，方為人上人」的道理，也從未見過有人因為吃苦而成為人上人的。他需要一些機會，使他能夠進一步看明白這個世界；他的不甘心和不服氣時常灼燒他，就像十幾年前他的小屌讓他時不時就想「舒服死了」一樣。他邊做那個小廠邊潛心等待，希望有一個機會讓他的不甘心變甘心了。

夜色如一個醉人，迷迷濛濛地來了。中國很少有H這樣的城市——白天無聊、寂寞，晚上卻輝煌、妖冶。傳統的生活習性在H是顛倒的。男人們白天無精打采，晚上卻鬥志昂揚。女人，或我們通常說的良家婦女，吃了晚飯便去逛街，逛完街便約在一起打麻將。她們總是在麻將聲中等待自己的男人回家。但另一種也叫女人的動物，卻像一尾尾多彩的魚一樣在夜色中遊弋，並將她們的美麗與才情發揮得淋漓盡致。此時五顏六色的欲望正在街上出沒，傑獨自一人，來到了一家會所。他在酒吧的一角坐下來，向侍應生要了一杯威士卡，帶著他的「不甘心和不服氣」冷眼旁觀周圍的人。爵士樂和倫巴舞之後便是跳貼面舞的時間，燈光調成酒紅色，音樂萎靡而空靈，微醉的影子在迷離中輕輕搖曳……。傑注意到一個人一直在讓侍應生給歌手獻花，唱一首獻一束；整個晚上的歌似乎都是為他而唱的，彷彿只有他才是這舞會的主人。

瘋狂的迪斯可開始了，影子們亢奮起來。那人到舞池裡蹦了一小會兒，便百無聊賴地回到了座位上。

「兄弟，這裡太吵了，我看你也是一個人，我請你去吃宵夜好不好？」那人走過來，和傑打招呼。傑點了點頭，隨他到了後院的別墅區，環境和氣氛一下子就變了。別墅不過十來幢，間距卻很大，之間竟有潺潺溪水流過。走過一片樹林，到了最幽靜的一幢，是日式風格的。侍應生在門前跪下，拉開門用日語將兩人迎進去。兩人先在起居室喝茶，那人介紹自己姓程，是從北京來的；傑點了點頭，環顧四周，竟發現外面的院子裡種了篁竹，竹林中熱氣蒸騰，縹縹緲緲，宛若仙境。

「這裡有溫泉，吃完宵夜再請你泡個澡吧。」程說。

過了一會兒，侍應生過來，鞠了躬說：「先生，宵夜備好了。」便領兩人到了一間單間。進了屋去，只見一位少女躺在一張古色古香的條案上，肌膚如雪，身上滿是生魚片，以及海螺、海膽、北極貝之類，如片片花瓣，撒在誘人的胴體上。

「這叫玉女宴。」程介紹道。

傑無論如何也沒想到，所謂的宵夜竟是這樣的一席情色盛宴。

程將少女私處上的一片北極貝夾到傑的盤子裡。

「這是規矩，這第一片一定要先請客人嘗。」

「客人？」傑滿臉狐疑，竟不敢下筷。

「怎麼？害怕了？不敢相信我請你吃宵夜？還是怕我有什麼目的？」「甭害怕，你還輪不到我有什麼目的，我只是孤身一人，湊個伴而已。」他的北京話帶著明顯的南方口音。

「平常在北京，騎自行車上班，還帶一個飯盒，用酒精爐子在辦公室熱了當做中飯吃。真是小心翼翼、如履薄冰。但錢呢，像鬼火一樣一到後半夜就躥出來，一閃一閃發著綠光。所以我每個月都要出去走走，花花錢，心裡舒坦了，也驅驅邪火。」

「兄弟，你說有錢好不好？你看，沒錢心裡會有一隻小老鼠，時不時就鑽出來咬你一下。

有錢心裡就會有一群小鬼，時不時就會跳出來嚇唬你。我以前餵小老鼠，現在要餵小鬼了。」

那人邊說邊在少女的乳房上夾了一片海螺，順手又用筷子撥弄了一下少女的乳頭。

「不夠翹。」他淡淡地評論了一句。接著又說：「每次到H來都孤身一人。孤身一人喝酒，孤身一人給小姐獻花，孤身一人洗桑拿。到處都是杯光盞影，可要找一個人做伴還真不容易。你是我見到的唯一一個孤身喝酒的人，咱倆也算有緣。」

傑喝著事先就冰好了的葡萄酒，幾次都想摸一下那位玉體橫陳的少女。他猜想，那顆心在海螺、海膽、北極貝和生魚片下面是如何跳動的呢？但他忍住了，他低著頭，像失聰了似的，幾乎聽不清程在說什麼。

之後他暈頭暈腦回到家裡，一進屋就倒在了床上，他完全想不到有錢會是這樣的。他滿腦子都是那位少女的身體及程奇異的欲望。他覺得程就像從某個洞裡爬出來的蟲子，這蟲子瘆人、不知何物、讓人噁心，卻有一種奇異的力量，讓他渾身騷癢。

好長一段時間傑都沒有再去過那間會所，他想讓自己平靜下來，但程的影子卻總是不期而至。不久H的經濟便開始發燒了，就像一位高燒病患者一樣。他聽說了太多一夜暴富的故事，彷彿到處都是賭場，丁零零的錢幣聲每天都從天而降。那可真是天堂的奇妙樂音。全中國的公司和銀行都開始往H投資，這些資金帶著夢想、貪欲和形形色色的商業傳奇，落在了人欲橫流的汪洋大海。一些人迅速成為商業奇才，一些人將落下來的錢捲成一團便立即消失了，一些人開始追債。風吹動著瘋狂的人民幣，傑的「不服氣和不甘心」在動聽的嘩啦啦的錢幣聲中瘋長。他再一次來到那間會所，在那裡認識了紅，通過紅又認識了范，還與程成了莫逆之交……，最後他因商業欺詐罪入了獄，接著便發了癲，范和紅卻完全不知去向了。

紅是一個發育得不夠好的女孩子，但古靈精怪，彷彿有一種你永遠也抓不住的奇異天性，在嘻嘻哈哈中就做成了許多大事。她衣著土氣，卻全是頂級名牌；她喜歡講段子，但往往別人還沒有笑，她自己就已經笑岔了氣。後來傑對人說，紅就是一個段子，短小、突兀、直達真相、令人捧腹。她二十八歲，在一家公司做出納；她在這個崗位上從不缺勤，也沒有任何業績。她披金戴銀，出手闊綽，卻照例每天去公司上班，拿一個月一千元的薪水。傑和紅認識後，便都有了自己的心事。但他們深諳江湖之道，輕易不會將自己的心事透露出來。他們只在一起喝酒、發瘋，在貼面舞中不斷地說寶貝、寶貝。紅給人印象最深的便是講故事。傑第一次和她享受床笫之歡，她便騎在傑身上，萬分迷醉地講了一個故事。

「我就想哪，我也得嫁人了，嫁人之前呢，我先得懷上你的孩子，嫁過去不久便生下來，可誰也不知道這孩子是你的。等他大了，我就給他講你的故事，再大一些我就帶他去認你。」

她隨著身體的節奏，先是舒緩然後是急切地自言自語。她的聲音彷彿來自夢境，又摻進了一點呻吟與幾聲嚎叫。

「你下了班，回到家裡，見我不在便急了。小紅，你跑到哪裡去了？你在電話裡發脾氣。我在樓下超市呢，我說。趕緊給我回來！你說。我一回家，你便掀起我的裙子從後面杵了進去。我說饞鬼就那麼離不開呀。你說以後不准去超市了，得時時刻刻在家裡等我。」

傑完全聽傻了，他的腦子隨著紅的故事閃現出情意綿綿的場景，他興奮得大叫，隨後便大汗淋漓地在紅的身下噴了出來。

不久傑便發現他根本就不是紅故事中的人，他或許只是碰巧了像紅故事中的人而已。傑當然也沒什麼，他和紅交往只不過是想弄清紅的祕密。他對這個有點醜、發育得不大好、總是穿一身名牌卻搭配得十分土氣、既古靈精怪又喜歡講段子的女孩感興趣極了。但他無意充當紅故事中的人物，紅當然也不想把傑真放到她的故事中去。其實傑的心事紅看得清清楚楚，無外乎想弄清她的錢從何而來，以及弄清楚了也讓自己同樣有錢。傑不斷對紅說：「我愛你！」紅便用迷濛的眼神給傑講了若干故事。不久范便在紅的故事中登場了。傑認識了范，也就成了紅故事中的人物，但他的角色變了，他們從床伴變成了生意夥伴。傑穿戴整齊，當上了總經理，後來又當了董事局執行主席，再後來又當了主席。范有恩於他，他在任何場合都說范是一個天才。

范奇異的長相讓人見過之後便難以忘懷。他幾乎是橫著長的，不到一米六四的身體卻有著相當寬厚、結實的胸肌和脊背。他的外八字出奇地嚴重，以至於永遠都像一隻烏龜在爬著走路。俗話講，一個人若酷似某種動物，這人便成了精，切不可小視。若這俗話有理，范便一定是龜精。但他的眼睛更似鷹眼，犀利、兇狠，一遇上目標，便直逼過去。

范於二十世紀五〇年代生於長春，父親早逝，一個寡母在翻砂廠做翻砂工。寡母有貧苦的出身做背景，加上潑辣、膽大、世故、精明，居然將五個孩子養得白白胖胖。范排行老二，像任何一個老二一樣圓滑、精怪。他從小就有一種罕見的本領，即以老大的名義做事，成了是他精明幹練，敗了是老大愚蠢。他總是將老大變成一塊招牌，責任和風險是老大的，權力和利益卻永遠控制在自己手裡。後來他有了四家上市公司，卻不在任何一家公司做法人代表。他不印名片，卻讓手下人在名片上印滿頭銜。他提拔並任命上市公司的董事長，讓董事長們俯首貼耳。有媒體曾稱他在打造民營企業的航母，他很嚴肅地予以更正，說王家瑜才是打造航母的人，他充其量只能算一艘小小的「核潛艇」。他神出鬼沒，永遠都會在你意想不到的時候突然出現。他甚至從不配手機，但總能在他認為需要你的時候找到你。

「我是范老二！」某個夜裡，你若接到這麼一個電話，便知道范總到了，你出人頭地的機會也來了。

范最早的生意是開錄影廳。但他橫向發展的身體幾乎從未在錄影廳出現過。他從沿海倒騰錄影帶，明目張膽地在錄影廳放三級片。公安局來查，別的錄影廳都有問題，輕則罰款，重則查封，唯獨他的錄影廳從來不出問題。同行不服，一致認為是警察吃了錢，聯合起來去告狀。公安局調出范的錄影帶，竟沒有一個色情鏡頭。同行啞口無言，方知范早就將色情鏡頭給剪了。沒有色情鏡頭的三級片就只能算愛情片，屬於文藝片的範疇。國家已經改革開放了，放文藝片當然沒有問題。所以同樣一盤錄影帶，別人放的是三級片，范放的卻是文藝片。同樣是錄影廳，范開的成了傳播先進文化的陣地，公安局和文化局都發了匾，別人開的卻被查封了。范靠在錄影帶上做手腳很快就成了長春最有錢的個體戶。但有了十家錄影廳時，他知道該走了，就到了深圳，在改革開放的前沿去接受洗禮去了。在深圳，他認識了股票這一神奇的、像魔法一樣變來變去的怪物，從此他便與股票為伴，策畫、發行、炒作股票，成了他一生的事業與生活。

剛到H的時候，范也認為H是最宜於冒險的。但他認為冒險最不靠譜，他反覆思考為什麼要在H建省？既然是個省，那得有多少人和多少投資？中國的一個省，大則上億人，小也有好幾千萬。若H移來幾千萬人，將意味著怎樣的市場與機會？他每天都盯著碼頭、車站與機場。

很快人們便開始如蝗蟲般來了，接著便嗡聲一片，不是幾千幾萬而是數以百萬地成批成批湧了上來。H的市政壓力一夜之間便突出出來，吃住行都成了問題。范看報紙，得知天津要生產夏利汽車，便飛了過去。他找到廠長，一張口便要訂三百輛夏利車。廠長被驚得瞠目結舌，他的生產線剛投產，心裡正打鼓到底有沒有訂單。范老二，一個從南方來的個體戶，一張口就訂了三百輛！他無論如何也沒有想到，這一年他的底氣是一個個體戶給的。

范付了定金，要求為他定做的三百輛車要盡可能簡化了，用於做計程車的。廠長滿口應允，他只擔心三個月後范是不是真能拿出錢來。范便邀請廠長到H去考察，他對廠長說若H用了夏利做計程車，別的城市就一定會仿效，夏利計程車便會譽滿全國。廠長在范描述的前景中心花怒放，他想全國還真沒有一款車是為計程車定製的。若這個樣板市場做成了，說不準還真會弄出個「祖國山河一片紅」來。

范一面安排廠長考察市場，一面則遊說市政當局，說不用政府出一分錢他可以幫助解決市裡的交通問題，還可以解決相當一部分失地農民的就業問題。他啟發分管副市長的想像，說如果H到處都是新款的夏利車將是怎樣的市容市貌？又將是怎樣的投資環境？廠長也在一邊豪言壯語，說願意搞對口支援，讓國有老廠在H的城市建設中發揮餘熱。副市長正為交通問題發愁。這兩年超常規發展，到處都在徵地和拆遷，農民的安置也成了大問題。范的方案正好部分地解決了這兩大難題，副市長一高興，當即便給了范計程車公司的牌照。廠長看到了范的實力，也看到了市場機會，他滿懷信心要和范一起做好H的樣板市場。范得到了市裡的支持，又請有關部門出面，找了十幾個村長，說服村長將村民們組織起來當計程車司機。他知道這些農民剛賣了地，手裡有一筆現錢。他更知道這些農民在失去土地後沒有安全感，他們一沒文化，二沒技術，不知道如何在轟鳴一片的城市中安身立命。范為他們找到了一條出路，讓他們不僅成了司機，還將成為車主。他發明了一種叫「單車承包制」的方法，讓農民們先交一筆牌照費，取得計程車的營運資格；再交一筆培訓費，掌握開計程車的技術；再交一筆保證金成為出租車車主，然後每個月給公司上繳一定金額的承包金，多出來的則是自己的收入；幾年後這輛車就歸司機所有了。這個方法進一步得到了市裡的支持，也得到了農民們的擁護。范的計程車公司就這樣成立起來了，他左手給汽車廠付定金，右手則從農民手裡收取牌照費、培訓費、保證金、承包金……，他用了半年時間讓H到處都是他的計程車，他的「單車承包制」經電視臺報導，很快便成了一種模式，在其他城市推廣。夏利車因為范老二成了那個時代很多城市計程車的標誌。他的計程車牌照被炒成了天價，因為想擁有范老二計程車牌照的人實在太多了。范通過炒牌照繼續賺錢，接下來便要賺司機們的保養費和維修費了。他聽說過傑的技術，但當紅介紹傑與他認識時他卻看出了傑身上的另一種價值。傑的不甘心和不服氣，傑的了難才能和江湖習性，都正好用於去管理那群刁蠻的農民司機，也正好去做他一直都在物色的「老大」。他相信有了傑，他將再也不會為收不上承包費而發愁了。

范與傑見了面，不到兩小時就做成了一筆交易——傑將他的修理廠合併到范的計程車公司，折合成計程車公司的股份，傑則出任計程車公司的總經理。

傑的身份就這樣變了。他的技術是范需要的，他的江湖習氣和了難才能也是范需要的，他的不甘心和不服氣更是范需要的。傑終於和這個世界有了一次碰杯的機會。范舉起酒杯，用鷹一樣的眼睛盯著傑，輕聲說：「兄弟，事情可以搭夥，錢可以共用，但女人不能共享。」傑微微一驚，他知道范一眼就看出他和紅上過床了，便同樣輕聲說道：「大哥，放心。」

不久傑便知道，范說女人不能共享僅僅是因為紅是他的出納。傑瞥了紅一眼，紅正用猩紅的大嘴喝雞尾酒。她對范與傑的悄悄話充耳不聞，她知道男人與男人有自己的遊戲規則，女人與男人也有自己的遊戲規則。她只關心自己的規則。紅用故事改變了傑的命運，傑應該回報她應得的東西。

9 江湖也枉然

有段時間中國人將做生意叫做「投機倒把」，將做生意的人叫做「投機倒把分子」，後來又叫做「倒爺」。「爺」與「分子」相比，顯然有了地位上的不同。范深諳「倒」的藝術。他的寡母在二十世紀七〇年代就是用「倒」養活了全家。她倒布票、糧票、自行車票、縫紉機票……，倒一次家裡就可以有好幾缸包穀米，孩子們就可以幾個月不愁吃穿。寡母也曾多次被人抓住，還被人捆了，掛了「投機倒把分子」的牌子去遊街。但她無所謂，在她心裡，沒有什麼比讓孩子們吃飽穿暖更重要的了。愛遊街就遊吧，反正她出身好，反正她是寡婦，反正她在地上打個滾，哭一場，幹部們就會放她走。范受了他媽的啟蒙教育，改革開放伊始，就帶著他的寡母、哥哥和妹妹們倒了起來。他倒玉米、鋼材、電視機、車皮、指標和批文……，只要能低買高賣，他就無所不倒。他走南闖北，每天都要看一大堆報紙。他總能在報紙上捕捉資訊，再將資訊設計成機會，將機會設計成方法，將方法轉化成利益……，他相信「人為財死，鳥為食亡」是顛撲不破的真理。他想起小時候在雪地裡捕鳥，總是用一點米粒做誘餌，上面支了簸箕做罩子。鳥若去吃食，則只須輕輕拉一下繩子便可將鳥罩住。捕鳥的訣竅在於：一、在恰當的地方支網；二、做好誘餌；三、耐心等待；四、輕輕拉網。這一法則被他無所不用，用得可真是爐火純青。有一天從北京回來，已經是深夜十二點鐘了，他通知傑到家裡，告訴傑他新發現的生意經。原來他在北京聽了一位教授的講座，明白了什麼叫「股份制」。他豁然開朗，方知自己以前的生意做得實在太蠢了。

「世上有幾種人。一種是開工廠的，將錢用來建廠房、買設備，工廠建好了，產品卻過時了，這種人最蠢。另一種是做貿易的，低買高賣，快進快出，一轉手就賺錢，這種人還行。我們現在要做第三種人，那就是做裝錢的籠子，讓別人高興地將錢放到籠子裡去，錢翻倍了，再高興地將錢取走。這個籠子就叫股份制。」

「賺錢與掙錢完全不同。掙是一個『手』一個『爭』，賺是一個『貝』一個『兼』。貝就是錢，兼就是翻倍。所以掙是用手爭，掙的是血汗錢。賺是錢生錢，將一分錢變成一塊錢，翻好幾倍。賺錢就是錢生錢，錢變錢，翻著番變。錢從哪裡來？從股份制裡來，股份制就是裝錢的籠子，我們要先編籠子。」

范甥頭蓋臉地說了一大堆，核心只有一個——他要搞股份制了。股份制的過程就是捕鳥的過程，完全可以運用「一、支網，二、做餌，三、耐心等待，四、輕輕拉網」的捕鳥法則。范精於此道，他告訴傑，他要將計程車公司給股份制了。

「我們要成為生產公司的公司，我們的產品就是公司。」范說，他的捕鳥工程開始了，傑聽了雖如雲裡霧裡，卻也血脈賁張。他知道范的思想層出不窮，他只要跟著這些思想去做就好了。他們決定先招一個秀才，專寫文件和做方案。他們立即行動，但不是招了一個而是招了六個學金融的研究生。不到一年的時間，范就將計程車公司給股份制了。H正在進行股份制試點，范成了股份制窗口上的第一盆鮮花。接著他又用新改制的公司發起設立了六家新的股份公司。這些股份公司最少的股本是1.28億，最多的股本是3.8億。不到兩年時間范就編了七個裝錢的大籠子。他們買了最豪華的寫字樓，招聘了數十個研究生和博士生。范在給新員工的致詞中說要將「知識流氓化，流氓知識化」。其中一位博士學識淵博，稱范的思想與閻錫山的思想有異曲同工之妙，閻錫山也有一副對聯，叫「穿上長衫做文章，挽起袖子當流氓」。傑成了管理這七個籠子的集團公司的法人代表及董事局執行主席，主席則是北京一位有聲望的老司長，退了休被范請來的。范沿用過去的習慣，不在公司擔任任何職務。但他是大股東，對公司擁有絕對的控制權。作為回報，傑讓紅成了集團公司的總會計師。他和紅早就不跳貼面舞了，他們都已經是有身份的人。寫字樓有一間電梯是他們三人專用的，裡面鋪了長羊毛地毯，保安在他們走過時會肅然敬禮。他們一人住一棟別墅，車則是加長的凱迪拉克。接下來要考慮的是如何讓籠子裡的錢成倍地往上翻。

傑任董事局執行主席後，有半年時間都很不自在，讓他不自在的首先是寫字樓。剛到H的時候他其實是很敬畏寫字樓的；他抬頭仰視那些高高的大樓，想像自己有一天在某幢大樓裡，面朝大海，有一間寬大的辦公室和一張氣派的班椅。他常常邊抬頭邊這樣想，每次都被寫字樓的玻璃幕牆晃花了眼，才悻悻離開。他羨慕那些在寫字樓裡進進出出的人。搞機修廠時，連辦公室都沒有；當計程車公司總經理後，辦公室倒是有了，但他已經習慣每天往院子裡那麼一站，吆三喝四地就將一天的活給派完了。現在在最豪華的寫字樓裡，真有了一間面朝大海的辦公室，他反而變得不自在了。他再也不能吆三喝四，也不能再像過去那樣，端起一隻大瓷缸就咕咚咕咚很痛快地喝水了。他的辦公室很大，班臺有兩米長，班椅是全牛皮的，高大而有氣勢。辦公室與辦公區遠隔著，有人進來要很輕、很小聲地敲門，他說「請進」，來人才可以恭敬地輕輕推門進來。他不僅不能吆三喝四，不能咕咚咕咚很痛快地喝水，也不能再和手下人摟肩搭背、稱兄道弟了。出入寫字樓的人個個都西裝革履，或謹小慎微或牛逼哄哄，見了面，微微一笑，點點頭，「早上好，張總」；又對另一個人，微微一笑，點點頭，「早上好。李總」。傑心想哪來那麼多的「張總」、「李總」，這不是裝逼嗎？他和范講了他的感受，范聽了哈哈大笑。他說：「這就是搞公司呀，股份制嘛，就得裝逼，裝得越像、越牛逼就越好。」可傑還是喜歡泡在機修廠和計程車公司的大院裡。范說：「這哪能成呀，你已經是董事局執行主席了，天天在機修廠待著別人會怎麼想？還以為我們搞了半天股份制，搞來搞去就只有一個機修廠呢。」傑便天天西裝革履地去寫字樓上班。另一個讓他不自在的是開會。他不知道哪來的那麼多會議？他一開會就瞌睡，開完會就發呆。從辦公室望出去是無邊的大海，不知何故，這海比他剛來時呆板了許多，遠處的海鷗與天上的白雲看上去也是死氣沉沉的。范又批評他說：「你得開會呀，搞公司就是開會嘛，哪能再像個體戶一樣，一年到頭連個會都不開？」他在心裡罵道：「裝吧，裝逼吧，裝死了才好。」接下來讓傑不自在的便是那群研究生。那些秀才遞上來的報告動不動就好幾千字，有的還附有英文。他看不懂但又必須端著架子看下去。他不喜歡裝模作樣，但不裝就不足以體現當董事局執行主席的資格與水準。好在范的文化程度還不如他，范說要「知識流氓化，流氓知識化」便給了他一種底氣。他心想，在「流氓化」這一點上他不知比那些秀才要強多少。股份制涉及許多專業知識，他向來不愛看書，一遇上專業術語便頭痛。下海經商也三四年了，之前的業務只是修車，後來當計程車公司總經理，也只是管人、收錢、了難，一天到晚罵罵咧咧，稱兄道弟也就過去了。他性格強悍，范管不了的人與事，他反倒收拾得服服帖帖、井井有條；遇有人賴帳，或拖欠承包金時，也只須叫幾個兄弟，打掉對方幾顆門牙就行。股份制之後，情形就不同了，他連財務報表都看不懂，范說要「知識流氓化」，看來知識太少，「流氓化」的水準也很難提高。奇怪的是范的文化程度比他還低，平常也不讀書，怎麼就在那麼短的時間裡成了股份制運作的專家了？不僅各種術語爛熟於胸，財務報表更是一眼就能看出問題來。公司的秀才們私底下議論，說傑不過是草莽英雄，范才是真正的高人。他打心眼裡也佩服范，真不知道范的腦子是怎麼轉的，公司依然只是那三百輛車在跑來跑去，可帳上的錢多了許多，多得都不知道該怎麼花。股東們也是，莫名其妙就很樂意跟著范走。這不，又有人哭著喊著要進來當股東了，幾百萬換一張紙，上面寫著：法人股多少多少。這張紙還真邪乎，剛過了一個月就漲了。

但傑的頭腦畢竟是靈敏的，不到半年，便也人模狗樣，成了寫字樓裡一隻傑出的公司動物。讓他找到感覺、有了自信心、最後又如魚得水的是公共關係。後來他便成了公司公共關係方面的專家，包括建立良好的公共關係和處理危機事件。

讓傑在公共關係方面顯現出卓越才能的是一件不大卻很要命的事情。

范在計程車公司改制不久，便籌畫如何讓法人股上市。有一天公司突然闖進一群人，一進門就乒乒乓乓地砸東西。在會議室開會的秀才們傻了眼，一個個不知所措。祕書給傑打電話，傑從機修廠趕來，進了辦公室，一拳便將帶頭的那位打倒在地，打得對方滿嘴是血。

他怒目圓睜，身後站了一排機修廠的工人，個個都操著傢伙。

「打劫呀！大白天當土匪呀，信不信老子把你們一個個從樓上扔下去？」他罵罵咧咧，看上去很憤怒的樣子。

「怎麼著？不信？看看你們這幫慫貨，個個都像死了爹娘似的，有事說事，砸東西算哪門子本事？」

眾人又喧嘩起來。

「幹嘛呢？一個一個說，幾十張嘴哇啦哇啦，我聽誰的？」

「這麼著吧，十人一組，每組派個代表，到會議室慢慢說。天大的事也得說開了呀，靠吵架砸東西能解決問題嗎？」「小張、小李，來的都是客，請客人們去會客室喝茶。」又對那個挨了打的頭目說：「兄弟，打你是我不對，可你也太囂張了，一進門就砸東西，不打你行嗎？這是一萬塊錢，你拿著，先送你去醫院，其他的事看完傷再說。」

眾人安靜下來，傑將鬧事的人分成了三組，每組抽出一個代表和他進會議室談，其餘的則被帶到會客室喝茶去了。一場激烈的衝突一下子就轉化成了接待上訪群眾，傑則成了關心群眾疾苦的好幹部。他心裡清楚，無論什麼衝突，只要一激化，雙方就都會付出代價，上訪、開會、討論、談判就不同了，彼此間表面親熱，態度友好，卻沒有實際用處。

傑的所作所為驚倒了秀才們，下班後他已如傳說中的英雄，留下了一段富有傳奇色彩的談資。

晚上一點鐘，范又打電話來說：「下午的事還有沒完，那幫人離開公司後又聚在一起，他們準備明天一早到國貿廣場去發傳單，還要開新聞發布會。公司的法人股過幾天就要上市了，這麼一鬧，股票還怎麼賣？」

傑到范家裡，一進門便說：「光腳的不怕穿鞋的。他光著腳，你穿著鞋，他當然不怕你。你要連短褲都脫了，赤條條、光溜溜，你看誰怕誰？」

范一聽就笑了：「怎樣才能把短褲都脫了，做到赤條條、光溜溜的？」

「這件事說到底是你妹妹的事，你妹妹捲了人家的錢跑了，人家找不到你妹妹才來公司鬧事的。你只要發句狠話，就說范老三的公司與你無關，要殺要剮找范老三去，橫豎你不管。可如果范老三捲了錢，有人找你的麻煩，那對不起，你就讓他麻煩不斷，死了都找不著北。你下了這個狠心，其他的事就不用管了，我自然會擺平。」

范說：「好吧，就交給你去辦吧。」

傑便連夜行動。他想那麼多人鬧事總會有帶頭的。誰損失的錢多，誰就是大戶，大戶擺平了，小戶就會跟著走。便約了幾個大戶見面。

和傑一起去見大戶的還有三個人，一個是刑警大隊的副大隊長，一個是本地的所謂黑道老大，另一個則是H大名鼎鼎的律師。

傑先是對大戶們的損失表示同情，接著便講了范老二與范老三的關係。這時律師接過話說：「從法律角度來講，這兩者是各自獨立的法人主體。范總和傑主席的公司是股份公司，除了范總和傑主席，還有好幾十個股東。范總妹妹的公司是具有獨立法人資格的有限責任公司，雖然掛靠在股份公司下面，卻與股份公司沒有任何法律上的關係。范總本人既不是范總妹妹公司的股東，也不是董事或法人代表。范總妹妹的公司有經濟問題，你們可以起訴范總妹妹，也可以報案，范總妹妹應該依法承擔責任，但與股份公司沒有任何關係。舊社會有『父債子還』一說，現在是法制社會了，不用說『妹債兄還』，『父債子還』都沒有法律依據。」

律師剛講完，刑警大隊的副大隊長便接過話說：「今天下午你們去國貿鬧事，砸人家的辦公室，已經犯了尋釁滋事罪。范總和傑主席大度，沒有追究，否則你們一個個都已經被拘起來了。」

黑道老大一聽就樂了，他接過話說：「被拘起來會怎樣？大隊長你給說說。我可是嘗過滋味的，再說了，人間自有正義在，如果亂來的話，大隊長不管，我眼裡可不揉沙子。」

幾個大戶一聽就蔫了。人家在法理上，在專政工具的使用上，甚至在正義感方面都準備得很充分，講的話也入情入理，便萬分沮喪地說：「那我們怎麼辦？我們的錢可都是血汗錢，難道就這樣打水漂了？」其中一位還哭了起來。傑勸慰道：「想開點吧，『吃一塹長一智』，以後小心些。當然如果范總妹妹的公司真有問題，我們一定會協助司法機關調查的。」

事情就這樣處理了。第二天沒有人去國貿廣場發傳單，傑卻請了記者去公司，律師再一次陳述了股份公司與范總妹妹之間的法律關係。他說：「混淆兩者的關係，執意亂來，將構成對股份公司的誹謗及名譽損害，股份公司自然也會依法維護自己的權益。」

記者們發了文章，將事情提到了「要進一步加強普法教育」的高度。群眾在輿論的正確引導下，對股份公司予以了更大的信任。股份公司在STAQ系統順利地完成了法人股的發行工作。范的「籠子理論」得到了驗證，籠子裡的錢再一次往上翻了，傑堅定不移地實施了范的「籠子理論」，大家都說他們是天作之合。

寫字樓被砸事件讓傑在圈子裡出了名，也贏得了公司秀才們的敬重。傑又和那位知名律師一起，將范老三惹的亂子變成了一樁講不清楚的經濟糾紛。這糾紛一拖就是若干年，公說公有理，婆說婆有理，法院因證據不足便不再予受理。鬧事的人精疲力竭，最後也只好在「吃一塹，長一智」的至理名言中自己安慰自己了。

秀才們不再說傑是「草莽英雄」，大家在私底下比較，說「范在智慧上比傑強，但勇氣與擔當方面卻比傑遜一籌」。大家進而議論道：「智謀與勇敢都很重要，大智大勇才是真豪傑。但不能兩全時，勇敢而有擔當比智慧更可信任。」

傑也因此恢復了自信，進而找到了做公司的感覺。他正在從個體戶成長為了大公司的董事局主席，從此他勇敢、英俊的面孔上便添了一種經過大事也見過大世面的派頭。

傑還進一步學會了開會與談判，也進一步完善了處理複雜問題的方法與技巧。范發現傑比他更擅長公共關係，於是兩人分了工，傑成了公司的形象大使、新聞發言人和公共關係方面的傑出領袖。在不斷的股份制改制過程中，他與人打交道的技巧越來越嫻熟。他頭腦活泛，為人豪俠，具有極強的表演才能；他出席各種會議，接受採訪和發表演說；他恢復了中學時代的明星風采，經常出現在各種俱樂部；他領袖群倫的迷人氣質再一次令人欣喜地呈現出來了。那個他在中學時代就不停轉動的籃球，因進了監獄而丟失，現在又找回來了。但此籃球已不同於彼籃球；此籃球內含了一個歷經滄桑的中年男人的金錢、地位與權勢，是用加長凱迪拉克和俱樂部的會員卡精製而成的。此籃球擲地有聲，投籃鏗鏘有力，運球瀟灑流暢而有聲勢。瞧，傑馳騁在商場上，多像一匹鑲了金邊的黑馬。人們猜測他的來歷，竟有人猜他是某位副總理的外甥。他裝聾作啞，任由人們猜去；這猜測使他的身份更加神祕。

范見傑在場面上出神入化，便常常忍不住想笑，他很得意自己在識人、用人方面的才幹。

傑也暗暗得意：「看來我裝逼比誰都裝得好了。」

依照與范的分工，傑成天陪各種要人打球、唱歌、洗桑拿、旅遊、購物，也常常趁機將秀才們的報告遞上去。他出手闊綽，機敏風趣，連要人們的夫人與小姐也常在背後誇他。人們慢慢地忘了他背後還有范；這情形使他與范的關係微妙起來。他知道他的不甘心和不服氣，正如一枚定時炸彈，早晚都會發出他想要的爆炸聲。

范呢，依然像往常一樣用不緊不慢的龜步走路，用犀利的鷹眼看人。他安於幕後，穿中山裝，剪板寸頭，吃最簡單的飯菜。他唯一的愛好似乎只有做生意和搞女人，搞女人其實也是做生意的一部分，他的身邊永遠只有兩種女人。一種是助理，一定是名牌大學的畢業生，漂亮、風情、有靈性，他和助理們同居。另一種是出納，僅限於中等以下的學歷，老實、忠厚、相貌平平。他不和出納們同居卻讓出納們生兒子，他讓集團公司轄下七家公司的出納全都懷了孕、生了兒子，還給每個出納買了房子，讓她們衣食無憂。紅是他的大出納，所以擁有凱迪拉克和別墅。范的理論樸實而深刻，他認為世上只有兩種女人，花錢的和管錢的。花錢的助理貌美如花，聰明伶俐，是留不住的；他明知留不住，也就不留。因此每隔半年就要換一個助理，這些助理幫他弄文件、賺面子，讓他舒服極了，臨走時他都會給一筆不菲的分手費。不少助理離開後還去了合作夥伴那裡——這方面他也很瀟灑大方。助理們走了之後，不久便會以另一個人的助理身份和他吃飯。

「范總，敬你一杯，我得感謝你這半年來的栽培。」

「還是在領導身邊學的東西多，以後就好好跟著領導學吧。」

范客客氣氣地對助理說，一些生意還是靠了助理才拿下來的。但再過半年，離開他的助理照例也會遠走高飛。

江湖上人人稱讚范的瀟灑、大氣和懂分寸。范談生意經，總結出「美女、美金、美物、美言」八字真言。在他看來，這八個字任何時候都無堅不摧，甚至有化腐朽為神奇的妙用。

管錢的出納則不同，人材和學歷一定要中等以下，年齡以三十至三十五歲為宜，家境最好困難一點，未婚且最近一兩年都不曾有過男朋友。

「這樣的女人可靠，因為你對她有知遇之恩哪。」但他知道，僅知遇之恩是不夠的，還得生孩子。「有了孩子，就是雙保險了；一個女人再怎麼著也不至於害孩子他爹。」「中等以下人材的女人還有一樣——乾淨，你才敢讓她生孩子。」

說到花錢和管錢，范照例有他的心得。他認為錢無論怎麼花也不會沒邊，但錢管不好就會沒影。且花錢總是個樂，花得再沒譜也算是找了一個樂，所以花錢從根本上講是沒有風險的。管錢則不然，管不好就會給你弄出個災難性的人生來。所以范的生意經又加了一條：「管好你的錢袋子。」他在管錢這件事情上是絕不掉以輕心的。他之所以用中等以下人材的女人做出納，便是因為他不掉以輕心。他知道男人有錢則身動，女人貌美則心動，甚至於「身未動，心已遠」。范花錢與管錢的理論遠近聞名，糊塗人聽了一定會變聰明。他的「論助理與出納」則被認為是精明透頂。助理們既然會「身未動，心已遠」，范便把她們當做遠方的風景來安置。范請來的董事局主席，退休前就曾用過范的一個助理。老司長對范的用人之道大為讚賞，稱范精通中國的傳統文化。范用人，或用其面子或用其裡子。他用助理是用其面子，用出納則是用其裡子。傑就因為范只拿他當面子用而大為惱火，他身為董事局執行主席，每花一筆錢都得經范的出納們之手。金額若大一些，出納們便總說錢不夠——其實是要先打電話請示范的。時間長了，傑便找機會向范發難。范笑了笑說：「要麼我們再分分工，南方基礎好，局面容易打開，你就負責南方地區；北方底子薄，觀念落後，我就負責北方地區。」

誰知一年下來，范已經在北方做了兩家上市公司，傑卻只做了一個項目，還做成了夾生飯，打過去的三千萬似乎永遠也回不來了。傑的不甘心和不服氣受到了致命的一擊，他再也不敢發火了。不久范又找傑談分工。

「我看還是別按地區分了，這樣容易比來比去，手下的人也容易鬧派性。按工作性質分吧。我負責做生意，你負責守生意，我負責賺錢，你負責收帳。先將那三千萬收回來，這也正好發揮你擅長了難的長處。」

「另外中央有了新規定，不允許離退休幹部在企業兼職了，老司長再當董事局主席不合適，你就出任法人代表和董事局主席吧，別再幹執行了。」

傑就這樣當了集團公司的法人代表和董事局主席，負責公司的戰略規劃、公共關係和不良資產處置。

范決定轉戰北方的時候，H的經濟已經處於崩潰的邊緣。他的籠子理論和風險意識救了他。前者讓他一門心思編籠子去了，股東們的錢剛裝進籠子，H的經濟便有了崩潰的兆頭。范看報紙，得知H的在建項目和規劃專案已超過八千萬平方米，其中三十層以上的高樓已達四百多幢，而H的常住人口卻不過八十萬人。范掐指一算，不包括已建成的面積，H的人均居住面積竟高達一百平米，就算平均一個人，一隻手住一套房，另一隻手住另一套房也住不過來的。范還瞭解到，中國的每一家銀行包括一些貧困地區的地市級銀行也在H投資炒地皮，他心想，H真的瘋了。他的經驗告訴他，一件事熱過了頭，就一定會燙手，而真正的機會只在尚未引起人們注意的地方。

他新編的七個大籠子，要想翻倍賺錢，就必須上市。可哪裡才會有上市指標呢？他選中了東北。他知道國家會在重大事情上玩平衡，東北是國有企業的重災區，國家一定會給一些上市指標來幫助這些企業甩包袱。范的鷹眼掠過瓊州海峽，也掠過珠三角和長三角，最後十分精準地落在了他的老家長春。

長春是范的故鄉，范說長春哪裡有幾根毛他都知道。雖然他離開長春已經十來年了，但他的寡母還在，老太太不僅身體健旺，還一邊打著麻將一邊控制著東三省的檯球市場。范用了一個月的時間來研究長春，重點放在了省市兩級的人事變動上。一個月以後，一位到北京進過修的副市長當了市長。新市長一上任就帶了各個局的局長去南方考察。在考察中，市長大談「抓大放小」，也大談改革開放的環境，還舉了范的例子來說明環境的重要。

「改革開放的環境差，人才就留不住，資金就引不來。十年前長春有個范老二，人家開個錄影廳，公安局都要一天三遍地查，結果將人查跑了，人家到了南方，幾年下來就有了幾十億的資產，成了大老闆了。」

范知道他的機會來了，他開始謀畫如何在長春支網。不久長春成了城運會的舉辦城市，他立即做好誘餌，發布了進發長春的第一道命令。

范進發長春的第一道命令是下給他的助理的。他讓這位助理換了一張名片，將頭銜改為投資發展部總經理，又讓她悄悄地飛到長春，向《長春晚報》訂了一個月的跨版廣告。那個時候長春的報紙還沒有過跨版廣告，范每週發布一期跨版廣告，都只講述一個長春人飄泊四方、艱苦創業、最終成了億萬富翁的傳奇故事。廣告的文字優美而抒情，更像一篇雋永的散文，在娓娓訴說遊子的思鄉之情。「追求卓越，回報家鄉」——范用了這麼一個鏗鏘有力的標題來表達自己對家鄉的情感。一夜之間，全長春的人便都在猜這位成了億萬富翁的遊子究竟是誰？市長給報社打電話，要求派出最好的記者跟蹤採訪這位遊子。但遊子又出遊去了，或許去了美國，也或許去了歐洲。傑代表范用加長凱迪拉克和豪華別墅接待記者。他們白天暢談集團對東北經濟的思考，晚上則招待記者遍嘗H的海島風情。范無所事事地待在某幢別墅裡，一邊讀記者的報導，一邊小心地拿捏火候。一個月之後，他讓助理再次飛到了長春。這一回助理不再是悄悄地，而是捧著鮮花，踩著紅地毯，熱烈而隆重地去的。她帶來了一輛鋥亮的加長凱迪拉克，作為范回報家鄉的一點心意，捐贈給了城運會組委會。市長從他那輛近乎寒酸的紅旗牌轎車裡走出來，繞著凱迪拉克走了三圈，便對助理說：「好啊，好啊，長春還是出人才的嘛；請范主席回來吧，我代表三百萬長春人民歡迎他！」

事情就這樣開始了，一週以後范的飛機降落在了長春機場，長春人民像當年歡迎解放軍進城一樣，以翹首之情歡迎他。他邁著不緊不慢的龜步走出飛機，傑心裡冒出一句臺詞：「我胡漢三，又回來了！」[1]

自從范再次談了分工，傑的武功基本上就給廢了。分管戰略規劃簡直就是一個笑話，范從來不缺戰略，因為他不需要，他不考慮長遠的事情。傑劃出去的三千萬一直沒有收回來，范所謂「我管賺錢，你管收帳」實際上是給傑上了一道緊箍咒。每隔一段時間，范便會不經意地問一句：「那筆錢怎麼樣了？」范從來沒有急過，甚至一句重話也沒有說過，但他的鷹眼意味深長。傑六下成都，找到在成都的合作夥伴，試圖說服對方將錢退回去。那人姓沈，也是范的舊識，經范介紹了才與傑認識的。

那一年，按照與范的分工，傑意氣風發地到成都去；他雄心勃勃，急於想打開西南地區的市場。沈在省軍區的家裡接待傑，給傑留下了很深的印象。其一，沈在省軍區的住房竟與司令員和政委的規格相同，他住一幢小樓，旁邊的兩幢小樓便是司令員和政委的。傑知道部隊等級森嚴，沈能享受這樣的待遇來頭一定不小。其二，沈身體瘦小，面容溫和，逢人便說自己長得像雷鋒，且每次都說得極為鄭重，讓人想笑卻笑不出來。其三，沈的行為煞是詭祕。有天晚

---

1 電影《閃閃的紅星》裡面的地主惡霸、返鄉團頭子的經典臺詞。

上，傑在沈家聊天，聽見有人敲門，沈開了門，迎進來一個黑影，拖進兩隻麻袋，竟裝了滿滿的百元現鈔。其四，沈的身份永遠模糊不清。通常情況下人們叫他沈總，但他自稱自己是軍人。傑的確見過沈與軍人聚會，在座的校官們都對他畢恭畢敬。傑曾向范求證沈的身份，范只說這世上有人是可以通天的，就沒有再說什麼了。沈隨身攜帶一隻密碼箱，裡面裝滿了信用卡和各種證件。還有一事傑十分不解，便是沈似乎擁有某種神祕的權勢，夫人卻只是一個普通的小學教師，且面容兇惡，長相奇醜，沈在她面前永遠都是戰戰兢兢的。

傑對沈懷有不可抑制的好奇心。不知何故，一想到沈他就會同時想到壁虎。壁虎孤僻而安靜，但一旦有蛾子飛過，便會猛地一下將蛾子給吞了。兩年前傑就成了這樣一隻蛾子，被沈猛地一下給吞了。傑之所以會成為一隻蛾子，是因為他飛來飛去。他之所以飛來飛去，是因為他和范編了好幾隻裝錢的大籠子，而他又總是想著與范分分工，他要做孤膽英雄，也讓籠子裡的錢翻好幾倍。沈在吞掉傑的三千萬之後，也只是噓了噓口水；他的面容依然溫和，總是眯著那雙笑咪咪的小眼睛。

因為追錢，傑又去了成都。沈不住與司令員同規格的小樓裡了，但房子依然很大。他用雷鋒一樣的溫暖接待了傑，照舊眯著笑咪咪的小眼睛，耐心地聽傑擺事實講道理。傑講了一個來小時，他也只是邊聽邊點頭，邊點頭邊十分認真地說：「理解，理解。」接著又說：「對不起，我要方便一下。」他長年便祕，在衛生間一蹲就是一個小時，直到他憋紅了臉，一坨一坨地拉出來，才舒服死了地從衛生間出來，十分精緻地洗了洗手，幸福無比地對傑說：「走，吃飯去，邊吃邊談。」

他請傑吃最高級的館子，在一個大包房裡，照舊眯著一雙笑咪咪的小眼睛，耐心地聽傑擺事實講道理；也照舊邊聽邊點頭，邊點頭邊充滿同情地說：「理解，理解。」

吃完飯，沈又客氣地說：「對不起，我多年的習慣，吃完飯要午休一會兒。」

事情就這樣循環下去了。午休之後又是吃飯，沈照舊在一個大包房裡，眯著一雙笑咪咪的小眼耐心地聽傑擺事實講道理，也照舊邊聽邊點頭，邊點頭邊認真地、充滿同情地說：「理解，理解。」完了，又很客氣地說：「走，耍小姐去。」

兩人到了最好的歌舞廳，進了包房，挑好了小姐，各懷心事地唱起歌來。傑注意到沈與小姐的親暱，大有「入我相思門，知我相思苦，長相思兮長相憶，短相思兮無窮極」的意境，心裡便覺得好笑。接著沈又開始講雷鋒的故事。

「有人查過了，我和雷鋒的身高是毫釐不差，不多不少，正好一米五四。唉，怪得很，我們不僅血型相同，連生日也相同。你看我的手和雷鋒的手多像呵，簡直就是一模一樣！」

「和雷鋒的手一模一樣？我看看，雷鋒也摸小姐嗎？」小姐問。

「莫亂說，雷鋒怎麼可能摸小姐嘛。雖然時代不同了，但我們都是共產主義戰士，對同志要像春天般溫暖，對敵人要像秋風掃落葉一般殘酷無情。」沈正色道。

傑聽了沈的話，忍俊不禁大笑起來。

第二天沈似乎已經料到了傑會發飆。他耐心地讓傑發完飆，便從廚房裡摸出一把刀，往桌子上一放。「這樣吧，你也不容易，我送你一把刀，要麼你把我殺了，要麼你把朱鎔基殺了，殺朱鎔基的錢我出——如果不是他搞宏觀調控，我沈培基會欠范老二的錢？真是笑話！」

傑無功而返，和范講了事情的經過，范說：「算了，這錢別要了，要不回來的。」接著又說：「如果你還在機修廠，這錢準能要回來。」

事情就這樣不了了之了，傑分管的三件事，戰略規劃是扯淡，清理不良資產是扯卵淡，剩下的便只有公共關係這一項了。但范已經配了助理，傑的公共關係也已經一天比一天不關痛癢了。他照舊陪人唱歌、打球、洗桑拿，但與剛搞股份制那陣不同，他的熱情已所剩無幾；他心裡空空落落的，時常便會想起他的小修理廠來。「我怎麼就和范老二合併了呢？如果還在做機修廠，像王家瑜說的那樣慢慢做，又會怎樣呢？」其實他心裡很清楚，他不可能「慢慢做」，他太不甘心、不服氣，太想和這個世界過過招了。

自從上次見了面，我與傑好長一段時間又斷了聯繫。他曾去公司找過我，還託宏給了我一張銀行卡和一封信，信中除了一組密碼，便只有一句話——「謝謝了，兄弟。」我沒想到不到一年他便將錢還給了我。我給他打過一個電話，聊過幾句無關痛癢的閒話。大家都很忙，沒有閒心見面；而且物是人非，彼此的心態也已經完全不同。在我的記憶裡，傑始終是一個重情義、很驕傲的人。直至有一天他來電話，我才驚訝他與范做了搭檔，還做了董事局主席。我們談過一次生意，但不得其所。我猜他會和我一樣懷念我們曾經有過的友誼，也會和我一樣明白——二十多年過去了，大家都很難回到以前的兄弟情誼中去了。

10 我們是蟲子嗎？

程是在一個陽光燦爛的下午到H來的，他下了車，伸了伸懶腰，身邊挎著的美女則任由海風將長髮吹起。這美女半年前還是范的助理，這回卻和程穿了粉綠色的情侶裝，來到傑海天一色的別墅跟前。「真想不到是你，老弟，你好嗎？」程驚訝地看著傑，他怎麼也沒想到傑竟是他的老友范的搭檔。傑見到程便想起幾年前的玉女宴，他當然也沒想到會再見到程。此時的程是范請來的貴客，他不再像一條疹人的蟲子，而更像一塊名貴的金絲楠木。程在H住了十天，傑進一步看到了他的空虛，這空虛太大了，無論用什麼都填不滿。

程曾是一位工農兵學員，是粵北地區的農家子弟。他父親一心向黨，在土改中用砍刀砍死過兩個地主，這個經歷使他父親落下了夢遊的毛病。後來又搞「三反五反」、「四清」、文革，父親的膽子便變得越來越小，說話辦事也越來越謹慎。直到程去北京上大學，父親陪他翻過一座山、過了兩條河，一路上千叮嚀萬囑咐，要程一定要「忠厚、老實、夾著尾巴做人」。程將父親的叮嚀記在心上，又坐了一天的汽車和兩天的火車，終於到了北京的外國語學院。他在學校入了黨，一直都是刻苦學習的好學生；班上一位長他兩歲的女同學看中了他的白淨與本分——他一說話就臉紅，一臉紅就像是一個老實坯子。這位女同學是一位老將軍的女兒，她父親用訓練團長的方式訓練她，使她從小就掌握了「繳槍不殺」的本領。她黝黑、高大、雄赳赳氣昂昂，與程的白淨與小心形成了鮮明對照。畢業後程分到北京的一家銀行工作，他繼續追求進步，不久便與將軍的女兒結了婚。新婚之夜，將軍的女兒用她高大的身體將程壓在了身下，程在心裡咕噥了一句將軍的女兒永遠也聽不懂的粵北土話，他知道這一生他永遠都只能「忠厚、老實、夾著尾巴做人」了。他們被認為是一對好夫妻，但他們之間的關係不是團長和政委的關係，而是團長和排長的關係，且程被提拔為排長，還是在他們生了兒子之後。

參加工作後，程靠每天早起早到，先將辦公室打掃得乾乾淨淨，再將開水打好，又靠他白淨、謹慎、做事情有條理，還靠他岳父是一位「三八」式老幹部，當然也靠他講一口流利的英語及一直以來都「忠厚、老實、夾著尾巴做人」，不久便當上了行長的祕書。二十世紀八〇年代初，銀行懂外語的人不多，他常跟行長出國，眼界非同一般。所以他得到機會，被派去紐約的分行工作，幾年下來，竟成了行裡少數幾個精通國際業務的專家。

程就這樣四十歲出頭便當上了總行國際業務部的副總經理。將軍的女兒看到丈夫成長，自然也是高興的。但她同時感覺到了程心裡的微妙變化，這變化使她意識到他們的夫妻關係需要調整，於是她便將多年形成的工作法則引入到家庭管理，即「溝通」、「疏通」、「打通」。從此她凡事都開始和程商量了，但商量不通怎麼辦？做工作，疏通疏通；工作做不通怎麼辦？那就只有打通了。打通就是──「就這麼定了」、「就這麼辦吧」、「讓你辦你就去辦」。大學畢業後，她和程一樣快速成長，也已經當了副局長了；若論行政級別，則比程還要高半級。遺憾的是，三通法則並不能完全移植到家裡去，且在這「三通」中她又是習慣了用「打通」的。因為「溝通」和「疏通」是手段，「打通」才更符合她「繳槍不殺」的性格與目的。程對她的手段有了反感，對她的目的也就開始抗拒。但他保持著「忠厚、老實、夾著尾巴做人」的本色，所謂的抗拒也只是「不作為」。在他們的夫妻生活中，向來都是將軍的女兒將程壓在身下。不知何故，最近兩年將軍的女兒卻總要求他在上面。如若心情好，程也會爬到上面去，讓將軍的女兒發出像母獅子一樣的嚎叫。如若心情不好，程就會以「不作為」來反抗。起初程的「不作為」只是拒絕爬上去，後來將軍的女兒將他壓在身下時他也不作為了。無論在身上還是在身下，程都一天比一天地「不作為」，將軍的女兒開始失眠，大夫說她的更年期提前了。

程的升職當然也給他帶來了地位上的變化。變化之一是飯局越來越多，聽到的恭維話也越來越多。應酬成了他「不作為」的理由與藉口，有了這些應酬他就心不虧、理不短。恭維話則讓他的膽子一天比一天地大了，最後這膽子竟轉化成了一種派頭。程以前白淨、瘦小，這幾年卻發起福來。之前他的白淨給人留下了整潔、內秀的印象，卻瘦小且讓人覺得羸弱。這些年發了福，白淨的好處仍然保留，羸弱卻沒了蹤影。他在國外生活多年，身上洋溢著一股洋氣，現在當了副總經理便變得既富態又儒雅、既洋氣又有派頭了。

但他真正的派頭卻是到南方做了行長以後才顯現出來的。當一把手給了他一種歷練，也培養了他當家做主的氣質。他到了南方，當了一把手，派頭才真是足了。

總行對選派幹部到特區任行長是謹慎的。特區是改革開放的窗口，需要一個有海外工作經驗的人去對接；特區又是光怪陸離的，需要一個謹小慎微的人去把持。程似乎是最理想的人選。他思想開放，作風嚴謹，他的不足在於他有些羸弱，組織上也怕他應付不了複雜局面。

「人無完人，總得給人鍛鍊的機會嘛。」老行長在組織部門考察後，發表了最後的意見，程的事情就這樣定了下來。臨行前老行長專門給程寫了一幅字叫做「慎獨」，這本是一句平常寄語，但在老行長那裡還真是意味深長。老行長太瞭解他了，他的出身太苦，夾著尾巴做人的時間太長，一旦位高權重又將怎樣呢？與組織部門的顧慮不同，這一點反而是老行長擔心的。

其實程在調任特區前就已經「不那麼慎獨了」。他依然每天騎自行車上班，自行車上還夾了飯盒，在辦公室用酒精爐子熱了用做午餐的。但他早就時不時就獨自一人飛出去度週末去了。傑就是在那個時候認識他的。那時候的傑還只是一個修理廠的小老闆，對有錢人的生活還很無知。他和地委副書記的女兒搞了一下就被判了十二年，程技術嫻熟地吃「玉女宴」，卻那麼從容和淡定，時代可真是不同了。

程的「不那麼慎獨」當然也是漸漸形成的。剛回國的時候，國內的朋友就經常拉他去各種娛樂場所，慫恿他去看到底是美國的月亮圓還是中國的月亮圓，他從來都婉言謝絕。他專注於業務，感慨美國金融體系之完善、金融品種之豐富、防範風險的機制之科學，恨不能將在美國學到的本事全都用到工作中去。他的第一次「不那麼慎獨」是在一個深秋的早晨發生的，這件事還成了一件趣事，一段時間都在圈子內流傳。

那天早上，他一下飛機便被朋友接到了一個環境幽獨的會所。他實在太累了，晚上飛機延誤又耗了七八個小時。所以到了會所他便同意洗個澡做做按摩。進了按摩室，偌大一間套房，燈光是酒紅色的幽暗，飄然而至一位小姐，竟有驚豔之美。那小姐用了水一樣的柔情替他去了上衣，便用纖纖玉手在他的頭部、頸部和肩部捏拿起來。不知不覺程便睡著了，並在似睡非睡中有了一種異樣的感覺。那感覺酥麻、迷醉、摻了甜美的嗲聲，縹縹緲緲，從天而降，又蜻蜓點水般落在了他的嘴唇上。當那感覺一陣強似一陣，到了令他血脈賁張時，他倏然驚醒，看見那位美豔的小姐竟赤裸著身體，用雙乳在他臉上、唇上和身上蹭來蹭去，還不斷發出如紅酒般醇美的呻吟。他一下子就坐了起來，逃也似地跑出了房間。小姐發出嗲嗲的叫聲，將程從一間房間追到另一間房間。追趕中，她尖細的鞋跟竟狠力踩在了程的腳趾上。程慘叫一聲，跌倒在了地上。會所經理和程的朋友跑過來，看見程倒在地上，腳趾鮮血淋淋，皮被踩掉了，露出了白骨。程的朋友大發雷霆，那小姐哭訴著說自己也是剛來，沒有經驗，見程白白淨淨，心裡便喜歡，誰知道程竟會跑呢？會所經理反覆道歉，免了單，還送了紅酒和果盤。

「真沒想到現在還有大哥這麼純的人，太難得了！」朋友感慨道。程的第一次「不那麼慎獨」就這樣結束了，圈子裡的人都感慨他是一位君子。

回到家，將軍的女兒只當他是被行李砸了。可養傷期間，小姐柔軟的身體和香醇欲滴的呻吟又出現在他夢裡，他竭力要將這誘惑趕出去，卻禁不住渾身酥麻，一次又一次夢遺了。不慎獨尋機而入，彷彿一種病菌，一旦遇到傷口，便會全身擴散。程的傷口終於在一個週末的早晨拉開了，從此便不再「忠厚、老實、夾著尾巴做人」。

那本是一個安靜的早晨，程卻在將軍的女兒的吼叫中驚醒過來，她又在發飆了。最近一段時間她時不時就發飆。一方面是因了兒子的叛逆，另一方面則是因了程的不作為。程的身體越發白淨，氣質越發儒雅，應酬越發多，她便越發不安。但她是將軍的女兒，年輕的局級幹部，每天都在用三通法則管理著家庭，又怎麼會越發不安呢？她不承認，更不面對。但越不承認，不安全感就越強大，並時不常就讓她以怒火沖天的方式發洩出來。那個清晨因了兒子的不搭理，她又怒火中燒了。其實兒子僅僅是因為煩，懶得說話而已。可在她看來，昨天夜裡程用不作為來蔑視她，今天一早程的小王八羔子又用不搭理來蔑視她；而程竟穿著睡衣、打著呵欠走出了臥室，一副愛怎麼著便怎麼著的疲遝相。她氣不打一處出，順手就將一杯牛奶向程潑了過去。程也是有無名火的，他夾著尾巴做人的時間太久了，便緊跟著抄起一杯水潑了過去。戰爭爆發了，程任由將軍的女兒歇斯底里，披了件衣服，搶過門，便跑了出去。

週末的清晨空蕩蕩的，整個城市還在睡懶覺。程跑到街上，攔了一輛計程車，便直奔那幽獨之地去了。朋友接到電話趕到會所，看出了程的歡喜，便將那位小姐接出去，安置在一套公寓裡，程的情色生涯從此便不可逆轉地開始了。

程享受到了至深的溫柔，方知女人的呻吟可以如此變化多端，也知道了除了在上面和下面，還可以有各種奇妙的姿勢。他對引導他的那位妙人充滿感激，便讓朋友給她買了無數衣物和首飾。他的大方與德行為他贏得了如及時雨宋江般的江湖地位，同時也開始嘗試與不同年齡、不同地方、不同職業、不同種族的女人做愛。他花了很大的精力去追逐各種職業女性，今天是女軍官，明天是女警察，後天就是女演員、女記者、女鼓手、女大提琴手、女稅務官、女法官……，他尤其喜歡與穿制服的女人約會，還讓朋友贊助了藝術學校的足球隊，以便在啦啦隊中發現奇異的風景。他遍設網點，分門別類，製作了精美的情色檔案。那些可愛、嬌媚、風情萬種的女人，如棱鏡般折射出他的光彩，使他進一步發現了自己的魅力。他再也不用「夾著尾巴做人」了，不久就成了一個至情至性的專業人士，對女人的造詣絲毫也不遜於業務上的造詣。別人家裡若掛字畫，通常都是一首名詩或一句名言警句；俗氣一些的，也得是一幅「百字福」，寫了一百個「福」字以示吉慶。他的書房卻是一幅「百字正」，專門請了名家寫了一百個「正」字。寫字的人和看字的人都以為他是取其「正派」、「正直」、「正氣」、「剛正不阿」、「正義凜然」之意，對他的理想與追求深感敬佩。殊不知那正字的每一畫，都代表他搞過的一個女人。他常常靜坐書房，獨自享受對那些女人和若干細節的回憶。這奇異的天書無人能懂，傑聽了，差點沒笑斷肚腸。

程就這樣在情色世界越走越遠了。他從香港帶化妝品，從日本帶數位相機，從泰國帶紅寶石……，他用白淨的皮膚、豪華的套房和各種新潮禮物回報他的女友，也用豐富的閱歷、永不枯竭的激情、高超的技巧和翩翩的長者風度，讓女友們享受最歡暢的愛情。但即便如此，程也依然是「忠厚、老實、夾著尾巴做人」的，他不離婚，不奢談愛情，更不會讓女友們懷孕。他深知離婚就意味著滾滾硝煙，將軍的女兒會扒了他的皮，再將他的骨頭嚼碎了，吐出去餵狗。他更知道離婚會使他的事業像可疑的財產一樣被凍結，組織上會對他的人品大打折扣，同事們會議論：「哦，老程，就是那個天天早起早到，把每間辦公室都打掃得乾乾淨淨，後來做了行長的老程……。」連老行長也會因為自己看錯了人而羞愧難當。他牢記父親的話，繼續「忠厚、老實、夾著尾巴做人」，他還嚴格約束下屬，提醒他們無論工作和生活，都要慎之又慎。時間就這樣一天一天地過去了，他在時間的流逝中還因為有了女友而對將軍的女兒產生了愧疚心；且因這愧疚心，他的「不作為」也開始向「有所為」轉化，他甚至會主動爬到將軍的女兒身上去了。但將軍的女兒因為更年期的提前卻只能讓他「偶爾為之」。這回輪到將軍的女兒不作為了，將軍的女兒因此也產生了愧疚心，於是她的作風開始轉變，她放棄了三通法則，一天比一天地變得溫柔起來。程的性子本來就是溫和的，將軍的女兒變溫柔了，兩人又都覺得有愧於對方，彼此的感情便變好了，且因了程的發福，與將軍的女兒反倒更有夫妻相了。

程在工作上更是有原則的，他堅守底線，他的底線如鐵打的一樣堅實——無論怎樣，他可以花錢但絕不撈錢。他知道撈錢就會坐牢，甚至還可能是死罪。他更知道錢的價值就是花，花了的錢才是自己的，存在帳戶上的錢永遠都是別人的，甚至還是別人預備了用來絞死自己的。

他做了五年的行長，幫助很多人成了億萬富翁。想給他買單的人實在太多了，他在小範圍內說了說自己的計畫，他要在七十歲前打一千個高爾夫球場，搞一千個美女。這計畫雖然頗具雄心但也只是玩玩而已，因此大家都說這很簡單。他幫了人，除了玩也不求其他回報，一個農家子弟能有這樣的修為也算不容易了。

程就這樣享受著美好的生活。他家庭和睦，夫妻倆都位高權重；兒子大學畢業後，又去了美國念碩士，也算得上是有理想的青年了。他當了五年行長，對特區的經濟建設有過突出貢獻。因為成績顯著，他被調到了香港，這一回他的級別更高了，卻只任了副職，但他對組織上的安排是滿意的。他累了，需要在一個閒職上好好休息休息。去香港赴任前他到了H。范的一家公司計畫在香港上市，他與香港金融界頗有交往，便被范請來做顧問。他瞭解范的用意，也樂意為范出些主意，但他對做事情已經了無興趣了。作為一個農家子弟，他一直「夾著尾巴做人」；「夾著尾巴做人」的時候他也曾想過要「堂堂正正做人」，「堂堂正正做人」的時候又想過要「做一個不一般的人」。但在多年的歷練後，他再一次想起父親的叮嚀，便明白還是「夾著尾巴做人」的好。因此他準備在香港的副職上過渡一兩年便光榮退休。他知道只有退了休才會有真正的安全與自由，那個時候他或許真的就不用再夾著尾巴做人了。

到了香港程卻發現日子難過。他已經大權旁落，香港又不像內地，一定要通過吃請才能辦事的，所以比之在內地，便沒有那麼多朋友鞍前馬後替他買單。都說香港是花花世界，他的日子卻過得十分寡淡。他指手畫腳慣了，在一把手任上是從不經辦具體業務的。香港的作風卻完全不同，人人都在快節奏裡打拚，即便做老闆也要親力親為。難道他還要擼起袖子自己操刀不成？他不習慣便只好無所事事。別人也只當他是上面派來的，也算是有功之臣了，所以表面恭敬、客氣，卻沒時間陪他玩。程過了一年多白天沒事幹、晚上沒人陪的日子，也真是度日如年。最令他氣悶的是，北京竟傳來消息說上面對他的荒唐並非一無所知，調他到香港也是不想看他走得太遠，最後回不了頭。組織上的愛惜在程卻彷彿挨了一記辛辣的耳光。他只好在寂寞中熬，週末回內地與朋友約了見面，也不過喝茶聊天而再也不敢縱情恣意了。盼著退休，盼著過上自由安全的生活——程就這樣混著，空空落落，寡然無味。他回憶自己的一生，從粵北的山區出來，讀書，生子，做行長祕書，去紐約，成為業務好手，在特區當行長，他去過多少地方，見過多少人，看過多少風景，經過多少大事，他什麼沒吃過，什麼沒住過，什麼沒看過，又有什麼沒幹過？何以到最後竟有如此大而沉的空落感？他到底缺了什麼，以至於如紙鳶一般飄蕩無垠？他反思自己的一生究竟有什麼是沒有幹過的？且因了這事便魂不附體？他百思不得其解，最後終於有了答案，那就是他未寫過情書。沒寫過情書，便沒有過思念，沒有過期待，當然也就沒有真正愛過。一個沒有真正愛過的人又怎能不空落呢？他和將軍的女兒是同班同學，直至將他壓在身下也未曾和他寫過情書；進入情色世界後就更加如此。除與第一位給他按摩的妙同過居，與後來的若干女人都只是消費關係，且還是他消費別人買單。他也追逐過各種職業、各個地方和各種年齡的女人，但也只是不同的消費方式罷了。換句話說，他這一生是吃過肉卻沒打過獵，吃過米卻沒種過田的。一個從未種植的人，又怎會有家園？又怎能不飄泊、不空落呢？程如夢初醒，便一心要找一個和他寫情書的人。但這何其難！資訊時代誰還會寫情書？人們用慣了紙杯子，又有誰會再用一隻老碗，且用了洗、洗了用、破了還會補呢？他遍地尋找，最後竟在一個交友網上找到了。

11 風中的彎道

我和宏的生意始於房地產；我們開創新模式，將房地產銷售轉化成股票交易，一夜之間便成了億萬富翁。之後又在國債市場和股票市場屢屢得手；短短幾年便擁有了數億身家。但是正當我們大展鴻圖時，經濟形勢卻出現了拐點，亞洲金融危機觸目驚心，宏觀調控的新政席捲而至，證券和房地產泡沫逐一破滅，大批商人偃旗息鼓……。我在部裡工作多年，對政策的變化是敏感的，我們倖免於難，也有了更從容的心態來重新布局。

正是這次轉型，使我領略到政策對生意的致命影響，也深深體會到了民營企業的不堪一擊。我休息了近一年，其間悉心觀察了民營企業的生存狀態與發展路徑。之後又回到北京，拜訪了若干專家學者及從事宏觀經濟和政策研究的官員。我得出結論：一、中國一定會堅持國有經濟的主體地位，但國有企業太雜太亂，好的企業正在被不好的企業拖垮，大企業正在被小企業拖垮，國家一定會甩包袱，將相當一部分效益不好的企業甩掉，這將產生重大的機會。二、金融證券業將不可避免地與國際市場接軌，政府將謹慎支持金融開放與創新。三、民營企業仍處於初級階段，大多數企業都是靠鑽政策空子或結合了某種權勢發展起來的，這些「機遇型」企業沒有長遠發展的可能。但是相當一段時間，中國經濟都將持續、穩定地高速增長，未來十年內少數民營企業將有可能成為巨型公司。四、雖然在能源、礦產、通訊、高科技等領域有重大的商業機會，但產業結構將隨時調整。若局限在某一行業，政策變動將會使企業從根本上喪失穩步發展的可能，而多元化經營對缺乏戰略規劃且基礎薄弱的公司而言同樣存在風險。因此既快速增長又謹慎穩妥的路線是通過產業投資進行產業整合。五、政府反腐敗的決心將越來越大，措施也將越來越完善。因此尋租行為將日益危險，依靠權勢經營企業將越來越不靠譜。中國將逐漸產生具有獨立意志的企業，也將產生越來越多的職業經理人……。之後我又去了華爾街，悉心傾聽國際資本市場的聲音。我相信在引入國際資本的同時引進其先進的商業模型與技術模型，再經過本土化的模型試驗，與中國市場相結合，一定可以走出一條康莊大道。我也相信走在這條康莊大道上的公司，將最有機會在一段不長的時間內躋身於世界五百強……

一年後我的戰略布局出籠了，我召開了董事會，宣讀了公司躋身世界五百強的綱領性文件。這份文件確立了公司的基本策略，即占領優勢資源，進行產業整合，創新金融工具，彙聚精英團體。這些策略又延展出公司的基本路線：第一步通過產業研究找準產業發展方向；第二步設計符合產業發展方向的商業模型；第三步併購行業內具有競爭優勢或資源優勢的先進企業，向這些企業注入資金、技術、人才、組織、文化及運營管理模型，使這些企業具有行業領導地位；第四步讓這些企業獨立上市或分拆上市，使其資產不斷增值進而成為新的融資工具及併購主體；第五步通過若干「影子公司」炒作這些上市的公司的股票，獲取巨額利潤……

不久我和宏便再度出擊了，我們設立了控股（集團）公司，從華爾街招聘了大批海歸精英，聘請頂級諮詢公司提供策略規劃，創新企業文化，建立長效機制。我們也確定了公司與政府在公共關係上的原則，即親則疏，密則遠。我們致力於建立具有獨立精神與意志的企業群，而不是依靠權勢的消長來謀求發展。早年的人文訓練和商場上的一帆風順，形成了我們桀驁不馴的性格，我們埋下禍根卻渾然不知。

通常情況下宏都被認為是一個溫和的人。他以前是清瘦的，膚白、清瘦便顯得文弱；現在胖了些，肩膀也寬厚了，舉止間便有了一種既靈秀又堅實的力量。他說話依然平緩，性格依然隨和，對任何事情也都依然面帶微笑。這個世界上也許只有我才瞭解他溫和的面容中所內含的堅忍與決斷。他始終都在有條不紊地推進自己的計畫，在成為一個傑出的管理者及成本控制專家的同時，也成了一個冷靜、均衡、節制、既能平衡利益又始終讓自己處於上風的商業奇才。

他認為再大、再複雜的生意都只是一單買賣，重要的是買者與賣者之間的利益關係。買賣之間的路徑過長，涉及的因素就一定會複雜，這買賣就容易失控。因此好買賣一定是直接、簡單的。他進取而審慎，縝密而敏捷。他最早的生意固然只是人們通常說的「倒」，即通過直接的買賣關係賺取差價。後來H建省，大興土木，他便辦了一個生產外牆塗料的小廠；正值國家頒布新的建築規範與標準，又買了一項德國專利。技術與品質有優勢，生意便十分興隆。可生意雖好，甲乙方的關係卻很複雜，工程做完了常常收不了帳。我們在H的房地產項目成就了他做甲方的理想，他做了多年乙方，反過來做甲方便成了精了。比如說墊資進場，施工合同上寫好了：「待工程進度至正負零時，甲方將支付多少工程款。」好了，等工程進度至正負零時，宏便和政府質檢部門的人去了工地。

「怎麼搞的？這樣的工程品質可不行，得推倒重來！」質檢部門的人態度決絕。既然工程品質有問題，財務部當然就不能付款了。不僅不能付，還得追究乙方延遲施工進度的責任。乙方傻了眼，求宏坐下來重新商議，商議的結果便是宏象徵性付一點款，工程隊繼續墊資。

「工程管理的核心是品質與進度，控制品質與進度的關鍵是控制錢。」宏對手下人說，「這也是事情越簡單就越容易成功的實例。」

宏的「簡單法則」，一方面是「兩點間的距離直線最短」的「直線」法則，另一方面則是「打蛇要打七寸」的「要害法則」。這法則不近人情，乙方的人都說我是面惡心善，宏是面善心惡。但是下面的例子卻說明宏另有大氣、寬厚的一面。

做房地產時我們曾遇到過一個「釘子戶」。這人在徵地前承包了十幾畝魚塘，這便涉及到魚塘搬遷的問題。但無論怎樣的補償方案，他就是賴著不搬。負責拆遷的經理便叫人買了雷管，半夜將魚全炸死了，第二天又派人上門，告訴他魚儘管養，但養一條炸一條，他不妨看看到底是養魚快呢還是扔雷管快。結果那人一聲不響地搬走了。負責拆遷的經理知道自己太過霸道，但講道理無用時，也只好用點損招。宏知道之後，便和他討論。宏說：「人家是一個個體，我們是一個機構。個體與機構比總是弱的，拿機構的勢力去對付弱小，那是以勢壓人，做小事可以，做大事斷然不行。」結果負責拆遷的經理便上門去道了歉，那人也得到了雙倍補償。自此公司便有了一個規矩——遇弱小不欺壓，在強權面前不退縮。

H的房地產專案做完後，我和宏又指揮了一個又一個戰役，且每戰必勝。我們也有了相對明確的分工——我負責戰略、投資、重組併購與上市安排，宏負責運營。換句話說，我負責做大，宏負責做實、做強。我們將總部搬到了上海，在北京則組建了一個項目委員會和金融研究中心。我們需要網聚大批精英，順勢而為，共襄其成。

我向來喜歡成吉思汗的攻城戰略，將速度置於首位。我自己更是一天到晚從一座城市飛到另一座城市，所到之處無不陣容強大，氣勢非凡。我享受著一個又一個兵臨城下、大破城門，甚至不戰而屈人之兵的成果，這些成果所帶來的心理感受和審美愉悅足以洗滌我的心理陰霾。感謝這個偉大的時代，我們參股和控股的企業不到三年員工總數就已經超過了二十萬。我迷戀於設計各種各樣的商業模型，與人談判如同給人講課，扭轉乾坤只在談笑間。當大多數商人仍在討好政府官員時，我卻處心積慮，對不少地方政府進行了國有企業改制的啟蒙教育。我設立若干部門，左邊是產業研究和模型設計；右邊是重組與併購，中間則進行金融操控。我們參股金融機構，讓一些公司借殼上市，讓另一些影子公司炒作它們的股票。我的雄心不可抑制，性格中侵略性的一面在不斷的投資與併購中發揮得淋漓盡致。我的才情與想像力反過來又強化了這種侵略性與擴張性。我把疆域當做一個男人的價值尺度；膽囊正在加厚，一些地方已經發炎，我卻絲毫感覺不到疼痛。

我們就這樣越走越遠了，但宏越走越遠越遠越警覺；我越走走越遠越遠越高亢。宏的天性是審慎的、客觀的、均衡且遵守規則的，我卻膽大妄為，是主觀的、打破常規的，甚至還是破壞性的。宏對我設計的戰略規劃與發展方向從未提出過異議，他的興趣、熱情和長處都在具體的專案運作上。依照分工我在高空中飛翔、用未來引領現實，他則在大地上行走、讓現實緊貼未來。但是當「未來」與「現實」分隔得太遠時，我們便交會不到一起去。依前面提到過的「鑰匙」理論，宏始終認為：「有鑰匙就開門，沒有鑰匙就去找有鑰匙的人，否則就別進這個門。」我卻認為：「有鑰匙要開門，沒有鑰匙也要開門。門是什麼？門是無邊無際的天空，否則便只是門框。」「物理意義的門是不存在的，門只在我們心裡。由我們的魄力、思路和想像構成。作繭自縛者到處都是牆，沒有門；心胸遠大者門就是天空、自由與出路。」

我對宏的「審慎」一天比一天不滿，我承認宏是一個客觀的人，但客觀得過了頭便會舉步維艱，路也會越走越窄。宏則認為我已經在背離常識，很多時候已經「不是在做生意而是在過癮」。阻止我，讓我放慢腳步，成了他冥思苦想的一件大事。他甚至說：「蔣介石是手淫臺灣，意淫大陸；王家瑜是手淫產業整合，意淫重組併購。」

我忍不住哈哈大笑，我喜歡他的比喻，也喜歡他的批評，但我的周圍已經形成了一種高空飛翔的氣場，宏卻想穩行於大地。他知道僅他一人是阻止不了我的。自從認識我，他便是追隨者，他同時知道我在公司的權威是神聖不可侵犯的，他也不允許我的威信受到一丁點損害，他甚至不能與我產生任何歧見，更不能讓我們的合作產生任何一點裂隙。

我的加速度顯然已經讓他不堪負重，他眼看著我向懸崖狂奔卻無力拉住瘋狂的韁繩。他終於在一個新項目上與我爭執起來，此後的兩三年，他便只能在我的反方向上勉力支撐。我壯懷激烈，讓公司裂開一道又一道口子，他便小心翼翼地拾遺補漏。他實在太累了，撐不住了，後來休了病假，不久竟死於一場飛來橫禍。我在他的靈前癡癡呆呆，我知道這世上唯一一個能夠反對我的人走了，我和公司都已經走到了盡頭。

光曾說，成就一個企業需要若干因素，讓一個企業垮掉則只需要一個因素。我那在鄉下接了一輩子生的母親曾說，生一個孩子需要很多準備，死一個孩子卻毫無準備。

我就是一個對「垮掉」和「死」毫無準備的人。

宏曾說我骨子裡有一種一了百了的自殺傾向。與我性格中內省、憂傷、自我折磨的一面不同，我外向的、堅忍的、英雄主義的一面卻異常頑強，即便身臨絕境也會仰天長笑。我在汩汩流淌的鮮血中感受到生命的華美，也在懸崖峭壁上感受到生命的壯烈，正如我在內省的憂傷中感受到生命的詩意與無奈一樣。

讓我們發生激烈爭執的那個項目，便是新東方衛視。

這是一個美國回來的畫家和一個北京的記者憑空揑造的商業故事，他們找到我，講了自己的觀察，也列舉了多組資料說明全世界已經有多少華人，因而會產生一個巨大的華人媒體市場，他們說：

「過去國外的餐館、飯店只有日文和韓文，因為二十世紀七八〇年代，日本人和韓國人成批成批地去歐美國家旅遊，成了當地最活躍的消費力量。這些年情況變了，國外的餐館、飯店都出現了中文，因為中國人正在成批成批地到歐美國家去，也成了當地最活躍的消費力量。中國人越來越多地出國去，同樣也構成了中文電視的消費市場。過去成吉思汗是靠鐵騎征服世界，現在中國人則將靠旅遊、消費、文字和聲音征服世界。這正是中華民族偉大復興的有力象徵。」

「伴隨中華民族的偉大復興，國家需要一個衛星電視來傳播自己的聲音，這一使命顯然不能由中央電視臺來承擔，更不能由臺灣和香港的電視臺來承擔。所以我們選擇澳門，並得到了國務院港澳辦、國家廣電總局、國務院新聞辦及國家安全部的支持，獲持了衛星電視的運營牌照。」

「傳媒正在成為國際資本的寵兒，新東方衛視有自己獨特的商業模型，它將以城市青年為目標受眾。青年是世界的希望，是催生文明與變革的船帆，是消費的引領和時尚的裁決，是傳播和運動的核心，攪動了青年的一代，就攪動了世界！」

最後他們說：「在這樣一個時代，一個有雄心的男人怎麼能沒有自己的電視臺呢？正如戰爭年代得有駿馬一樣。」

我饒有興趣地聽他們大談理想與願景，同時想起了大學時代的熱情——社團、油印的「地下刊物」和理想。他們的觀察——「中國人越來越多地出國去，已經構成了中文電視的消費市場」是有前瞻性的，我讚賞他們的觀點、激情與雄心，只用了一小時便決定對新東方衛視投資。我完全違背了公司的投資理念與管理制度，也違背了我與宏的約定。宏第一次激烈反對我的決定。

宏反對我的理由主要有五條：第一，所謂「越來越多的中國人出國去，已經構成了中文電視的消費市場」是虛幻的；第二，所謂國家需要一個電視臺來傳播自己的聲音，與一家公司何干？這責任與使命又豈是一家公司所能承擔的？商人自有商人的職責，那就是賺錢，「賺錢是商人的天職與本分，正如教書是教師的天職與本分一樣。」他在各種場合講這句話，似乎都在提醒我要守本分。這些年來，我們的價值觀已經出現分歧，如今這分歧更是暴露無遺了。宏堅持自己的觀點還因為我曾提出「要做一家有獨立精神和意志的公司」、「絕不依靠權勢的消長與變化來求發展」。宏認為傳媒乃是政治的產物，投資傳媒的風險是巨大的。第三，衛星電視需要巨額投資，且回報週期過長，不適合我們這樣的成長型企業。雖然近年來公司已有很大的發展，但宏始終認為我們還處於成長階段，我們的投資規模已經過大，戰線也已經過長。第四，公司沒有衛星電視的運營人才。創辦一家境外衛星電視，單憑一個從美國回來的畫家和一個連半句英文都不會說的記者行嗎？文人不足以成事，文人無為還無德。

他的話越來越刺耳了，當他說出「文人無為還無德」時，我冷冷地瞥了他一眼：「難道我們不是文人嗎？」

宏知道自己不能再說什麼了。

我討厭別人輕視文人。我曾經是一個詩人，一個近乎癡狂的寫作者，我多年苦心經營，既希望在商業上成功，也希望有文化上的成就，還希望有社會和政治上的影響力。那兩個人啟動起了我潛在的欲望，在我的意識深處，商人是低級的，錢永遠只是手段。但在宏看來，我心裡的潘朵拉盒子已經打開，我正在做一件瘋狂的事情。

我義無反顧地成了新東方衛視的投資人。我的動機雖然瘋癲，運作卻依然老到。我讓美國回來的畫家和北京的記者組織專家，制定了一份完整的商業計畫，將目標市場從境外調整到中國本土，並獲持了中國境內有限制落地播放的許可。接著便用中國近三億收視家庭的市場規模去與國際資本對話，將傳統意義上的「觀眾」轉變成了「用戶」，與每個收看新東方衛視的家庭簽訂了收視合同。我建立了一個不少於一千萬家庭的收費電視網，也建立了包括所羅門美邦、德勤會計師事務所以及維亞康姆、哥倫比亞、博倫柏格在內的國際協作體系。我鼓勵美國回來的畫家和北京的記者不斷將故事講下去。一年後，新東方衛視便開播了。我從不出席任何慶典，這次卻在開播儀式上發表了既激情澎湃又充滿詩意的演講：

全球範圍內的西文媒體如此強大，儼然已經成為人類輿論的主宰。環視全球，至今尚未出現具有足夠影響力，且能夠融合全球華人情感、意識與資訊，並兼具國際視野及全球市場規模的中文媒體。然而人類文明的傳承已到了如此緊要的關頭，遍及全球的華人都在莊嚴迎接中華民族的偉大復興；我相信這潮流不可抗拒，並不斷思考我們為此而必須承擔的使命。這使命如此重大，需要終其一生去努力。新東方衛視應運而生，其核心價值便是全球華人超越國別、地域與意識形態的溝通與融合。藉此，我們將比任何時候都更真切地感受到我們同根同源；藉此，讓我們一起聆聽中華民族復興的強音。

然而像任何一件憑空而來又憑空而去的事情一樣，新東方很快便垮掉了，其結果幾乎與宏預測的一模一樣。從天而降的「911」加速了我們的滅亡，新東方的資金鏈戛然斷裂，我們處心積慮的計畫不得不停止；我在傳媒領域的雄心與夢想就這樣夭折了。

12 妙與程的後現代生活

妙，原名琴，就是程第一次「不慎獨」時遇見的那個按摩女子。妙本是程玩鬧時為她取的暱稱，她以為比琴要洋氣，更有想像空間，更嗲，更讓人回味，也更可以在這座城市通行，便改了名叫妙。

妙出生在南方極靈秀也極蠻野的一座山城，從小能歌善舞，十四歲進了歌舞團，十九歲歌舞團解散，二十歲便閒著沒事幹。十八歲的妙有天晚上排練完了回家，被一個高大英俊的警察弄到一個小巷子裡用蠻力給搞了，便稀裡糊塗地結了婚，有了一種極嬌嫩的韻味。後來，縣上成立交際科，分管副縣長說，妙可是個人才，便將她調到了交際科來工作。二十二歲的妙，被警察搞出了韻味，又在交際科鍛鍊了八面玲瓏的本領，便成了縣上的小名人，越發風情萬種了。警察心裡發慌，心想得讓妙趕緊生養，好安生過日子。但妙的見識一天比一天多，心裡想著日子還很遠大，便總有法子讓警察的想法落空。她本來就恨警察是用蠻力搞了她才早早結婚的；現在警察逼她生養，三天兩頭非打即罵，她心有不甘，便跑回娘家去住。很快妙的夫妻感情不好便出了名，前來表示關心的人排成了隊，頭一位就是分管交際科的政府辦主任，接著便是分管交際工作的副縣長。有次喝了酒，主任竟當著副縣長的面問：「妙，你說，我和縣長到底哪個才是你的垂直領導？」副縣長聽了，也涎了臉說：「垂直領導算啥子？得看垂直背後的領導是誰。」妙紅了臉，心想還是得搬回家去住，免得讓人藉她夫妻感情不好，以為有機可趁。

妙回到家，警察有了勝利者的姿態，便加倍要求妙早生養。糟糕的是，主任和副縣長並沒有因為妙回了家便視同她夫妻感情好了，或者，他們壓根兒就沒有把他們夫妻感情的好壞當回事。不該說的話、不該調的情，妙夫妻關係不好他們調，夫妻關係好也照樣調。不久不僅主任和副縣長依然行使關心群眾的權力，縣長和書記也常約了妙去談話。警察就更慌了，常惡語相譏：「你個爛B，主任找你談話，縣長、書記也找你談話，你的B鑲了金子嗎？」

二十二歲的妙，雖然掌握了八面玲瓏的基本技巧，終於還是應付不了這個局面，便去省城找她的一位乾姐姐哭訴。乾姐姐是一家房地產公司的老總，來縣上談項目時與妙相識，覺得與妙投緣，便認了妙做妹妹。乾姐姐見妙憔悴得像一件被擰乾了的舊花衣，渾身上下找不出一點兒新鮮快樂的顏色，便陪她去了好些好玩的地方，又開導她，給她講了好些道理。這些道理中，妙印象最深的是被男人搞與搞男人的區別，以及因此而來的不同的人生。

「被男人搞是假設男人強大，女人弱小；搞男人則不信男人天生就比女人強大，甚至在心裡根本不把男人當回事兒。」乾姐姐說，「被男人搞只有委屈、忍耐，受一輩子氣而永無翻身之日，因為男人基本上都是牲口，一旦搞到手便會想搞下一個。搞男人雖然會傷痕累累，人生的態度卻積極主動。」「男人想搞你的時候基本上都是奴才，被你搞了便是蠢才。你若不讓他得手，他便會一直當奴才。奴才有什麼好玩的？不好玩，所以差不多你就得搞搞他，讓他從奴才變成蠢才。蠢才更不好玩，既然不好玩，你就換一個再搞。這樣你的人生就會積極主動。」「搞男人的過程就是將男人從奴才變成蠢才的過程，被男人搞的過程就是將自己從蠢才變成奴才的過程。你不願意失敗和痛苦，就得去搞男人而不是被男人搞……」

乾姐姐的思想深不可測，妙只恨自己閱歷太淺。她想，男人多強大呀，且不說書記縣長，就連警察她也搞不過。乾姐姐卻認為，男人與女人是完全不同的兩種動物，幾同於天敵；因此鬥爭是絕對的，和平共處是相對的。「既然鬥爭是絕對的，便只有搞與被搞兩種選擇。而搞男人的前提是只把男人當男人，如果他還是書記縣長，便等於平頭百姓在和書記縣長搞，又怎麼可能搞得贏？男人和女人搞是一場戰爭，平頭百姓和書記縣長搞是另一場戰爭，許多女人都把這兩場不同的戰爭搞混了。結果男人在床上是男人，下了床便是威風凜凜的書記縣長，女人只能吃虧。所以搞男人的重要前提是只把男人當男人，而不是書記縣長。」

乾姐姐還認為，一旦只把男人當男人而不是書記縣長，再把他從奴才變成蠢才就很容易了。「你得讓男人想搞你，只要男人想搞你，他便會自動變成奴才。男人變成了奴才，你搞他卻不把他當回事，他就會變成蠢才。因此搞男人的訣竅便是：讓男人想搞你，你搞他卻不把他當回事。掌握這個訣竅的關鍵是絕不動心更不能用心。」……妙聽了乾姐姐的話，似乎突然就覺悟了。

二十二歲的妙帶著「我才不管你是書記還是縣長，在我面前你只是男人」的理念，以及「讓男人想搞你，你搞他卻不把他當回事」的訣竅，連同「絕不動心更不能用心」等關鍵性工具，回到縣上，開始了由被男人搞向搞男人的人生轉變。

回到縣上的妙，用了不到半年時間便從「被男人搞」轉變成了「搞男人」。她具備讓男人想搞的全部條件，從省上回來，又添了些媚態與野性，就更讓男人想搞了。她對付警察，只用了「不把他當回事」這一招，便徹底將警察弄垮了。她的「不把他當回事」就是成天纏著警察搞，每次搞的時候都大叫：「我要給你生兒子！」但事先準備好了就是不懷孕，直搞得警察腰痠腿軟。警察開始自卑，接著開始膽怯，慢慢便開始對妙深感內疚了。靠蠻力娶了妙的警察，最後竟被妙用蠻力打敗。警察越自卑膽怯，她便越嬌媚淫蕩地大叫：「我要給你生兒子！」半年內警察便彷彿老了十歲，不再威武雄壯了。妙對付主任和副縣長卻只用了「讓男人想搞卻搞不著」一招，但又暗示主任和副縣長是有機會搞得著的，不過要如此如此如此而已。但主任和副縣長如此如此了，卻還是搞不著，因為書記和縣長也在如此如此。主任和副縣長便只好將惱羞成怒藏在心裡，反過來去討好妙。妙對付書記和縣長，當然得用「我才不管你是書記還是縣長呢，在我面前你只是個男人」這一招，書記和縣長聽了哈哈大笑，都說了「好，小妖精，在你面前我永遠都只是個男人」這樣的蠢話，便被妙直接從奴才變成了蠢才。

妙就這樣將黯淡無光的人生變成了積極主動的人生。不久縣長被雙規了，書記也調到市黨校做了常務副校長，級別雖然沒降，權力卻小了許多。妙心想，這樣一個偏狹的小縣城實在也沒什麼待頭，便辭了職，到了北京。臨行前妙與警察離了婚，又叮囑他保養身體，以後找個本分人生兒防老吧。警察哭著說不會再結婚了，除了妙他也不想與任何人生兒子。妙去省城向乾姐姐辭行，乾姐姐吃驚地看著她，什麼也沒有說，只是祝她平安，要她保重。

二十四歲的妙就這樣到了北京。她天生麗質，曾經是歌舞團的演員，又在政府的交際部門見多識廣，在八面玲瓏和善解人意方面擁有極高的素養；因此很快便脫穎而出，成了情色世界的紅牌。各路人物風聞其名，竟要預約才可睹其芳顏。妙在男人的世界裡燦若星辰，卻遭到了女人的阻擊。東北幫、湖南幫的大姐大都邀了她，要和她好好談談。四川幫則歡喜家鄉出了如此人物，要她撐頭，帶領川中姐妹與東北幫和湖南幫大幹一場。妙想起乾姐姐曾說男人與女人是天敵，心裡便想女人與女人又何嘗不是？但她總認為女人與女人終究是同類，不宜同類相殘的，便退而不結其怨。若姐妹們認為她風頭太盛，搶了她們的財路，她便總是謙讓。因此每隔半年，妙便要換場子。但無論怎樣換，老客人總是尾隨其後，新客人又總是與日俱增。盛極則衰，妙的日子便越發凶險，妒忌她、想毀了她的人似乎也越來越多了。妙想自己在搞男人與被男人搞的戰爭中已耗盡心力，實在不願再與女人交戰了，便哪個場子也不去，只在家裡待著，也算給自己放個長假。放了假的妙，享受了一段單身女人的快樂生活。她游泳，做香薰，學習古琴和陶藝，與姐妹們聊天，幫助剛來京城的老鄉，偶爾也與幾位老客見面，過得既閒適又充實。她的身體與氣質似乎都到了完美的程度，舉手投足間便將女人的風情發揮得淋漓盡致，就連自己也覺得若一直閒著真是可惜。所以當一家俱樂部的總經理前來拜訪時，她便答應了去俱樂部上班，條件是只為金卡會員服務。

到了俱樂部，妙遇到了程，沒想到程居然在她的柔指下睡著了。她的自尊心受到了傷害，程的冷淡也刺激了她的欲望；加上前段時間賦閒在家，許久未有男人，見了程白淨雍容的身體，竟不能自已。沒承想程醒來後居然會推開她，而她竟會追出去，又在追趕中，用極細的高跟鞋踩了程的腳趾頭，讓程像殺豬一樣發出了慘叫。事後妙便常想，程究竟是何方神聖，竟能在睡夢中讓她不能自已？她從未曾不能自已過，她迷戀那種感覺，盼望程再來。

程是在退休前幾個月成為一個癡迷的網戀分子的。他之所以上網，是因為他搞了數以百計的女人，竟無一人留在記憶裡。他覺得必須談一次戀愛，並以此拔掉心底空落的病根；他不能老了老了還讓自己像一個孤魂野鬼似的。在現實生活中他找不到一個可以給他寫情書的人，便到了網路的虛擬世界中去。

頭幾次上網程失望至極，他彷彿進入了一個規模浩大的跳蚤市場，曠男怨女們在各種內心獨白中進行著情感與欲望的推銷。

「午夜的寂寞期待著花蕊的盛開。」

「我是小美女哦，想我，就親親我吧。」

「簡單，寂寞，欲望，害怕。」

「我若妖嬈便是桃花。」

「生命不過是迷離的幻覺，我在幻覺中期待你到來。」

……

程像一個迷了路的外地人，在車水馬龍中被若干盞車燈晃花了眼。他想不到現實世界如此喧嘩，網路世界卻更加躁動。一個臨近六十歲的空心人，卻在虛擬世界中被人推來閃去，心裡真不是滋味。他下了線，準備放棄，但又不甘心，怕回到現實世界會更加空落，便堅持著再一次上線。不久他便發現，在喧嘩與躁動中隱藏著一些和他一樣的人。

「在城市的鋼筋水泥中，渴望一份真情，相信感覺。」

「我相信。我等待。」

「當我們不停地行走在現實與網路之間，愛情一定會在某個瞬間擦亮我們的心情。」

……

他將各色人等分門別類，慢慢地便摸清了一些門道。尋找短期關係的，他不予理睬，無外乎一夜情或多夜情，不過是另一種形式的消費而已。尋找婚姻的，他表示了些許尊敬但也不予理睬。尋找友誼的，他既沒興趣也沒工夫。尋找長期關係的則引起了他的興趣。他反覆琢磨什麼叫長期關係，覺得這個詞含糊而曖昧，既不是一夜情的放縱，也不是婚姻的責任與約束。這個詞所包含的意義似乎正是他想要的。說白了，他到網上來要的就是這麼一個過程。短期關係有過程而無積澱，他嫌輕浮；婚姻是一種結果，他又嫌沉重。長期關係則有一種既縹縹緲緲又綿綿不絕的意味，他喜歡。程就這樣在長期關係的追尋者中搜索著，開始了他在愛情世界裡的種植生涯。他為自己製作了一份講究的檔案，選了三張白淨富態、雍容優雅卻又含了一絲憂鬱與孤獨的照片，寫了一份字斟句酌、真誠優美的獨白，便開始與幾位長期關係的追尋者通起信來。他知道白淨讓人喜愛，雍容富態讓人依賴，憂鬱與孤獨讓人心疼，優雅讓人欣賞，字斟句酌讓人感覺沉穩，真誠可打動人，優美則可能產生浪漫與遐想……。可以說他的檔案包含了戀愛的全部要素，又表明了他「尋找漂亮、風情、靈性的女性，與之建立長期關係」的意願。

一切準備就緒，他信心十足，只等著開花結果。

果然一位喜歡青花瓷的女子便來了信，稱「漂亮、風情、靈性」也是自己的關鍵字，只不過漂亮、風情容易判斷，靈性卻如何在網上識別？倒想請教程。青花瓷女子三十八歲，是一位從事電視劇製作工作的女士，稱自己成熟而獨立，優雅而精緻，漂亮、風情而有靈性。

「最喜歡青花瓷，愛這兩個字和這兩種色：潔白的瓷胎，青藍的花紋，還有上面的纏枝。不管所纏的是牡丹、葡萄或者蓮花……，都有不知來龍去脈、無始無終、無窮無盡的感覺，甚至感情。」她從書上引用了一段文字來做自己的獨白。程心想一個喜歡青花瓷的女人該有怎樣的優雅與精緻？從照片上看她的確是「漂亮、風情而又有靈性」的，便回了信：「人都有自己的同類，一個人若在天堂的第八層則絕不會與在地獄第六層的人交往。一個有靈性的人尋找另一個有靈性的人，恰如一隻貓尋找另一隻貓。數千米之外，還沒見面，便能通過氣味做出判斷；貓來了，另一隻貓馬上便會皮毛豎立，全身因幸福而顫慄。我從你的照片及簡介中隱約感覺到貓就要來了，果真如此嗎？」

青花瓷女子很快回了信：「黃昏，下起了雨。靠在沙發上，望著窗外，似乎什麼也沒有，靜靜的，輕輕的，不知怎麼就睡著了。再睜開眼，窗外已星星點點，襯著屋裡沉沉的暮色。打開燈，橘黃的、柔柔的燈光竟瀰漫了眼睛。泡一杯茶，葉片在水中慢慢舒展，茶香縹縹緲緲，手中的書翻過一頁又一頁。就這樣，等你。」

「西方文論中向來有通靈感應一說，某一類人則被稱為通靈者。當然這通常只限於同類。同類之間的感應是愉悅的，你的文字和照片就給了我這種愉悅。看來貓真的是來了，貓既然來了，又怎能不歡欣鼓舞呢？」程繼續回信。

他終於找到一位與他寫情書的人了。情書這一幾乎佚失的示愛形式，因了程的執著又鮮活起來。程這才發現自己竟還有如此的文采風流；他的生活被打亂了，一早起來，還沒洗漱，便急切打開電腦，接收青花瓷女子的來信。他也熱烈地給她回信，有時甚至一天要寫三四封。他們在信中討論各種問題，最終又總是集中在男女情愛上。

「我們越走越近了——我對你已經有了越來越真切的感覺，閉上眼彷彿就能觸摸到。」

「今天我要對你坦言，我幾乎是在見到你資料的那一瞬間，便知你是我苦苦尋覓的那個女人了。」

「昨夜深度失眠，至凌晨五點才稍稍入睡。其間數次上網找你的信。我看見自己對一個女人的想像與思念在一天一天地長大。」

……

程就這樣沉迷在與青花瓷女子的熱戀中，他們的話題逐漸從理性層面的人生探討，轉化成了情感上的直抒胸臆。程不僅不再感到空落，還被想像、思念、渴望充盈得熱血沸騰、幸福無比。快六十歲的程竟比任何一位年輕人都瘋癲了。

「回到家，洗完澡，便享受對你的冥想。猜想你是光著腳（腳趾塗了絳紫色的指甲油），穿了白色的寬大袍子，倚躺在一張老榻上的……，今夜我要吻你，吻你秀美的脖子及腳趾。」

激情焚燒著兩個可憐的戀人，他們竟在網上的聊天室做起愛來。虛幻的性愛被想像的翅膀搧成了熊熊烈火，程大叫著癱在了電腦跟前。

自從有了性愛的體驗（雖然只是虛幻世界中的），兩人的關係便向夫妻方向發展，從此程便稱青花瓷女子為老婆，青花瓷女子也稱程為老公。兩人的情書這會兒又從浪漫優美的抒情轉化成了日常生活的戲謔與打趣，程給青花瓷女子取了愛稱叫張小妹，青花瓷女子也給程取了愛稱叫王富貴。兩人在網上聊尚嫌不夠，又輔之以手機短信。

「富貴，起床了。」程每天睜開眼便會收到青花瓷女子的短信。有時「王富貴」也變成了「王大爹」或「老王八蛋」。

「老王八蛋，起床了。」青花瓷女子的短信幾乎成了程的鬧鈴。他們無時無地不在相互問候、玩鬧與戲謔。

「王富貴，在幹嘛？」

「張小妹，你聽我講，現在我在搶銀行。」

「搶了銀行做什麼？」

「搶了銀行去成都，給你買塊棒棒糖。」

……

短信帶給他們輕鬆與歡樂，程進一步發現自己居然還很幽默。當了多年一把手的程，從來都正襟危坐，這回卻在愛情中被通俗化了，青花瓷女子竟戲稱他為成都街娃。

有一次，青花瓷女子帶了劇組去青藏高原拍戲，兩人在短信中起了衝突，青花瓷女子撒嬌不理程，程就發短信：

「張小妹，我好發慌，搶了銀行又怎樣？白天看見警察躲，晚上還得睡空床。」

「哈哈哈哈哈，老王八蛋，不睡空床你想怎樣？」

「想搞你呀！」

「壞蛋寶貝，缺氧怎麼搞呀？」

「不妨問問當地的藏民，有些事情是一定要請教專家的。」

「哈哈哈哈哈哈，打死壞蛋寶貝！好，我問好了告訴你。」

「搞呀搞呀搞呀搞，搞了一個張小妹，摸摸手，親親嘴，搞的就是張小妹。」

……

程在網路世界裡肆無忌憚，天真之心暴露無遺，他簡直成了一個網路寫手，將許多流行歌詞都換成了挑逗與情話。有一次青花瓷女子問：「富貴，你說我們是不是一天比一天地更像夫妻了？」「要真是這樣，那可真是天作之合呀。」程無比幸福地回答。

妙第一次與程相遇且有了令人尷尬的青澀之舉之後，便常想著程。她從程的慌亂中看出程一定會再來的；果然程便在一個週末的早晨急切而狼狽地來了。

自從新婚之夜被將軍的女兒壓在了身下，程對性生活其實是有些許抗拒的。妙為他打開了一扇窗，窗外的風景撲面而來。他從沒想過性愛的景象會如此美妙，他在妙溫軟的舌頭及迷藥般的呻吟聲中不斷地從山谷衝向山頂，又從雲端飄向大海。他們從早到晚，不斷地在床上、椅子上、陽臺上、浴缸裡、坐便器上尋找新的變化與刺激。當妙含著紅酒，用靈動的舌頭一寸一寸親吻他的肌膚時，他發出的聲音時而撕心裂肺時而豪氣干雲。他覺得之前真是白活了，妙也是，她的身體彷彿第一次真正對一個男人打開，且在打開身體的同時也打開了心靈。一直用身體搞男人的妙，似乎忘記了乾姐姐的提醒，她對程不僅動了心也用了心，且因了這動心和用心而感受到幸福。她彷彿掉進了一個夢裡，且一天比一天依賴這個夢而不願意醒來……

妙和程就這樣發了幾個月的癲。妙將自己放進肉體的夢幻世界，心也隨之飄了出去。她每天都盼著程來，程不來她便會衝動著想給程打電話。可她有給程打電話的資格嗎？當然沒有。程雖然從未談及自己的工作，但妙知道他一定不是什麼凡夫俗子，他的身份與權勢一定超出了她的想像；他顯然已經結婚生子。妙每每想到這些，便會自嘲自己連打電話的資格都沒有，竟然也敢動心。她知道她的夢早晚都會結束，無論程出手多麼闊綽，也無論他們在一起多麼心醉神迷、地動山搖，她都必須了結。她的身體可以為一個男人完全打開，心卻犯不著飄出去傷痕累累。程雖然不捨，卻也知道好花不常開、好夢不常在的道理，便叫人給妙買了一套小公寓，以為一段戀情的紀念。臨別之夜他們靜靜地躺在床上，無比珍惜地輕撫著對方，既沒有說話也沒有再做愛。他們似乎都想留下點空白，以為日後的回憶。第二天早晨，程無比疼愛地抱住妙，輕輕地說：「親愛的，女人可以辛苦，卻不可以太滄桑。」妙一下子就哭了，她當然知道這句話的含義，也體會到了程的心疼與憐愛。

城裡的電線桿依然貼滿了誠徵俊男和治療尖銳濕疣的廣告，也雜夾著一串串銷售學歷、證件、發票與處女膜的電話號碼。中國從未像現在這樣出現過如此繁茂的女人的風景，女權主義在高空中發出尖厲的聲音；職場女性妖嬈的花朵在鋼筋水泥上大朵大朵地盛開，富豪榜上每年都在演繹女老闆的傳奇，八卦新聞又平添了她們包養男明星的傳說。男人在闖蕩，女人在飄泊；男人步入歡場，女人亦步亦趨。男人因闖蕩而複雜，因複雜而孤獨，因孤獨而流淚；女人因飄泊而滄桑，因滄桑而衰老，因衰老而絕望。男人在補腎，女人在駐顏。程的一位朋友和女友分手，女方索要青春補償費，經多次溝通、協商無效後，那位朋友只好發狠說：「有沒有搞錯？自古以來，鴨子都比雞貴！」

妙離開程之後，回到了之前的俱樂部，但她很快就發現自己再也不能接客了。「親愛的，女人可以辛苦，卻不可以太滄桑。」一程分手時說的這句話廢了她的武功，她決定終止她流光溢彩的職業生涯，徹底換一個人，換一種活法。此後無論走到哪裡，程的話都會在她耳邊響起，提醒她，也激勵她。她帶著這句話去參加各類培訓、考取各種證書，也帶著這句話去大大小小的寫字樓面試。在寫字樓，她完全是一個異類，她的髮型、打扮、聲音與氣質都彷彿來自另一個世界。她深諳男人與女人之間的祕密，但進入職場卻得從頭學起。很快她便發現職場的首要訣竅乃是說謊。她首先需要一份簡歷，規範、標準、不露任何編造的痕跡；同時需要一張文憑、若干證書和一份看起來沉甸甸的業績報告。最後她還需要掌握若干行話與術語。這些她都努力去做了，但還不夠，她還得修正自己的出身。殊不知身體是有記憶的，她不能像橡皮擦一樣擦去身上的印痕，便自好改頭換面，今天說自己是將軍的女兒，明天則把自己包裝成家族企業的股東。這些她也都違心做了，每到一家公司她都要重做一套文件、新編一個故事；她希望自己進入主流社會去，從根本上免去滄桑之苦。但她很快就發現滄桑無所不在，寫字樓裡的白領們也難脫其咎。所謂的主流社會其實更為動盪、飄泊。最令人難受的還是說謊，謊言一旦開始，便只好循環著不斷說下去。她意識到說謊已構成對她的傷害，她成天都得戴著面具去鬥智鬥勇；對於這個世界，她可以不動心也可以不用心，但她犯得著這麼累，以至於天天說謊嗎？

不，不可以天天說謊，更不可以自欺。所以白領一族的知性美女她做不了，將軍的女兒或家族企業的股東做起來就更違心。她天生不是主流社會的寵兒，便只好回到自己的天性中去做一個真實而自在的人。喪失了武功的妙，在繞了一大圈後實在找不到更好的出路，便開了這間茶館，以休養生息。

自從互稱老公老婆，且如青花瓷女子所言越來越有夫妻感之後，程甚至想像過與青花瓷女子結婚。青花瓷女子既風情萬種又善解人意，他們在一起既可以探討人生，又可以浪漫抒情，打趣逗悶，過一種既簡單又豐富、既智慧又世俗化的美好生活。一直在領導崗位且與將軍的女兒過了三十多年嚴肅緊張的夫妻生活的程，是因了青花瓷女子才有了抒情的才能和玩鬧的天性的。相形之下，將軍的女兒把他緊壓成了一塊可以充飢的壓縮餅乾，青花瓷女子卻將他變成了一道閒適的茶點。他都快退休了，不必再充飢了。但越是沉湎於對青花瓷女子的遐想之中，他便越是害怕，他認為自己真是瘋了。恰恰青花瓷女子也動了同樣的心思，竟然要求與程見面。

「我們不能再虛幻下去了，我要和你見面，我要真實的你。」

「讓我們返回人間，回到現實生活中去。」

見面！這個詞一下子變得如此詭異。程無數次想像過與青花瓷女子過真實的夫妻生活，卻從未想過與青花瓷女子見面。他們是網路中人，全部的情感與關係都只在虛幻世界。正如某些電影，早已開宗明義地表明：「本片純屬虛構，請勿對號入座。」現在青花瓷女子竟要見面，這不是要對號入座嗎？這面該如何見？他檔案上的年齡是四十八歲，照片是十年前的，見了面豈不是要穿幫了？這也罷了，關鍵是冷靜地見還是熱烈地見？冷靜地見則全沒了虛幻世界的幸福與美感，熱烈地見則一定會禍亂天下。第一個問題便是見了面要不要做愛？若按照網路邏輯，這愛不僅要做而且要瘋狂地做；若按現實原則，則在程的心裡，青花瓷女子與他搞過的女人全都不同，她是愛情的化身而不是消費的對象。依據多年的經驗，做了愛所謂的愛情便一定會很快消失，他對青花瓷女子的想像一定會戛然而止。所以他得出結論，作為愛情化身的青花瓷女子是絕對不能搞的，既然不能搞就不能見面。當網路遭遇現實，程所尋找的所謂長期關係便變得含糊、曖昧和脆弱了。他看透了事情的本質，便給青花瓷女子寫了一封長信，陳述了不見面的理由；青花瓷女子也回了信，表明了見面的決心。兩人又往來了若干封信，一個堅決要見，一個堅決不見，實在也有些累了。最後程在信中回憶了他上網並與青花瓷女子遭遇愛情的過程，他寫道：「我自始至終都是只要過程不要結果的，愛情永遠只能是過程，所以只能在虛幻中建立。」這次青花瓷女子的回信只有一個字，大大地寫著：「豬！」

程的愛情生活就這樣結束了，青花瓷女子在罵了他一聲「豬」之後便徹底消失了。程種植過卻依然沒有得到他想要的家園。他安慰自己說，他畢竟談過戀愛了。

再來看看程退休後的生活。兒子在美國念完碩士，也娶妻生子，在矽谷的山腳下定了居。退了休的程再也沒有人圍著他，生拉硬拽地為他買單了，大家只把他當做一個前輩，不願再打擾他的清靜。將軍的女兒也已早他兩年退了下來，她已過了煩躁不安的更年期，快快樂樂地在家裡做一名退休老太太。她還保持年輕時的習慣，比如打靶和學文件。她在局長的職務上退了休，也算是老幹部了，便依然保持一個局級幹部的威儀。沒想到的是退休後她竟會如此喜歡做菜。她買了各種菜譜，成了美食節目的忠實觀眾。她煲湯，學會了製作麵點，還考取了中級營養師證書。她隱隱覺得自己這一生是太要強了，沒有盡到一個家庭主婦的責任。她在任時雷厲風行，潑辣幹練，是個好領導，現在卻認為不會做菜的女人是不完整的。她癡迷於做菜正如程癡迷於上網，都是為了尋找補償，這補償或者是一種情感歸依，或者是要找尋失落的東西。但程對將軍的女兒的變化毫無覺察，正如將軍的女兒對程癡迷於上網毫無覺察一樣。他們早已習慣各自獨立生活，彼此之間既互不干涉也互不搭界。如今上網成了程的隱私，做菜則成了將軍的女兒的隱私。他們尊重對方，明白私權神聖不可侵犯。但他們心裡明白，癡迷於做飯是將軍的女兒為了讓自己成為一個更好的女人，癡迷於上網則是程為了讓自己成為一個更好的男人。他們各自在為完善自己的人生而努力。

有一天程說要在家裡吃飯，將軍的女兒心想，糟了，平常何等豐富，程不在家吃，今天只有三條鯽魚，連薑蔥蒜都沒有，他卻要在家裡吃了，便說要去趟自由市場。可程說來不及了，還要出門，湊合著做點吧。將軍的女兒只好湊合著放了少許鹽便將鯽魚燉了。沒想到程吃了，竟呆呆地盯著將軍的女兒看了好幾分鐘。

「這魚是你做的？」

「是呀，有什麼不對嗎？來不及了，連薑蔥都沒有，肯定很腥吧。」

「就是這個味，幾十年了，做夢都想，可就是吃不著。小時候在河裡撈了魚，就是這樣用河水清燉，什麼也不放，只放一點鹽。呵，好幾十年了，可真鮮哪！」

將軍的女兒愕然，她們結婚以來，程第一次像個孩子，天真得幾近於無邪。

此後程不到萬不得已便絕不去外面吃飯。他這才發現將軍的女兒竟有如此廚藝，性子又如此和順。為了能喝上上等的鯽魚湯，程週末便常去郊外的野地裡捉魚，將軍的女兒也陪了去。兩人這才發現，原來兩人還可以如此輕鬆地相處。

妙怎麼也沒想到，這麼些年過去了，她竟會在自己的茶館遇到程！程剛剛經歷了與青花瓷女子的網戀，他吃驚地看著這個為他打開情色之窗的女人，對她的經歷感慨萬分。不久程便退了下來，退休後的程常去妙的茶館喝茶，兩人有什麼心事也常跟彼此絮叨，但兩個老友皆已洞悉情緣，見了面也只是喝杯清茶，絮叨絮叨，說說閒話而已。

生活平實而又有規律，妙平靜地開她的茶館，將軍的女兒退休後既保持了打靶和學文件的愛好，又添了做菜的樂趣。通常將軍的女兒去打靶時，程便去妙的茶館喝茶；將軍的女兒學文件時，程便在書房上網。但兩人每到週末便一同去郊外的池塘裡捉魚，卻是雷打不動的。有一天，將軍的女兒好奇地問程：

「上網好玩嗎？」

「好玩，要不你也試試？」程答道。

「才不呢，有時間不如做點好吃的。」

日子就這樣一天接一天地過去了。程發覺自己在經歷了種種奇異的生活之後，所需也只是平淡而已。

13 一個時代的終結

很多中國人都曾說過，某年他曾在一夜之間賺了多少錢，又在一夜之間賠光了。「擊鼓傳花」的遊戲好就好在人人都可以參與，而無須太多技能與條件。有段時間，中國曾將生意變成了運動，類似於廣播體操那樣的全民健身運動。「擊鼓傳花」就是其中最喜聞樂見的運動專案之一。鼓一停，花必落在某人手裡，這人便該倒楣就倒楣。遊戲是愉悅的，也是殘忍的，越簡單的遊戲就越殘忍。

傑後來常常想，如果他還在搞那個機修廠又當如何？但他不服氣。老天爺便說，你不服氣？那好，就讓你認識認識范吧。傑認識了范，當上了計程車公司的總經理。他的事業漸入佳境，他在計程車公司總經理的位置上幹得何其好，他的才能適得其所，別人解決不了的難題在他卻易於反掌。但是一旦他幹得何其好時，他便假設還可以幹更大的事。老天爺便說，那好，你就去做董事局執行主席吧。董事局執行主席他也幹得不錯，他的威信甚至還超過了范。於是他又不服氣，又開始假設，老天爺便說，好吧，你就做董事局主席吧。

可憐的傑，不知道他一不服氣、一開始假設，老天爺也就跟著假設，他就成了一個假設中的人了。

傑為何會有這麼多的不服氣？他的不服氣到底始於何時？表面上看是始於他十七歲進監獄。他十七歲就進了監獄，一些比他差的人卻坐在教室裡，假模假式地準備高考。他的好兄弟，常和他一起蒙著被子喊「衝！衝！衝！」的王家瑜就考上了大學，憑什麼他就進了監獄？

實際上傑的「不服氣」始於他的「不安全感」，他的「不安全感」則始於母親第一次改嫁。傑的母親何其美豔，可為何總是不斷改嫁？母親的美豔和不斷改嫁，使傑從小就沉陷在不安全感之中。「不服氣」是「不安全感」的孿生子，正如蛇一定與蛙伴生。他將他的「不安全感」藏在心裡，戴著「不服氣」的桀驁面具行走於世，但「不服氣」一不小心就會轉化成「膽大妄為」。桀驁不馴的傑在學校是明星，在校外是「頭」。當計程車公司總經理的時候，他已經將當「頭」的才幹發揮得淋漓盡致，他是一個好「頭」。但當董事局主席與當「頭」完全不同，他對這個不同一無所知。他一而再、再而三地不服氣，老天爺便讓他不斷地幹傻事，老天爺喜歡在暗處跟人開玩笑，人卻當了真。

傑第一次將「不服氣」轉化成「膽大妄為」就幹了一件蠢事——搞了自己的繼妹，他得到的報應是十二年的徒刑。他本該謹慎做人了，但出了獄，偏偏又到了H這座沒有歷史的城市。沒有歷史便沒有記憶，沒有記憶便沒有包袱，沒有包袱便容易膽大妄為。H亞熱帶的潮濕氣候能夠讓植物瘋長，傑的「不服氣」和「膽大妄為」也瘋長起來。

傑第二次將他的「不服氣」轉化成「膽大妄為」是和范談分工，結果，他意氣風發地分管了南方市場，接著就認識了沈，緊接著就讓三千萬打了水漂。

那三千萬卻讓他從董事局執行主席變成了主席，從此他便開始如坐針氈。之後范便在他認為最恰當的時候走得無影無蹤了。范走的時候，順便將那七個裝錢的籠子留給了傑，當然籠子裡裝的不再是錢而是一大堆麻煩，傑便以法人代表和董事局主席的身份入了獄。

傑在出租車公司總經理的位置上本來做得好好的，范卻要編裝錢的籠子，籠子編好了，他記得傑的功勞，讓傑做了董事局執行主席。傑在做執行主席時達到了事業的高峰，他很感謝范的知遇之感。他最不該做的一件事是和范談分工，結果很快就讓三千萬打了水漂。這三千萬成了他的心結；但范何其大度！不僅沒有追究，還讓他從執行主席變成了主席。殊不知「不追究」成了范戴在傑頭上的緊箍咒，范其實是隨時隨地都可以在他認為必要的時候追究追究的。

傑當了一年多的董事局主席，總想解開那三千萬的心結，他想證明自己是有能力的，他不能老背著三千萬的十字架當董事局主席。他這樣想著，機會就來了。范說籠子編好了，籠子裡的錢也翻了幾倍了，得在恰當的時候將籠子賣了。上市公司的殼資源是稀缺的，傑希望范成全他，由他來賣這些殼，這便有了我與范的見面。

接到傑的電話時我很驚訝，我想不到他和范在一起，還是范的搭檔和董事局主席。范在圈子裡有鬼才之譽，一個來自東北的個體戶，初中都沒有畢業，竟控制了四家上市公司，也的確是匪夷所思。不少人認為范是將股份制嚼得最爛的一個人，他得其精華，吃飽喝足後便準備離席了。我聽說過他的「籠子理論」，知道他在大搞「知識流氓化，流氓知識化」，但我們從未有過任何交集。范或許也聽說過我，至少他知道我在到處收購上市公司。因此當傑和他談起我並知道我們有同窗之誼時，他謙虛地說：「那好，我們就向人家學習學習。」

傑用了大約兩個月的時間才促成了我與范見面，見面地點選在了H。我照舊陣容強大，隨行的有併購專家、律師、會計師、投資銀行家。傑問范是否也安排幾個博士對等會談？范笑了笑說：「又不是開會，談買賣嘛，人多怎麼談？」便只讓一個助理跟著。程當時正在H度假，范請了他，身份卻是朋友及私人顧問。

會談一開始，我們便正式發出收購要約，內容涉及到公司背景、理念、願景、價值觀，也包括收購的基本思路、操作方法、步驟安排，以及盡職調查的時間與範圍，交易對價，審計及法律監管等等。傑也介紹了公司的基本情況，最後范說：「很久不開會，一開就學到了不少東西。早聽說王總是民營企業的思想家，我讀書少，需要好好消化消化。消化王總的思想不能急，所以我們先吃飯，吃飽了飯再看看夜景。」

顯然會開得並無實效，可到了餐桌上，大家說著笑話，嘻嘻哈哈倒也滿開心的。范講的笑話叫「不理你」：說一個潑皮在街上遇見一位書香門第的小姐，忍不住上前調戲。小姐說不理你，便進了一條巷子；潑皮跟上去，小姐又說不理你，便進了家門；小姐進了家門，潑皮跟著進去，小姐又說不理你；潑皮抱住小姐，小姐掙脫了，進了裡屋；潑皮跟進裡屋，又將小姐抱住，小姐照舊說不理你；潑皮便將小姐的衣服脫了，將小姐壓在了身下，小姐依然說不理你；潑皮親小姐的嘴，將那玩意兒插入了小姐的身體，小姐還說不理你；潑皮越抽越急，小姐便連聲大叫：「不理你！不理你！偏就不理你！」潑皮抽完，提上褲子走了，小姐還在床上有氣無力地說：「不理你……不理你……就是不理你……」

傑也講了一個笑話，叫「人小人志氣大」：說一頭大象全身被繩子捆住，掙脫不得。牠求老鼠幫忙，說：「鼠兄啊，救救我吧，幫我咬斷繩子，我會報答你的。」老鼠說：「行呵，沒問題，可你得答應我一個條件。」大象說：「什麼條件？你說吧。」老鼠便說：「我救了你，你得和我做愛。」

笑話含著意味，大家在笑話中都很開心。我們的併購專家問：「聽說范老闆招了不少博士，范老闆也有一句名言，叫『知識流氓化，流氓知識化』，我特別好奇，不知這些博士現在幹得怎麼樣了？」

范說：「世上有三種人，一種人拿過一隻錶，一眼就看出了錶的問題，可他不會修，就把錶給了另一個人；另一種人不僅看出錶有問題而且很快就將錶修好了；第三種人拿過一隻錶，看出錶有問題，便把錶廠買下來去生產另外一種錶去了。這第一種人便是博士，第二種人是企業家，第三種人便是您和王總這樣的，據說叫投資銀行家。」

併購專家便問：「那范老闆呢？」

「我嘛，我看出錶有問題便倒鬧鐘去了，我叫做投機倒把分子。」

眾人聽了便哈哈大笑，說這頓飯吃得太開心了，范老闆坦誠風趣，是有大智慧的人。

隨後我和范單獨見了個面，聊了聊天，但都沒有涉及交易。程跟傑說：「雞和鴨怎麼交易？」他還將我們做了一番比較，說我做生意就像在指揮一支樂團，總是認真排練，希望每支曲子都成為作品；范呢，才不管你演奏的是什麼，他只在外面倒門票。結果倒門票的可能比指揮樂團的掙得還要多。

這次也算是和傑見了面了，我問到他的情況，他便給我講了他與范的合作。我沉吟著，沒有說什麼。但臨行前還是找了他，告訴他董事局主席不能當，法人代表更不能做。

傑是從范的一個電話中聞到某種危險的氣味的。「你到長春來一趟吧。」范像一個柔弱的病人，聲音孤苦、無力，冷冷飄來一縷絕望。

傑到了長春，偌大的房間燈光幽暗，照著一個影子，便是縮在沙發上的范。傑見范似睡非睡的樣子，便找了條毛毯給他蓋上。范卻睜開眼睛，無力地站起來，一本厚厚的書隨之掉到了地上。傑撿起書，竟是一部養生學辭典，那情形讓傑覺得范突然老了十歲。

兩人坐下來，傑問范有什麼要緊事。范沉默了一會兒，才吐出幾個字，說小紅跑了，捲走了兩千萬。傑愣了一下，便問是怎麼回事。范說了說情況，便說這件事不能再對任何人說，更不能讓外面聞到一點味兒。包括警方、新聞單位、監管部門、合作夥伴，對內則只說紅出國去了。

傑認為應該立即報案，范擺了擺手說：「動靜太大了，一報案，新聞單位和監管部門便會介入，股市本來就不好，會崩盤的。」又說：「要你來，主要是商量如何加強內部控制。既然不能走漏風聲，公司當然就不准議論、不准猜測，更不准造謠滋事。但各公司的財務要加強控制，絕不能再出現第二個小紅。」

兩人便商量了若干控制措施，其中一條是各個公司財務對調。有了措施，傑便立即飛往各地，逐一落實。他一走，長春便傳來消息，說范病倒了。傑深感重擔在身，但也想，他終於有機會可以報范的恩，也可以了卻那三千萬的心結了。

殊不知，過了半個月，警察卻到了傑的辦公室，一雙鋥亮的手銬便將他帶走了。

大約過了半年，傑才在沒完沒了的審問中弄清事情的真相。原來范和紅才是攜款潛逃。范找傑去長春，不過是用了障眼法。有人說范和紅去了美國，也有人說去了加拿大，還有人說去了南太平洋一個不知名的島國。公安部發出通緝令，范和紅帶走的鉅款據說高達五億之巨。他們走了，卻將無窮的麻煩、糾紛和罪行留給了傑。傑在弄清真相後，發了小半天呆，大叫一聲，便瘋掉了。

獄方輾轉找到傑的母親，老母親千里迢迢來到精神病院，用改了四次嫁的滿目滄桑靜靜地給兒子洗了一個頭。她淡淡地問：「我兒子有錢的時候，怎麼就沒娶個女人呢？」但這個問題，無論獄警還是護士，都沒法回答。

我不禁想起中學時的一件舊事，這事傑一定早就忘了。

我剛從鄉下到城裡時，因為基礎差，說話又有口音，經常在課堂上引起哄堂大笑。有次上物理課，老師讓我回答問題。我站起來，低著頭，好半天才結結巴巴地回答了幾句，卻不知自己說了些什麼，是對了還是錯了。但我聽得真切，這回全班沒有一個人笑，除了我的同桌——我敬愛的物理老師的寶貝兒子。我聽見笑聲「嘎、嘎、嘎」地響起，彷彿拍著我的臉在左右抽打。我的頭髮蹭地一下就豎了起來，順手操起一支鋼筆便狠狠地扎在他的光頭上。同桌殺豬般尖叫了一聲，血湧了出來，物理老師從講臺上衝了下來，一記耳光便把我抽倒在地。事後物理老師還不依不饒，非要學校給我處分，是傑回去給他當地委副書記的繼父講，副書記給學校打了電話，我才得以倖免。

我重提此事，也不知要表達什麼。我和傑有緣成為兄弟，他是我城市生活的領路人。他瀟灑、幹練、義氣深重，我從他那裡學習了城市生活的基本規則，也從他那裡懂得了如何洞察勢利之心。多年以後，我們有了不同的人生，但他早在二十年前便懂得如何利用權勢、喜歡主持公道、同情並樂意幫助弱者。

客觀地講，傑本是一個根基膚淺的人。他從小就跟他媽改嫁，總是從一個家搬到另一個家。我有時想如果他媽沒有改嫁，如果傑沒有那次和他繼妹的衝動，如果他沒有認識范，或者認識了卻本分一點，別那麼不服氣，或者他少一點江湖義氣，膽子也再小一點，那麼他的命運又該如何呢？我固然無法做出判斷，但我禁不住問這人真就瘋掉了嗎？

我們公司的崩盤與傑的入獄幾乎是前後腳，但持續的時間卻更久一些。就像一道長堤，多年被蟲蟻侵蝕，空有其形，最後在一場連續不斷的暴雨中給沖毀了。

新東方衛視關閉不久，公司便連續發生了幾起「擠兌」事件。最早的「擠兌」是零星的，隔三差五的。擠兌者也只是到我們的營業部去要求兌現他們的本金和收益。營業部的人將此事報告上來，我甚至完全沒有當回事。我對負責此事人說：「導致投訴和處理投訴的根本是態度，而不是投訴本身。」我又說：「群眾是什麼？就是跟著別人走的人。教育和引導群眾的辦法有很多，一是拖，二是哄，三是打。」我舉了若干歷史事件來說明群眾有多善良，又有多通情達理。公司貫徹了我的精神，在客戶服務上真抓實幹，果然收到了實效。但不到一年，「擠兌」的人卻多了起來，一撥接一撥，不僅到營業部去，還到公司總部去圍堵。拖和哄都不起作用了，擠兌者將公司圍得水泄不通，還打出了橫幅，最後連我住的社區也被裡三層外三層地圍住了。我連夜召開會議，要求各地分支機構緊急調動寸頭，才解了燃眉之急。我一向信奉英雄創造歷史，這回卻知道了，當群眾的利益受到損害時，也真是不好處理的。

導致這一系列擠兌事件的是香港一位經濟學家寫的一篇文章。這位仁兄向來有「中小投資者代表」及「股市良心」之譽，他在文章中列舉了我們近三年的財務資料，分析了我們三年來的主要投資，便義正詞嚴地說：「他們的資金來源主要是所謂的『投資理財』，他們為此承擔的平均年息高達20％。在這樣的資金成本下，項目的回報率必須不低於250％。試問，世界上有這麼高的回報率嗎？更何況他們的項目無一不是長線投資。」接著便將我的「產業整合」描述成「對國有企業的侵吞」，甚至呼籲有關當局立即進行審計與調查。這篇文章引起了軒然大波，不少學者都跟著發表了類似觀點。

幾年來我們策馬揚鞭，不斷收購國有企業，資金來源也不過公司利潤、銀行貸款、讓旗下的上市公司增發新股、委託理財幾種。但投資就有風險，資金又總是有限。投資的風險防不勝防，資金的閘門卻並不完全掌握在我們自己的手裡。這淺顯的道理我不是不懂，但是我忘了。我為何會忘了呢？因為我迷戀自己的設計，相信自己的能力；我的英雄情結與擴張欲望讓我收不了手。設計是一種假設，我卻總當了真；能力要靠時勢與條件，我卻認為人定勝天。瞧，我已經推出過好幾種金融產品了，每推出一種都被人們瘋狂搶購，我們在市場上已經有了號召力。我尤其迷戀併購活動——哦，併購，讓姓張的變成姓李的，滅族滅種，改變血統，優選姓氏，何其好也！併購已經是我的嗎啡，我的冰毒，是我的幻覺與高科技，也是我最隱祕的自慰工具。我的高潮正從遠處湧來，我馬上就可以聽見那令人迷醉的轟鳴聲了，又怎麼可能停下來呢？何況我們所併購的企業，每一家都表現出強大的盈利能力。我進得城去，登上城頭，看紅旗獵獵，正迎風招展……。瞧，我已經建立了一個公司體系，即便兩三家出問題，也不過壯士斷腕，大不了流點血，有點痛。我相信我們的團隊，這個團隊有過太多的成功，這次也一定會刮骨療傷——「呀，呀，呀，我正在城頭看風景，忽然聽見馬蹄疾，卻原來都是司馬發來的兵。」[1]

一撥接一撥的擠兌事件之後，我不可避免地成了媒體的「焦點人物」，時不時就有媒體稱：「王家瑜已捲款潛逃」或「已被有關當局實施監視，徹底喪失了行動自由」。彷彿我不逃便不合常理。屋漏偏逢連夜雨，擠兌事件不久，公司的股票又開始下跌，我不得不設立一個叫「緊急資金調度小組」的臨時機構，開始每天都和可怕的頭寸打交道，好幾個月都只在籌錢護盤了。但熊市盤桓不去，不久監管部門便正式立案調查了。

宏在休病假前，曾對我發出過警告，他斷言：「一旦出現大規模『擠兌』，銀行必將終止對公司的貸款，並將如一群餓狼一樣圍過來，要求馬上清償此前的貸款。上市公司增發新股的

---

1 出自京劇《空城計》，諸葛亮唱詞。

計畫亦將被迫停止，公司的股票將可能連續暴跌，甚至可能被監管機構強行停牌，政府有形的手必將介入，委託理財業務將可能一下子就變成另一個詞，叫『非法集資』。集團所轄的三百多家公司，將像多米諾骨牌一樣在一夜之間垮掉。」

他提醒我，銀行、客戶、股民，甚至最核心的團隊成員在這樣的關頭都一定是「端起碗來吃肉，放下筷子罵娘」的。

宏的警告太冷，除引起我的不快，並沒有起到真正的警示作用，或者我已經諱醫忌藥，聽不見任何逆耳的聲音了。我要找到其他方法，既可以掩飾自己的恐懼又可以轉移自己的錯誤。但是當宏遇害的消息傳來時，我禁不住渾身發抖。我想起宏的警告，才發覺自己已耗盡心力，走到盡頭了。

宏的死在社會上激起了廣泛的義憤，也引起了輿論對仇富心理的討伐。人們突然意識到仇富已經到了可以直接殺人的地步了。宏就就是被人活活殺死的，發現他的屍體時，他的臉已經全花了。警察在他血肉模糊的身上找到一張名片，費了半天勁才認出死者是宏。法醫的驗屍報告寫道：「死者身上共有四十八道刀傷，其中頭顱開裂，為鈍器所擊。」

究竟何人會對宏如此仇恨又如此殘忍？公安局不出三天便破了案，兇手竟是舟山人，是宏的同宗兄弟；宏被害的原因與過程很快也查清楚了。

幾個月前這位同宗來到上海，找到梅，說他父親當生產隊隊長時，對宏一家有過恩惠，現在他父親病了，急需一筆錢住院。梅二話沒說，便給了他一筆錢。第二天同宗又來了，說他父親要做大手術，錢還是不夠，梅便再次給了他錢。此後同宗便隔三差五地來。梅往老家去了電話，方知同宗的父親早在半年前就去世了。梅將情況告訴宏，宏說這是最後一次了，以後不能再給。但同宗還是隔三差五地來，宏便找同宗談話，希望他能自食其力。同宗聽了宏的話，便生了恨意；他心想，若在從前，你那撿破爛的母親到我家裡去哪回不是畏畏縮縮、低聲下氣？現在倒輪到你來教訓老子了！

宏與同宗談完話，便要梅不再讓同宗進家門；同宗恨上加恨，遂對宏生了殺意。

自從在新東方衛視的投資上與我產生衝突，宏便開始深度失眠。他躺在床上，睜著焦慮的眼睛，看著我的馬車飛奔而去。他大聲喊：「王家瑜！」但沒有用，他的喊叫既沒有聲音，我的馬車也停不下來。我像一個被上天寵壞了的孩子，已經完全聽不進勸告。這麼些年，我已經習慣人們的讚美，周圍的人也已經習慣對我唯命是從，即便非要表達意見，也總是先說：「王總的思想已經很全面了，為了更好地執行王總的思想，我補充幾點建議，其中最重要的一條便是王總一定要保重好自己的身體。」記得有一次，公司開年會，忙裡偷閒之時，我領著大家去河裡打魚。大家截住一段河流，一群人光著膀子下水趕魚，待魚跳出水面，便用木棍將魚擊昏。大家興致盎然，在水裡狂呼猛叫，全沒了辦公室裡的等級觀念。其間我一時便急，鑽進了一片樹林，大家竟一下子安靜下來，呆呆地站在水裡，不知如何進行下去。我便邊大便邊在樹林裡指揮——「老張，往東趕！」「老李，往西趕！」等走出樹林，河面已經漂滿了一條條擊昏的魚，大家見了我，便歡呼著將我舉起來拋向半空之中。這個例子曾被四處傳播，宏冷眼旁觀，最早發覺我的所謂「領袖魅力」對公司發展的危害，從中也發覺了我性格中暴戾、偏執的一面及我的自毀性人格。我總是忽視常識，常識行不通的我偏要較著勁去做；現實條件不具備的，我就往幻想世界裡安排。宏在一個白夜又一個白夜中失眠，他不知道最後是一個瘋子跑得更遠呢還是一個失眠者挨得更久？長期的失眠與憂慮使他的身體像一臺過度勞損的機器，哪兒哪都在亮紅燈了。下海二十餘年他從未有過哪怕一天完整的休息；現在公司千瘡百孔，他與我的分歧又越來越大，生命的元氣便彷彿耗去了十之八九。他休了病假，與外界終止了聯繫，但每天晚飯後，都會去附近的山上打太極拳，以為休養生息。

其間他給我來過幾次電話，建議我讓幾家問題嚴重的公司破產，以止住動脈血管的大流血；同時立即停止一切投資活動；停止任何與代客理財相關的業務；另外要成立專門班子，加強與銀行、客戶及監管機構的溝通。

這些建議我都逐一採納了，唯獨代客理財一項我反而加大了力度。宏嘆了一口氣，深知我在飲鴆止渴。他理解我的難處，銀行已全面停止對公司貸款，幾家上市公司增發新股的計畫又沒有得到批准；公司的利潤甚至還不夠支付銀行的利息，新項目又全都在嗷嗷待哺，若再停止代客理財，現金流就會立即中斷。明知是在吃砒霜，但若砒霜可入藥，也只好吃下去。宏心疼我的處境，決定回到公司，與我共渡時艱。

接到宏的電話，我心裡十分高興。我深知宏頭腦冷靜、處事果斷、溝通能力和財務能力更是我不能及。若宏回來，我們聯手，或可讓公司渡過危機。沒想到宏竟在當晚遇害了。那天吃了晚飯，宏照舊去山上打太極拳，打完拳，便下山回家，卻在半山上被擊倒在地，他都沒有來得及嘆一口氣，便走了。

我悲痛萬分，下令放假一天，所有公司降半旗為宏默哀。紅色的司旗在半空中耷拉著，連哭都哭不出來。數日來，所有的報紙都在報導與宏相關的新聞。

宏就這樣走了，走得驚悚人心，也走得驚天動地。

我不斷夢見他，一身的血，很無力地望著我。我抱著他，拚命地擦，那血竟是白的，彷彿不是一身的血而是一身的淚。我不信宏哭過，可那一身的淚又從何而來？他託給我的夢意味著什麼？他有什麼話要說嗎？

宏或許是老天此生賜給我的最重要的禮物，我因他而下海，共事這麼多年，受他幫助甚多。他謀事周全、行事嚴謹，比我更懂得謙恭與節制。他擁有如此均衡的智慧，我得之容易，卻不懂得珍惜。除去生意，他更讓我明白行動重於思想，審慎勝於激進。這樸素的道理如果我能牢記在心，我們的事業肯定會更穩健。

處理完宏的喪事，我便去了北京，向監管機構遞交了有關公司問題的陳述報告及解決方案。辦完事，站在監管機構莊嚴的辦公樓前，我不禁感慨萬分——我居然兩年多沒來過北京了！這麼多年，我一直堅持做一家在精神和意志上獨立的公司，我甚至有意迴避在國家機關的工作經歷，杜絕任何人產生公司與權勢相關聯的聯想。我的獨立精神與自由意志到頭來卻只剩下一片空寂。我形單影隻，到了一家俱樂部，想洗去數年來的疲憊與風塵，卻在浴池裡號啕大哭起來。

與擠兌相對比的是，一些地方政府的行政首長來到北京，要求監管機構給我一次機會。他們列舉資料，證明這麼些年我們解決了多少就業，上繳了多少稅，做過多少公益事業，如若公司倒閉，又將使多少股民瀕臨破產。監管機構也列舉數字，證明我們有多少違規貸款，違規發行了多少金融產品，在股市上有多少違規行為。他們已經成立專案組對我和公司進行調查了。

離開北京我便到了美國，試圖通過引進國際資本解決公司問題，但這些努力似乎都沒用了。隨後我從紐約飛往多倫多，和女兒住了幾天，又在一個小鎮上獨自一人曬了幾天太陽。期間我給幾位朋友發過一條內容相同的短信：「我在一個地方眯著眼，曬了幾天太陽，突然發現這個世界本可與我無關。」我決定放棄了。

國內的朋友來電話，說公安部門已經設立了專案組，案子的性質已經變了。我嘆了一口氣，知道事情並不能如我所願，可以輕言放棄。

我決定回國去，朋友們好言相勸，說你已經出來了，又何苦回去自投羅網呢？我知道自己做人的底線，謝絕了朋友們的勸告。我給每位債權人都寫了一封信，聲明自己是公司經營的主要責任人，將對相關問題負完全責任。

我安排停當，便回國自首。數月後，我的案子便有了結論，我因「非法吸儲罪」被判處五年徒刑，又因投案自首及勸說他人投案自首減刑一年。

公安機關做出了一個讓人無比驚訝的結論：「這位操控過數百億資金的資本大鱷，除被法院處置的公司資產外，幾乎沒有任何個人財產，銀行卡上餘額幾乎是零，房子和車子竟然都是按揭的。」

如此輝煌的時代在持續十餘年之後結束了。有關我的報導熱了一陣子，最後也沉寂下去了。三年後，中國股市出現了「牛市」，有人感慨真是太可惜了，若能挺到今天，我們的股票將會是千億市值。然而一切都過去了，我喜歡的詩人里爾克曾經說：「有何勝利可言，挺住意味著一切！」可是我並沒有挺住。

14 那咣噹咣噹的火車聲

宏遇害後，梅成了一個夢人。她常常在恍惚中乾嘔，很長一段時間她都是在乾嘔中度過的。宏走得如此突然和兇惡，恍惚中的梅，每天都要婆婆帶她去火車站，且必須進站去聽火車的聲音才能安靜下來。二十多年前，她就是在咣噹咣噹的火車聲中，靠著宏的肩膀走出舟山的；現在也只有咣噹咣噹的火車聲才能帶她去找宏，找到宏她就安心了。

梅一直是安分和賢淑的代表，她被傳為美談的一件事是她一直自己織毛衣。這麼多年以來宏都是穿著她織的毛衣馳騁商場的。她堅持過平實的生活，從來沒有像其他有錢人那樣鋪張過。她不僅自己織毛衣，也自己做衣服。出嫁時她唯一的一件嫁妝便是家裡那臺老式的「蝴蝶牌」縫紉機。縫紉機已經很舊了，油漆斑駁，但總是擦得鋥亮鋥亮的。小時候她和三個妹妹的衣服都是母親用這臺縫紉機扎出來的。她在縫紉機的嗒嗒聲中長大，也在縫紉機的嗒嗒聲中入夢。只要有這嗒嗒聲，生活就會像總有新衣服穿一樣，充滿了幸福與憧憬。梅帶著這臺縫紉機嫁給宏，也帶著她的憧憬與宏開始了新生活。大學畢業後宏在一家工廠當技術員，梅在一所中學教物理。這對從偏遠漁村走出來的年輕人，各自有了自己的工作，又有了自己的家，該是何等的幸福呵！梅織毛衣，也用那臺縫紉機自己做衣服，省下來的錢，除補貼妹妹們的學費，還添置了冰箱和彩電。她希望宏邊工作邊考研究生，她知道宏有數學天賦，相信丈夫將來會成為一名傑出的總工程師的。她也堅守著自己的信念——愛情如同馬拉松，要隨時跟上彼此的腳步。朋友們羨慕她，但她們既沒有她那樣的福分，也沒有她那樣堅定的目標。

數年前，宏向她表白愛意，給了她一塊快要化掉的巧克力和三十六張疊得整整齊齊的紙條。她在宏的紙條裡流下了眼淚。如果巧克力代表了宏的疼愛，那麼紙條則代表了信任與執著。宏的每一張紙條都重複著一句話：「梅，我在教學乙樓102室上晚自習，你若來了，請去102室找我。」這三十六張紙條給了她一個信念——宏是來去分明的人，絕不會不明不白地扔下她不管。這信念使她在一個混亂而不負責任的年代擁有了一份安心的愛情，這安心抵得上任何浪漫和甜言蜜語。但是十幾年後，宏偏偏不明不白地離開了她，扔下她不管了！

與梅的悲傷和恍惚不同，宏的母親卻很平靜。當宏遇害的消息傳到舟山時，她跌坐在了地上，但很快就堅強地站了起來。她買了船票，到了上海，也只是在宏的靈前哭過一次，之後便再也沒有多說一句話。報紙在怒斥窮人的仇富心理，記者來採訪她，前來看望的人張口便罵兇手是畜生，但她沒有多說什麼。快七十歲了，宏成為著名企業家時，她一直住在舟山的小漁村裡。她從沒因為宏是有錢人而自得過。無論宏和梅如何懇求，她依然堅持每天撿垃圾賣錢。舟山群島多年前便成了旅遊勝地，村民們出海的收入多了，破舊的木船早變成了機帆船，家家戶戶都蓋了新房子。她也用賣啤酒瓶、易開罐的錢翻修了老屋。但她怎麼也沒有想到，宏竟會被村長的兒子殺死。報紙上說村長的兒子殺死宏是因為仇富，她想不通村長的兒子怎麼就是窮人了。這二十多年來，日子不是一天比一天好過了嗎？村長的兒子是有些遊手好閒，但他家不也同樣蓋起了小二樓嗎？說到窮人仇恨富人，她當然是有體會的。她曾經是富甲一方的大地主的千金，十歲那年，解放了，土改了，她親眼看見自己的父親被鎮壓——幾個五花大綁的身體被押上臺去，鍘刀在陽光下晃著刺眼的光，兩顆腦袋被放在了鍘刀下，空氣在刀光下微微顫抖。咔嚓幾下，幾顆人頭就滾到了臺下。臺下的人擠向前去看斷落的人頭，天空被血光和口號聲震得斜了下去，她的奶奶和母親眼前一黑，癱在了地上……，那一年她見夠了死亡。父親被鎮壓後，逃跑的二叔也被抓住了，結果當然也是在鍘刀下人頭落地。接著母親上吊，成了自絕於人民的反革命分子。她成了孤兒，挨到二十歲才嫁給了宏的父親——一位小地主的兒子，不夠鎮壓的資格，苟且著活了下來，卻在三年自然災害中得了一身的病。宏生下來不久，那位小地主的兒子便死了。被接二連三的死亡威脅著活下來的她，二十二歲生獨子宏，二十五歲便成了寡婦。她的壞出身使她沒人敢招惹——一位老地主的小女兒，便在村頭一間沒人要的破屋裡住下來，靠撿垃圾養活兒子，也靠小時候背的幾首唐詩教兒子識字。她將一生悟出的道理盡數教給了宏。摘其要者有三：其一，一定要離開舟山，去遠地方；其二，不要有錢，不要有勢，不要做招人忌恨的少數人，平安才是福；其三，任何時候都要活下去，死了就什麼都沒有了。這些道理使宏從小就有一種逃亡心理。他一度如此渴望發表文章，又如此下功夫練習英語，便是受了這逃亡心理的驅使。這些道理也讓宏過早地懂得了節制和惜福，並使他在一個幾近糜爛的縱欲時代，始終過著節制而均衡的生活。但是造化弄人，節制、均衡、謹慎、惜福的宏，偏偏遇上了永不知足的我。宏對遠方的熱愛始於他的逃亡心，我對遠方的熱愛卻全因了我心大。一個逃亡的人遇上一個渴望征伐的人，又都被遠方的景象所誘惑，便做了伴，一路狂奔而去。

宏第一次逃亡憑藉的是一張錄取通知書。他上了大學，因為渴望發表文章認識了我，又被我帶進了光領導的社團。宏在社團活動中受到各種問題的困擾，時代、社會和人生的問題困住了他，令他迷惘和混亂。他連畢業也像是逃亡——他的心智承擔不了那麼多問題，他經常因此感到胸悶。現在想來，我真不該介紹宏參加那些社團活動。如果不是社團活動冒出那麼多的問題，他的人生會單純得多，他一定會專注於他的學業，成為一個傑出的專家型人才。辯論和思想並不是他的長項，他需要的只是一個目標；他是一個行動者，若思考是有關行動的，他一定比任何人都更清晰、簡潔。宏逃出充滿各種思潮的校園，到了汕頭，卻完全找不到北。那個時候特區還只是一個概念，宏的工作也只是去新疆的牧區收購山羊皮，他只好又逃了。這一回逃到了川東北的一個山洞裡去。但母親的心卻踏實下來——她的兒子在一家兵工廠當了技術員了，前幾年打越南的高射炮就是這家兵工廠造的——她逢人便說。她不用再為兒子的前途擔驚受怕了，即便天塌下來，全社會都亂了套，國家保密單位也不會亂的。但是已經被各種新思想擾亂的宏，在山洞裡找不到前途與方向。兵工廠的效益一天比一天差，他與梅結婚後便一直兩地分居；宏再一次感到無望，只好繼續逃，卻走上了一條不歸路——他下海了。母親病了一場，她哭過，罵過，也勸阻過，但宏沒有聽，他平生第一次違背了母親的意願，石破天驚地做了一個讓母親擔驚受怕的少數人。梅呢，只想著與宏不再兩地分居，宏要逃就讓他逃吧，至少他可以在自己的身邊了。

但是宏還在逃，他的倒爺生活讓他疲憊不堪，便到了H，辦了一個小廠，過了兩年相對安穩的生活。不久他到了北京，想改變長期做乙方的處境。我們成了搭檔，兩個說話帶口音的人，夢想著要改變世界……，宏就這樣從一個總工程師的苗子變成了一個夭折的商人。他太想改變自己的宿命了，他並不知道，任何一個人試圖改變宿命，都將可能會被宿命擰斷脖子。宿命在逃亡的路上攔住他，厲聲地問道：「你，白白淨淨的，憑什麼？」

宏走了之後，梅過了大半年恍惚的生活。節制、均衡、謹慎、惜福的宏竟被人如此兇殘地給殺了！奸邪當道，良善落魄，這個怪異的世道容不得宏啊！多虧了婆婆，大半年了，婆婆每天都陪她去聽咣噹咣噹的火車聲。婆婆不知道梅與宏是在火車聲中結的緣，她只知道梅若不去火車站便會神思恍惚，去了便會情同常人。半年之後梅慢慢地恢復了常態。時間久了，婆媳倆也會談到村長的兒子為何會殺死宏，母親淡淡地說：「還是來往少了，若常走動，也不會發生這樣的事情。」其實從小學到中學村長的兒子與宏都是同學，若論聰明，也絕不輸給宏。差別只在宏愛讀書，村長的兒子愛閒逛；宏低聲下氣，村長的兒子趾高氣揚。後來宏成了企業家，村長的兒子成了二流子。村長的兒子當然是不服氣的，宏呢，疏忽了他的不服氣。婆婆也談到她父親被砍頭的事，她認為窮人註定會恨富人，富人恰恰不該忽視窮人，因為任何時候窮人都是多數，富人只是少數。少數人長久忽視多數人一定會出問題。她怪宏沒有聽她的話，偏就做了少數人。聽婆婆的話，反倒像是在責怪宏卻同情村長的兒子，梅心裡雖然不舒服，卻也承認婆婆的話有道理。婆婆才是既經過富也經過窮的人，她才對富人與窮人都很瞭解。千百年來，窮人與富人的鴻溝白骨累累，若如婆婆所言，這些年能常回家看看，或者說宏沒有做生意卻做了總工程師該多好！雖然在那咣噹咣噹的火車聲中漸漸了恢復正常，但真正讓梅好起來的，卻是她在整理遺物時發現的一段讀書筆記。那是宏讀《袁世凱全傳》時的一段感言。書中提到袁世凱做臨時大總統時，曾召集大小老婆訓話，要求每人學一樣謀生本領，以便將來的某一天能夠靠自己活下去，而不至於變節和失節。宏感慨萬分，說以袁世凱的大總統之尊，竟能想到變數，且應對變數的是靠自己活下去。他在眉批中專門寫了要梅去看《袁世凱全傳》，但是因為忙便擱置了。看到宏的筆記，梅忍不住又哭了。宏在血泊中未留下隻言片語，她便將這句話當做是宏的遺言。「要靠自己活下去！」梅開始想如何開始她的生活了，她準備做點什麼。一篇描述城市家庭生活的文章引起了她對家政行業的關注。

中國社會存在的各種問題中，最為普遍的問題之一，是中國人的家庭生活品質低下。中國三十五歲以上的城市人口，正在喪失過幸福的家庭生活的能力。先生們總是忙來忙去，沒有時間在家裡吃飯、陪老人、太太和孩子。他們大多數不會修理電器和門窗。太太們則絕少受過管理家庭事務的訓練，包括做幾道精美的家常小菜、熨衣服、養花、收拾房間。她們在網上相互慫恿：「花掉男人的錢！」「有了錢你應該儘快遠離廚房，洗去兩手油煙，找一個保姆來做那些粗活。你如果為了存錢而成了黃臉婆，有錢的男人不但不會感謝你，還會立即去找一個情人共進晚餐。」「中國六十歲以上的老年占總人口的10％，十歲以下的兒童占總人口的25％。中國城市需要照顧的老人和兒童高達1.2億。中國的人口結構和家庭結構，使得大中城市的家政服務需求巨大。

這篇文章讓梅眼前一亮光，她花了好幾個月的時間去做市場調查，最後決定辭職，在一間地下室創辦了自己的家政公司。

從未涉足生意的梅，十幾年受宏的薰陶，耳濡目染，竟出手不凡。她首創了酒店式家政超市的連鎖經營模式，在一些高尚社區開設了一間間家政超市，將社區的每一個家庭都當做酒店的客房，以為客戶提供標準化、多樣化的家政服務。

「要靠自己活了去！」她彷彿隨時都能聽見宏的聲音，也將這個聲音傳給偏遠山區的姐妹們，鼓勵她們自強、自立。她以「好技藝帶來高成長」為理念，建立培訓基地，設立了貧困地區女性就業救助金。她滿腔熱情，到處宣揚她關於「通過女性就業，提高人口素質」的觀點，鼓勵貧困女性走出家鄉，靠自己的雙手改變自己的命運。梅迸發出來的熱情讓老部長和光深受感動，也讓宏的門生舊部們深為感佩。他們都成了梅的新事業的捐助者、宣傳者和推動者。

梅的事業就這樣成了，不到三年時間，就有了四十家連鎖店，還建立了家政師藝術團和讀書會。但最難，甚至於讓她耗盡心力的依然是婆婆談到過的窮人與富人的溝通。「你們的員工簡直在折磨我們，我讓她幫我洗洗隱形眼鏡，她居然用刷子刷，刷完了，還放在太陽下曬乾。」「她居然用鋼絲球將不沾鍋刷得亮亮的，說鍋底太黑了。這不沾鍋還怎麼用呀？」「恭喜你，梅女士，您的家政師又成功地弄壞了我的電飯煲。」「她清洗魚缸，將電源拔了就不再插上，結果魚全死了。沒氧氣呀！你知道一條熱帶魚多少錢嗎？」梅幾乎每天都接到這樣的投訴，她哭笑不得，也為此焦頭爛額。姐妹們從偏遠的山區來，有的甚至連水泥地都沒有見過。她們到了城裡，頭三天得先學習過馬路、坐電梯、識別斑馬線和紅綠燈，然後學習如何跟人打招呼，之後才是技能——做飯、洗衣、操作家用電器……，她深切地認識到城市人口與農村人口的差異。比如在城裡，狗叫做寵物，有戶口、愛稱、專門的食品、醫生和服裝，在農村，狗就是狗。最大的差異還不是生活方式與生活習慣，而是看事情和想問題的角度。讓梅深受刺激的一個例子是這樣的：一位來自甘肅的女孩有一次用擦地的抹布擦桌子，擦完之後又用它洗碗。這情形正好被女主人看見，女主人竟當著她的面將所有的碗給摔了。女孩驚恐不已，半夜便偷偷跑了。梅調動了幾乎所有的關係找人，一天過去了，沒找著，十天過去了，還沒找著。一直到第二十九天，才接到收容所的電話。梅趕過去時，女孩已被送到精神病院去了。收容所的人說，女孩是被警察送來的。警察值夜班時，看見一個女孩在撞牆，便過去問。但無論怎麼問她都不說話；

警察只好將她送到收容所。收容所的人也問不出什麼，便只好將她送到精神病院。梅聽了女孩的事，禁不住潸然淚下。她費盡心力，將一個又一個貧困山區的女孩帶出來，難道就是這樣的結果嗎？那女孩遭遇了什麼，經歷了怎樣的痛苦與恐懼，恐怕永遠也不會有人知道。她已經失憶，而且很難恢復了。她在城裡迷了路。梅想，如果當年沒有宏，她會不會也會迷路？她是靠在宏的肩膀上進的城，她多麼幸運！即便如此，她不也用了很長時間才適應城市生活嗎？宏又何嘗不是如此？那個躍馬揚鞭、收購了很多企業、一度被視做精英人物的王家瑜不也是如此嗎？梅不能完全體會女孩迷路時的恐懼，但她相信，在城裡迷路與在森林裡迷路是不同的。前者遇見人會冷漠，看見燈會迷茫；後者遇見人會欣喜，看見燈會溫暖……。她心想，她招募、培訓貧困地區的女性，以滿足城裡人的需要，是不是也是一種迷失呢？宏和那個女孩的身份、地位、思想、情感完全不同，卻有著如此相似的結局——宏被一個相對窮一些的同學殺死了，女孩卻被一個相對富一些或高貴一點的城裡人嚇瘋了。宏死了之後，梅已日益通達，她本以為可以通過培訓，促進富人幫助窮人，也促進窮人瞭解富人。但女孩那雙發直的眼睛讓她明白了，她的努力可能根本就是徒勞。她累了，只想把女孩接回家，給她洗個澡，換一身衣服，慢慢幫她恢復神志與記憶，然後，送她回家。但是她還回得去嗎？如果見到媽媽，她會講自己的遭遇嗎？或者梅能夠面對那位母親，告訴她她女兒曾經迷過路，現在好了，可以回家了嗎？

15 致女兒書

人生若有大幸，則一定包括兒女健康成才，既傳承了自己的天性，又使這天性更為卓越，還與自己有良好的交流。我便是這樣的大幸中人。女兒兩歲前，我的生意剛剛起步，長年奔波於各個城市，陪伴她的時間殊為有限。有次臨時回家，因為行程匆忙，登機前都未及給家裡打個電話。我心想，離家快一年了，女兒會不會不認識我了？但我按了門鈴，開門的竟是女兒，小小的身子站在門前，尚不及半扇門高，神情竟像是我從未離開過似的，只淡淡地對著懷裡的貓說：「叫姥爺！」那貓便「喵」的一聲，爬到了我的懷裡。我深受感動，方知什麼叫骨肉相連！從此無論我走了多久，也無論我在什麼地方，每遇大事（或女兒以為的大事），女兒便總是從容說道：「給我爸打電話，叫他回來。」彷彿只要我回去，萬事便可解決。女兒一天天長大，給予我的信任卻一絲也沒有減少。我們之間真是無話不談，我的一些煩惱，也只跟女兒講。她十四歲時隨母親去了加拿大，我們一年之中便只能見一兩面。但我自首前，曾專程去看她，她已經十六歲，自我的意識已經相當獨立。女兒告訴我，最近半年多來她每天都在為我禱告，所求不過「爸爸與主發生關係，信奉基督，走向正途」。她一針見血地說：「爸爸太不幸福了，應該求主引領，不要迷失得太久了。」我料不到女兒會如此看我，我曾反對她信奉基督，第一次聽女兒說要信奉基督時，心裡甚至十分痛苦。我並非反對基督，但基督教不是中國人的主流價值，我擔心女兒會成為一個邊緣人。想不到她已變得如此從容和淡定。她十六歲，已經向我傳福音。我心疼女兒的執著，看見女兒是好的，便答應回去重讀《聖經》。但回國即自首，對女兒的回覆，便只有下面的十封信。

之一：父親意味著什麼

我的乖女，時間過得真快，眨眼之間我在獄中也已經兩年了。剛入獄的時候，有關我的報導可真是鋪天蓋地。人們從各個角度分析了我失敗的原因，也流傳著與我有關的各種傳聞。現在看來，這些評論、分析和傳聞，無論真假都沒有意義了。入獄後，我的生活平實而有規律。唯對你的思念日益加重，並促使我不斷地思考與此相關的若干問題，其中揮之不去的便是父親意味著什麼，以及我在我們的關係中能夠做些什麼。

父親意味著什麼？是一個我們不大留意的問題。但就我所知，天下凡父子（女）關係好的，所得的福報必多，否則不是人格不健全，就是幸福不完善。在我看來，父親首先意味著養育。身體髮膚，受之父母，這是你無可選擇的。父母給你生命便給了你生命的契機也給了你生命的局限。你只有一米六五而不是一米六八，只是中等人材而不是絕色佳人，皆由你生命的局限所決定而不能由你選擇。因此既能看見生命的機會也能瞭解生命的局限便殊為重要。你應該明白父親所能給你的僅僅是生命的開始，走下去，突破生命的局限，則全靠你自己。雖然如此，父親仍將陪伴你，直至你成人，有了依靠自己的前提。

除此之外父親還意味著安全。在你的成長過程中，小時候摔跤，長大了犯錯，人生變幻，你會去很多地方，走很多彎路，認識很多人，遭遇很多危險。但這些都不要緊，你儘管大膽地走下去，該嘗試的便嘗試，該錯的儘管錯。雖然父親不能代你去走，也不能一直陪伴在你的左右，但無論你遭遇到什麼，也無論你走了多遠，只要你想起父親，你便會是安全的。任何時候，只要回到父親身邊，你就可安然入睡。在父親的庇護下，你永遠都是個孩子，傷者養傷，敗者復活，再大的錯都可以重來。你的生命因為父親的存在是可以重生的，只要父親還在，他就在為你墊底，你就可以重整行囊，再次出發。與母親不同，父親不會用嘮嘮叨叨的方式去愛你。但父親更意味著這世上永遠都有一個人在疼你。心疼這種情感是你帶給父親的。自從你呱呱墜地，發出第一聲啼哭，你便把心疼種進了父親心裡，你長大，心疼也在父親心裡長大。而且，你給了父親心疼，心疼便讓父親有了承擔的能力，他天生便是為你遮風擋雨的人。因此，在漫長的人生中，無論受到怎樣的傷害，都不要緊，只要你想起父親，你便會感到溫暖，即便全世界都與你為敵，將你拋棄，也總有一個人在心疼你。再其次，父親意味著對你永遠的發掘。身為人父，承擔著教育的職責。但教育的目的並不止於知識的傳播和技能的掌握，更在於對受教育者天性的發掘。世上有許多愚人，常將一己之見強加給孩子。「師者，傳道，授業，解惑者也。」殊不知，他所傳的道恰恰可能在扼殺天性。父母認為松樹好（或者他所在的時代認為松樹好），便一定要孩子成為松樹，哪怕這孩子天生只是一棵竹子。他們不知道竹子永遠都不可能變成松樹，竹子只能成為更粗壯一些的竹子。他們也不知道，或完全忽視了竹子非要變成松樹該有多麼痛苦。每個人都有自己最為獨特的天性，沒有人天生是凡夫俗子，發掘、培育人的天性是教育的首要目的。因此，不要因我及任何人的期望而改變你的天性，更不要因社會、道德或別的任何觀點而泯滅你的天性。爸爸幫助你發掘了你的天性，你要堅定不移地朝自己的天性所指的方向去生活。如此，你可能會遭遇各種阻撓、嘲諷與打擊，也可能傷痕累累，但不要緊，父親將是你永遠的「加油站」，他用了一生的愛來激勵你，當你累了，走不動了，只要你想起父親，或回到父親的身邊，你一定會精神抖擻，力量倍增。你的天性是你向世界打開的窗戶，要記住任何時候都不要關閉它。就任由這世界的爛漫山花、雷鳴電閃，或陰霾密布或山道險峻全都進入你的視野吧，你打開了你的窗戶，便會看見這個世界的全部；你走下去，便會成為一個堅強的人。但是，我的乖女，無論父親意味著什麼，也無論他有多麼重要，他都不能占據你精神和生命的全部。你和父親的關係永遠都只是俗世的關係。今天我要告訴你父子（女）間真正的祕密。你大約還記得，在爺爺的生命垂危之時，你曾叫我到你的房間，說：「爸爸，你這次回湖南，一定要多陪爺爺。哪怕他認不出你來了，哪怕他說不出話，你也要陪在他身邊。你坐在他身邊，凝視他，他一定會明白你的心思。只要你凝視他，吻他的額頭，你們父子之間四十年的心結就會解開，你就會幸福起來。爸爸，為了你自己，也為了我，你一定要這樣做。」我的乖女，我這樣做了，我陪在爺爺的身邊，長久地凝視他，親吻了他的額頭，我看見兩行眼淚，從他的眼中流了出來。但是，在爺爺病故之後，我頓感一身輕鬆，我知道我與爺爺俗世的關係，包括我們糾纏了四十年的父子情結束了。我這才開始想，我真是父親所生嗎？如果是，如果真是他設計並生產了我，那麼在我出生前他一定知道我的形象，也一定知道我生命的目的與方向。但他不知道，他甚至不知道我終究會在何時何地出生，是男的還是女的，聰明還是愚蠢，漂亮還是醜。我甚至與他的夢想、願望與設計完全相背，他想要一個女兒，我偏偏是兒子，他想要一個漂亮的，我偏偏很醜。我的確完全超出了他的設計與生產能力，之後更是如此，他想要我在南方生活，我偏偏去了北方；他要我成為作家，我卻成了商人。我生命的方向不由他控制，生命的目的也不能如他所願。我一定是另一個人另一種力量所生，這力量不過借了父親的身體來生我，我這樣說看似凶險，實際卻格外地輕鬆。這結論告訴我我有另一個父親，非俗世和非人性的父親，我的生命也必有另外的方向與目的。現在的破產與入獄，只是我的生命在一個階段和一個方向上結束了。我必將有下一個階段和另一個方向……，我這樣說，並非要貶損我們的父女情。

之二：怎樣識別男人

乖女，怎樣識別男人應當成為你十六歲至二十六歲的必修課。此間，你將面臨你人生中的一件大事——識別並挑選男人。許多女人終其一生都在抱怨男人，或對男人抱有太浪漫的幻想，或認了命，畏懼著不敢前行。她們在這件事上心智的不成熟，最終影響了一生的幸福。男人是與女人完全不同的動物。他們的迷惑與焦慮、責任與壓力、激情與夢想、雄心與欲望……，都在另一個方向上越走越遠。但無論走多遠，他們最終都要回到女人身邊並將以此為歸宿。從某方面講，男人因複雜而美，他的閱歷和經歷使得他像一本厚書一樣值得慢慢閱讀。但再複雜的男人在女人面前都將還原為孩子，且他一定會因此而感到幸福。此二者已導致男人最終將以女人為目的。再不羈、再複雜、走得再遠的男人，都將是溫順的、單純的、依賴於女人的。所以一旦將男人當做一道題來破解，女人的一生將糾纏在問題之中而不得安寧。男人和女人的關係，最終將還原到動物層面上去，我們所見到的最感人的異性關係，都來自於動物王國。因此，如果一個男人讓你感到難以把握，那你只須敬而遠之，把他當做一個無關的人，如果與一個男人的關係是複雜的、糾纏不清的，那你更要快刀斬亂麻。男人一旦成了被分析的對象，這男人便已與你無關，此等情形下，你千萬不可縱容自己的好奇心。最能傷害你的便是糾纏，任何一種糾纏都將使你傷痕累累，疲憊不堪。我在這裡將推薦華羅庚的優選法，並將其作為識別男人的首選方法。你不妨寫下你認為最具男性特徵的品質，如堅強、勇敢、忠誠、強壯、心胸開闊、大度、善良、善解人意、才華橫溢、英俊瀟灑、幽默、體貼、雅致、健康、正直、有情有義、誠實、孝順、大智大勇……，然後勾選你認為最重要的品質，你很容易就會明白，你所需要的男人究竟是一個勇敢的男人，還是一個雅致的男人。需要提醒你的是，這一方法切忌貪心，你可以規定自己，讓自己只擁有選擇五種品質的權利。超出部分，你應當視做意外之喜的。

之三：男人三把刀，女人三把刀

我的乖女，如果將人生比喻為行走江湖，那麼，一生的神祕與凶險，變化與意外，單調、乏味與浪漫、壯美便會近在眼前，一幕一幕既讓你驚悸，又讓你心動。接下來的問題是，一個男人和一個女人，究竟怎樣才可以安身立命？男人三把刀，女人三把刀，算得上是我給你的獨門利器，或許你可藉此成就相對完滿的人生。男人三把刀，第一把叫才華，二十五歲以前用。何謂才華？才華不是一般意義上的知識與技能，還包括獨特的、與眾不同的、在某一方面甚至於是卓越的才幹。因為有才華，才會被人賞識，才會有機會，也才可能擁有舞臺。因此，對一個男人而言，只接受通常意義上的教育是不夠的，他須得發掘並潛心打磨自己獨一無二的才幹。唯有獨特性才可能有機會脫穎而出。第二把刀叫能力，二十五至五十五歲之間用。此階段，男人的諸多能力中，以承擔及化解為要。男人因承擔而擁有權力與受人尊重，因化解而幹練、成熟。第三把刀叫胸懷，五十五歲之後用。此階段的男人，已有了足夠的經驗和地位，如果依然親力親為，則自己會累死，別人會悶死。因此胸懷最為重要，有了胸懷，便可以容納不同個性、不同才華、不同能力的人，海納百川，當可成勢。女人三把刀：第一把叫快樂，二十五歲以前用。但快樂絕不僅僅是心情，更是一種能力。作為心情的快樂會因外物的變化而變化，此時開心，則彼時憂鬱。人生當然不可能沒有煩惱，重要的是懂得如何發掘並培養快樂的能力與天性。女人因快樂而可愛，因可愛而被人喜歡，因被人喜歡而容顏嬌美。快樂是幸福的底子，將為她一生的幸福打下基礎，使她的人生積極主動。第二把刀叫風情，二十五至四十五歲之間用。此階段的女人，無論身體還是心智都已經很成熟，她已告別少女玫瑰般的夢幻而成為一個真正的女人。如果她還當自己是快樂寶貝，一天到晚只知道傻樂，則她——用一句粗口，便成了十足的傻X。二十五歲以後的女人應該散發出十足的女人味，應該熟練掌握她一生中最有魅力的、專屬於女人的第二把刀——風情。風情當然是性感的，但遠不止於性感。風情是一個女人一顰一笑都媚到了極致，是連性格、走路、發言、做報告、出席宴會、接聽電話……，隨時隨地都散發出來的性感，是時尚、音樂、詩歌、哲學、展覽會、發布會、愛情，甚至於職場訓練的結果。風情的女人鬼魅、靈動、潮濕、柔軟，卻又堅韌無比，有自己的觀點、原則和立場。她是有教養的、得體的，又是率性和隨性的，她有自己的準繩，任何場合都懂得拿捏分寸，卻又野性十足。她收放自如，懂得在社交場合，在職場中揮灑自己的魅力，卻又專屬於自己的心儀之人。她開放、大膽、眼含秋波、顧盼生情，又羞澀、內斂、靜若處子。風情的女人盡享人生的盛宴，卻只在燦爛的星光下迷醉於愛人的情懷……。第三把刀叫高雅，是一個女人在盡享快樂與風情之後，對於這個世界的包容與威懾，及其所能享有到的權力、影響與尊重，是女人一生的碩果。我的乖女，你看，男人和女人是多麼地不同，但他們都因為瞭解並充分發揮了自己的天性，而完善了自己的人生。他們知道自己每個階段的主題與目標，也知道達到這些目標的工具與手段。對於男人，才華是種子，能力是樹幹，胸懷則是參天的大樹；對於女人，快樂是清新可愛的芽，風情是迎風招展的枝，高雅則是豐碩的果。

之四：什麼是學習

我們處於一個變動不居的時代，學習將成為我們一生的功課。因為生命是局限的，新的技術、觀點與方法便總在威脅並蔑視我們。唯有不斷學習，才可使我們稍事安寧，並盡可能突破生命的局限。人生沒有永恆，學習卻須不斷；人生是有限的，學習卻無限。可是何謂學習？學習的本質和目的又是什麼？我們在課堂和書本上的學習是重要的，但那只是渺小與膚淺的皮毛。學習至少包括三方面的內容：第一，學習的前提。學習的前提是刪除與遺忘，是清零與歸整。禪宗有句偈語叫：茶滿了，舊茶不倒，新茶何以倒入？說某一天，一位老和尚和朋友談經論道，小和尚在一旁端茶送水。小和尚剛沏好茶，老和尚便倒掉了。小和尚便問：「師傅，茶剛沏好，你為何就倒掉？」老和尚說：「茶滿了，舊茶不倒，新茶何以倒入？」這偈語剛好說明了學習的前提是刪除與遺忘。我們處於一個資訊爆炸的時代，許多資訊都已經對我們的心智形成干擾。知識多了便易形成成見，訓練亦將使我們格式化。殊不知成見與格式化正是學習的天敵。我們常常恐懼學習新東西，擔心新東西會打破我們已經習慣了的常態。記憶有時也會成為城牆，使我們的心門不能打開，且總是蠻橫無理地將我們拖入綿長的舊日子中去。我們一遇上新知識，舊的知識便會拉我們回家，提醒並叮囑我們「不要和陌生人說話」。知識與記憶如此頑固和謹小慎微，我們又如何迎接新知識的到來？因此，學習的前提便是刪除與遺忘。我們先得將舊我拋掉，才能迎接新我。可這何其難也！我們已經習慣舊我，它溫暖而安全，新我卻尚未形成，因此會有風險。但我們必須如此，否則舊我最終將被無情拋棄。第二，學習的本質。學習的本質是資訊的傳達與梳理，包括我們對資訊的反應、感受與領悟。世上萬物都是資訊的載體，且無時無刻地不在向我們傳達信息。一隻普通的玻璃杯，你不要以為它不會說話，沒有生氣、性格和靈魂。玻璃杯靜放在桌子上，也在向我們傳達信息，帶給我們或冰冷或溫暖，或孤單或浪漫，或粗糙或精緻的感受。你若走在街上，則擦肩而過的任何人，哪怕一個乞丐，都會帶著上帝給你的信，你能否收到這封信，不在乞丐，而在你的修為。因此，我的乖女，學習絕不止於書本。書本所傳達的資訊通常都是間接的，缺乏生氣的，陳舊的，甚至於謬誤的。

相信世界萬物都是屬靈的，開放你的身體與心靈，傾心地看，傾心地聽，傾心地體會與感受，傾心地撫摸與呼吸，你便會擁有靈動而豐富的人生。第三，學習的目的是自由。生命是局限的，因而受到種種限制。我們看不清數百米以外的東西，聽不清千米之外的聲音。我們不能回到唐朝，和夢中的詩人在一起；我們也不能飛上天去，俯視世界的神蹟。但學習將使我們的局限得以突破，使我們能夠感受得到已經消失的美好時光，觸摸得到夢中的城郭。學習讓我們看得見悠遠的古代，聽得見異域的樂音。生命是有限的，但感受、想像、觸摸人類千百年來的智慧是無限的，學習使我們彷彿擁有翅膀，能夠翱翔在自由與無限之中。

之五：人生的基本要素

人生的要素很多，包括生與死，情與欲，靈與肉……，這些問題將伴隨你一生，需要你用一生的努力去思考。這裡，我只談談關乎你成長的那些要素。首先，你得明白，何謂要素？何謂要素思維？要素正彷佛人的五官，人先得有健全的五官，才不至於殘疾；然後才談得上長得好看，成為一個美人。要素便是那些最基本的、不能缺少的關鍵性因素，正如眼睛、鼻子、耳朵、嘴巴之於人臉。那麼在你成長的過程中，哪些才是你最基本的、不可缺失的關鍵性因素呢？在爸爸看來，身心的健康、上一所好大學、正確的人生設計及職業規劃、成功的戀愛與婚姻，便是你成長過程中不可缺失的關鍵性因素。身心健康是最基本的前提，這裡無須贅述。上一所好大學則直接影響到你生活的層次，以及你將和什麼人在一起，屬於哪一個階層，擁有怎樣的生活情調與品質？正確的人生設計及職業規劃，則涉及到你人生的方向與目的，以及你為此所要支付的成本。爸爸一直倡導自由、隨性的生活。但是今天卻要告訴你一個祕密——傑出、美好的人生是設計出來的。自由是一種境界，隨性是一種狀態，卻都依賴於我們在怎樣的程度上設計過、安排過、努力過。成功的戀愛與婚姻則直接關係到你人生的幸福與完滿，我知道它們是重要的，卻不知如何才能實現。你有你父母不成功的婚姻為鏡，當比我更知道它的奧祕。

之六：人生的三種能力與品質

我專門挑選了歸零、區分及當下這三種能力來作為一封信的內容，是因為大多數人都沒有意識這三種能力的重要性。歸零原本是電腦操作用語。電腦中的檔案太多，就需要歸零——將一些檔案刪除，將另一些檔案重新歸類。歸零之後，電腦的運行速度就更快。生活也如此，需要經常歸零的。歸零的過程就是整理的過程，也是開始新生活的過程，該扔的扔，該歸類的歸類，該存檔的則存檔。歸零可以讓我們的生活更清新，也更爽朗。人生冗物太多——一些知識、經驗與記憶，已經冗滯了我們的人生，使我們徒增負擔，甚至於舉步不前。人生猶如電腦，需要通過歸零來提高運行效率。我可以舉兩個詞來說明歸零的意義。一是空靈，二是謙虛。虛即是空，因為虛和空，才使我們有了容量，我們生命才可以舊瓶裝新酒。人生因知識、經驗和記憶而冗滯的東西太多了，一些學者因此而成了腐儒之徒。區分與歸零十分相關。不懂得區分的人擁有最糟糕的行為和最混亂的人生。這種人往往主次不分，是非不明，自己一塌糊塗，還順手將他人搞亂。人生最忌在混亂與糊塗中度過，一輩子都是雜物箱，永遠都在找針頭線腦。這樣的人一生都在修修補補，讓你恨不得扔了了事。

當下的能力之所以如此重要，是因為人生是由若干個此時此刻組成的。如果當下的能力很強，則此時此刻便很精彩。若大多數此時此刻都精彩，則一生必將精彩。因此，提高當下的能力，關乎一生的成就與幸福。擁有當下的能力，需要單純和純粹的精神，不存旁鶩，方能將全部的才情與能量集中在此時此刻的對象上。當下的能力經常是超常的，這頗有些像李小龍的截拳道。因此關鍵在集中，在凝神專注。當此時成為純粹的此時，當人生只有一條路而不是多條路時，人的潛力就會得到超常發揮，當下的能力因此也使我們精彩紛呈。人生最忌冗滯、混亂，也最忌婆婆媽媽和拖泥帶水，如此你怎能不重視並不斷提升自己歸零、區分及當下的能力呢？能力之外，品質亦尤為重要。在人類諸多品質中，我願意特別強調樸實、包容與善良。我相信這三種品質是人類最珍貴的精神與力量。尤其在歷經世事之後，我更相信正本清源，建立人類正在消失的價值具有十分迫切而深遠的意義。人性太過複雜，複雜則心亂，心亂則脆弱，則任何東西都可以誘惑他、瓦解他，直至毀滅他。因此我相信，只有簡單、樸實的人才是真正有力量的人。同時，人性日益複雜，還使人類正在喪失信任的能力。當信任都難以建立時，人類的其他精神與價值，包括愛情與友誼、公平與公正、正直與善良都將難以建立。另外人類的諸多矛盾、衝突與紛爭都是因為缺乏包容心。事實上當人人都斤斤計較時，你不計較；當人人都世故精明時，你愚鈍；當人人都以自我為中心時，你反為他人著想，你一定會所獲甚多。你能容多大的事，便能成就多大的事。善良的力量更是如此。中國有句老話，叫「馬善被人騎，人善被人欺」，實在是對善良最大的歧義。實際上，任何奸邪之人都願意與善良的人來往而不願與同樣的奸邪之人打交道。因此，奸邪之人的生存環境比之善良之人的生存環境不知要險惡多少。奸邪之人在凶險與防備中如履薄冰，善良之人便可平安度日。

之七：論金錢

我們處於一個重商主義時代，金錢是我們無法迴避的主題。我前面提道：「一個人想發財，他會孤單極了，也會很羞澀，很膽怯，很自責；十二億人想發財，他則會理直氣壯。」十二億人都想發財，不僅產生了巨大的推動力，也將使一個民族的心智慢慢地成熟起來。所謂開放，首先是欲望的開放。而在所有欲望中，對財富的追求應該是最正當的和最積極的。面對這個時代，稍有歷史感的人都會感嘆，中國人終於敢發財了。「財不外露」是中國人的傳統，但我相信這樣的傳統源自於缺乏自信心和安全感。我要十分鄭重地告訴你，在人類所有的罪惡中，貧窮是第一宗罪。你一定遇到過，也將會再遇到，不少書籍與文章都曾將快樂與貧窮畫等號。比如契訶夫，就經常這樣描寫：「這一家有七個女兒，雖然很窮，卻很快樂。」我鄭重地告訴你，此類描寫包含了極大的自欺。你很小的時候，我便帶你去最豪華的餐廳和最時尚的商店，每次從國外回來，總會給你帶最高級的玩具。作為父親，我最不願意看見的便是女兒受窮。我贊成樸素的生活，但反對過窮日子。我當然也反對奢侈與浪費。因此我同樣也要鄭重地告訴你，如果說貧窮是第一宗罪，則奢侈也幾同於罪惡，是人類最嚴重的劣行。你出生在一個消費主義的時代，過度的消費與過度的貧窮一樣，都在破壞人類的平衡——自然的、生態的和人性的平衡。因此我希望你對金錢始終都抱有均衡的態度，永遠不要羨慕有錢人，也永遠不要歧視窮人。在窮與富的衝突中，我希望你富有，但應該對貧窮有充分的瞭解，並盡可能對窮人施以援手。

之八：關於幸福

我得承認，幸福是我一生之中最困難的命題，我對此所知無多，我在此專門提出，一是因為幸福如此重要，我們根本迴避不了；二是我希望我不能回答的問題，你能用你的人生予以補充。

之九：神在，人在

我的乖女，我一生天馬行空，落拓不羈，從未受過紀律的約束。但此時在獄中卻成了遵守紀律的模範，每天的生活都極有規律。因此，不必擔心我生活清苦，我能準點吃飯，按時睡覺，自覺自己是個罪人，對於這個世界有了敬畏之心，真虧了獄中的管制！一個狂妄之徒，做了超出自己能力與身份的事，卻能獲得反省的機會，實在已是大幸。我懷著感恩的心，認真服刑，日三省乎，已有從容淡定的心態，反過來又感受到了自由的喜悅。在獄中，我補了過去沒有學好的古生物課程，試著將人類還原成生物，從人的角度未曾想透的問題，我有了機會從生物的角度去想。我這才發現，在地球漫長的歷史中，人類的歷史短到尚未走完一個物種的演變週期。有多少物種曾經雄霸地球，卻概莫能外地滅了種。我便想，人類有何資格驕傲自得？強大如恐龍那樣的生物都滅了種，又有誰能斷言人類將永遠成為地球的主人？我這麼想，反倒寬了心，知道自己曾經何等地虛妄：我們所有的遭遇實在都不足為道。我在心裡確信這世界有神，凡我們不能做到的，神都已安排停當，只是我們無知，不能看出或領會神的意圖。

我前面曾說，直至爺爺病故，我才知我與他俗世的、屬於人性的父子關係結束了。「我有另一個父親，非人性的生父，我的生命也必有另外的目的與方向」。現在我確信，那另一種力量便是神。雖然我還不知道這神的名字，也不知道這力量從何而來，但我確信它的存在，也確信人活著的目的，便是要努力去建立與神的關係。如果一個人，走在河邊能見到河神，走在山上能見到山神，走在人群之中能見到愛神和智慧之神，那他一定能更多地領會到神的意旨，沐浴到神的光輝，享受到神的親近，他的一生一定會更空靈、更自由，也會更快樂、更智慧。

之十：人是上帝的一粒麥粒

我的乖女，既然神在，且藉俗世的父親生了我們，父親便成了我們與神親近的媒介。凡父親能啟示我們的，我們將有幸得到，凡父親不能啟示我們的，我們則必須借助神力。我這才明白，你近一年來，每天祈禱，希望我與神建立關係，包含了對我多麼深厚的愛意！所幸我已確信有神，雖然我尚不能像你一樣成為一名基督徒，能夠借助禱告諦聽神的聲音，得到神的啟示。但我既已信有神，便會遠離虛妄而懂得謙卑與敬畏，遠離浮躁而有了淡定與從容。現在我所思所想便只有一個主題——既然神存在，且藉我們俗世的父親生了我們，那神究竟賦予了我們怎樣的目的？我們活著該向何處去？同樣，萬物皆有生命，比如地上的麥子，它生命的目的又是什麼？我私下裡這樣想，麥子的目的便是為了成為一粒好麥粒，進而成為人的糧食。人也如此，人的目的便是為了成為一個好人，進而成為神的糧食。人是有局限的，短暫的，須得依賴糧食活下去，所以人種麥子，並賦予了麥子生命的目的。神是無限的，永恆的，須得依賴比麥子更好的糧食才能擁有大能。那麼，神的糧食是什麼？我想神的糧食便是人的靈魂，神靠吃人的靈魂而擁有大能。如此，事情便清晰而簡單了——人活著的目的便是為了成就好的靈魂，正如麥子的目的是為了成為好的麥粒一樣。人靠神的種植而成就好靈魂，就正如麥子靠人的種植而成為好麥粒一樣。麥子有好的和飽滿的，飽滿的麥粒被人收走，成了人的糧食，從而實現了麥子的目的，這樣的麥粒便是完滿的。發黴、空癟的麥粒便被棄之一旁，爛在了地裡。人也一樣，好的靈魂被神收走，成了神的糧食，從而實現了人生命的目的，這樣的人是完滿的。不好的靈魂便被棄之一旁，成了孤魂野鬼，或直接下了地獄。人種植、收割麥子，正如神種植、收割人。人靠播種、施肥、除草、殺蟲、澆水等工作種植麥子，用鐮刀收割麥子；神則讓詩歌之神、智慧之神、美神、愛神種植人的靈魂，讓死神收割人的靈魂。詩歌之神、智慧之神、美神、愛神無處不在，神一直在種植，死神也無處不在，並以超出人的想像的速度穿行於大地。比如發生車禍或在病床上病死，實則便是死神收割人的靈魂來了。死神看這人的靈魂是好的便帶走，讓他去了天堂，成了神的糧食，讓這人生命的目的得以實現，也讓這人的生命是完滿的。死神看這人的靈魂是不好的便棄之一旁，使之成為孤魂野鬼，或直接下了地獄。神一直在種植，也一直在收割，便有了生與死的輪回……。我的乖女，確信有神於我真是一件意義非凡的事，我從此不再虛妄、焦慮，也不再計較俗世的是非得失。人是上帝的麥粒也讓我有了屬神的目標。有人說，自然科學家的全部工作都彷彿在登山，當他大汗淋漓，氣喘吁吁時，神學家卻早已在山頂向他招手了。我此前所為，無論好壞都已過去。我藉了你的祈禱，相信神的力量，並聽從神的默示，心靜如洗，開始了新的生命。我也信任何人都可藉神而重生。

二〇〇八年定稿於北京
二〇二一年修訂於臺北

後記

本書曾於二〇〇八年以《折騰》為名由北京作家出版社出版，且位居新浪、搜狐暢銷書之月度排行榜之榜首；出版社曾專門為此書召開研討會，亦有不少評論家都曾撰文評論與推薦。中國作家協會副主席何建明先生撰文稱：「我隆重推薦此書，是因為作者把折騰寫得真實而又奇異，寫得驚心動魄而又出神入化。它像一面鏡子，每個人從中都可以看到自己的影子。」是呵，「它像一面鏡子，每個人從中都可以看到自己的影子。」熟悉大陸的人在看完這本書之後，大抵都會如此感慨。這的確是一本貼近現實的書，是一個時代的縮影。但「離現實越近，離審美便越遠」，十幾年之後，我的寫作趣味已經改變；因此再版這本書的意義對我而言首先便是紀念性的。十幾年間中國已經發生了深刻的變化，此次再版或許可以讓人看到時代變化之脈絡，並思考這些變化的意義與價值。

秀威願意再版一本十三年前的舊作，讓我看到了它對中文寫作的見地與熱忱。我對宋政坤先生說：「如在臺灣出版中文繁體字版，我希望沿用它最早的名字——赤腳狂奔。」宋先生滿口答應了，且表示他也喜歡赤腳狂奔這個名字。折騰誠然更具時代性，長期以來，中國的確處於一個不斷折騰的時代。折騰成了許多人的生命狀態，改變了自己也改變著他人。但我在關注時代與社會之時更關注人。赤腳狂奔是一個高速發展與急劇變化的時代人的畫像，作為改革開放的第一代人，他們是赤腳的一代，也是狂奔的一代，我們的生活就是在赤腳狂奔中成了今天這個樣子的。因此，我懷著敬意再現了他們的激情與夢想。他們不甘平庸、勇於嘗試，不懈地追尋生命的價值與意義，是一個偉大時代了不起的夢想家與開創者。

這次再版對原來的《折騰》做了較大幅度的刪減，以使其更為簡潔與精當。

再一次感謝中研院研究員楊小濱先生，秀威資訊總經理宋政坤先生、編輯伊庭小姐和人玉小姐，也感謝臺灣的讀者朋友有興趣去瞭解一群或許與自己很不相同的人，並對一段陌生的歷史及一個極為豐富、遼闊、既複雜又有趣的社會抱有興趣。

唐寅九

二〇二一年十月十五於臺北

貓空－中國當代文學典藏叢書2　PG2669

赤腳狂奔

作　　者　唐寅九
責任編輯　孟人玉
圖文排版　陳彥妏
封面設計　劉肇昇

出版策劃　釀出版
製作發行　秀威資訊科技股份有限公司
114 台北市內湖區瑞光路76巷65號1樓
電話：+886-2-2796-3638　傳真：+886-2-2796-1377
服務信箱：service@showwe.com.tw
http://www.showwe.com.tw
郵政劃撥　19563868　戶名：秀威資訊科技股份有限公司
展售門市　國家書店【松江門市】
104 台北市中山區松江路209號1樓
電話：+886-2-2518-0207　傳真：+886-2-2518-0778
網路訂購　秀威網路書店：https://store.showwe.tw
國家網路書店：https://www.govbooks.com.tw
法律顧問　毛國樑　律師
總 經 銷　聯合發行股份有限公司
231新北市新店區寶橋路235巷6弄6號4F
電話：+886-2-2917-8022　傳真：+886-2-2915-6275

出版日期　2022年2月　BOD一版
定　　價　400元

讀者回函卡

Printed in Taiwan

國家圖書館出版品預行編目

赤腳狂奔 / 唐寅九著. -- 一版. -- 臺北市：釀出版, 2022.02
面； 公分. -- (貓空-中國當代文學典藏叢書 ; 2)
BOD版
ISBN 978-986-445-592-8(平裝)

855 110020718